# Forbidden HOPE

## COURTAIN COUNTY SAVIORS

KARI TENERO

FSC
www.fsc.org
MIX
Papier aus verantwortungsvollen Quellen
FSC® C083411



Buchsatz: Melanie Frömter
Covergestaltung: Ellie Bradon

Kari Tenero
Vertreten durch Melanie Frömter
Gutsweg 15
06116 Halle

Herstellung und Druck über tolino media GmbH & Co. KG, München.
Printed in Germany

Kari Tenero

# Forbidden Hope

## Courtain County Saviors

Dark Reverse Harem

# Was bisher geschah …

Nachdem bei Cleo im Alter von achtzehn Jahren die Diagnose Brustkrebs gestellt wird, muss sie nur wenige Wochen später mit ansehen, wie ihre Eltern ermordet werden. Der Mörder scheint sie zu kennen. Sie flieht von der Farm, auf der sie lebt und wird dabei von Stella aufgegabelt. Sie landet bei Shawn, dem Kartellboss von Australiens Westküste und fristet acht Jahre als dessen Assistentin und Sexobjekt ihr Leben.

Nachdem Shawn sein Ziel, Bürgermeister von Geraldton zu werden, erreicht hat, will er seinen Partner Kian aus dem Geschäft drängen. Dieser sucht das Gespräch, wird von Shawn in seine Schranken gewiesen und lernt dabei flüchtig Cleo kennen. Er kehrt auf die Farm zurück, die er gemeinsam mit seinen anderen drei Brüdern Luke, Seth und Ryan führt.

Stella feiert ihren Junggesellenabschied in der Stadt. Währenddessen gibt sich Seth, der seinem Bruder helfen möchte, als Barkeeper aus und entführt Cleo, die er für Stella hält. Cleo kommt auf die Farm zurück, auf der sie früher gelebt hat, und wird mit ihrer Vergangenheit konfrontiert.

Plötzlich sind die Jungs überfordert, denn keiner will die Verantwortung für die Frau übernehmen. Luke, der älteste der vier, sucht händeringend nach einer Lösung, um einen Krieg mit Shawn zu verhindern. Kian wiederum sieht endlich seine Chance, die Farm verlassen zu können und den Deal, den es mit ihrem Vater gibt aufzulösen.

Nur Seth sieht in der Entführung etwas Gutes und will Cleo mit Kian und Luke verkuppeln, die selbst noch mit den Erinnerungen der Vergangenheit kämpfen.

Cleo versucht zu flüchten, wird aber immer wieder durch ihre Gefühle abgelenkt. Erst als sie auf dem Dachboden alte Bilder entdeckt und von Luke gefunden wird, findet sie die Kraft und flüchtet von der Farm.

# Cleo

## 1

Vor vier Jahren.

Auf wackeligen Beinen stehe ich vor Shawns Arbeitszimmer und atme tief durch. Normalerweise ist er freitags immer in seinen Clubs unterwegs, macht eine Bestandsaufnahme oder probiert seine frisch verteilte Ware, die aus minderjährigen Frauen aus Südamerika besteht, aus. In dieser Zeit habe ich ein paar Stunden Ruhe und kann mich von meiner *Therapie* erholen, die mir Maise zukommen lässt. Doch heute ist Shawn hier und hat nach meiner Gesellschaft verlangt, die ich ihm leider nicht verwehren kann.

Ohne zu klopfen, öffne ich die Tür, trete ein und schließe sie leise. Mikosh bleibt draußen stehen.

Im Büro ist es dunkel. Nur die Lampe auf Shawns Schreibtisch spendet Licht. Dafür kann man das Lichtermeer Geraldtons umso schöner durch das riesige Panoramafenster bestaunen.

Shawn sitzt mit der Lehne zu mir. »Ja!«, jubelt er, dreht sich um und schmeißt sein Tablett auf den Schreibtisch.

»Worüber freust du dich denn?«, frage ich, greife nach der Cognacflasche und fülle sein Glas auf. Dabei erhasche ich nur einen flüchtigen Blick auf den Artikel, den er gerade gelesen haben muss. Ein Autounfall, bei dem zwei von drei Insassen ums Leben gekommen sind.

Er streckt den Arm nach mir aus und zieht mich zu sich heran. »Ich liebe es einfach, wenn meine Pläne aufgehen«, antwortet er und umgreift meine Taille.

Ich stelle die Flasche zurück und schenke ihm meine gesamte Aufmerksamkeit. »Pläne?« Ich muss mich bereits dazu zwingen, die Augen offenzuhalten, denn ich bin so müde.

Seine Hand sucht meine und er verschränkt unsere Finger ineinander.

»Da ich heute meinem Ziel, der mächtigste Mann der Westküste zu werden, ein großes Stück nähergekommen bin, sollten wir das feiern.«

Ich ziehe eine Augenbraue nach oben. »Weeeeil ein Auto brennt?«, will ich wissen. Er nickt und bugsiert mich gegen die Kante seines Schreibtisches. »Das ist nur ein kleiner Erfolg, aber er wird am Ende entscheidend sein.« Seelenruhig öffnet er die Knöpfe meines Blazers. Darunter kommt meine schwarze Spitzenkorsage zum Vorschein, die ich jetzt bereits gegen mein Hardrock-T-Shirt und Shorts getauscht hätte. Und während er meinen Seidenrock nach oben rafft, ziehe ich mir den Blazer aus, damit er einen ungetrübten Blick auf die schwarzen Strapse mit passenden Strümpfen erhaschen kann.

»Und …«, bevor ich mehr erfragen kann, fährt er mit seinen Fingern meine Oberschenkel entlang und dringt in mich ein.

»Aber ich möchte diesen Sieg mit keiner anderen Frau feiern als mit dir.«

Ich japse bei dem plötzlichen Druck auf und sehe ihm direkt in die Augen. Damit weiß ich, dass ich vorerst keine weiteren Informationen zu seinem Plan erhalten werde.

Shawns Finger gleiten nach vorn und drücken auf meine kribbelnde Mitte. Ich weiß nicht, wie es mein Körper geschafft hat, sich einzureden, dass ihm seine Berührungen gefallen. Aber nach all den Jahren, die ich hier bin, weiß er, wie er mich anfassen muss, damit mein Körper so reagiert, wie er es verlangt.

»Du bist so verdammt perfekt, Cleo.« Er zieht seine Hand zurück, steht auf und entledigt sich seiner Hose und Shorts, hebt mich leicht an und setzt mich auf die Kante seines Schreibtisches.

Mit den Lippen fährt er an meinem Hals entlang, schenkt mir so etwas Ähnliches wie Liebe, wenn ich es so benennen müsste, und zwackt mit seinen Zähnen in die empfindliche Haut direkt unter meinem Ohr. Derweil fahre ich durch sein ergrautes Haar, ziehe sein Gesicht zu mir und gebe ihm den starken, unnachgiebigen Gesichtsausdruck, den er mich gelehrt hat. Ein kurzer, aber intensiver Kuss folgt, ehe er mich mit harter Miene ansieht.

»Ich bin heute die letzten Berichte durchgegangen«, brummt er, greift nach meiner Hand, die er zurück auf den Tisch legt, um danach abrupt mein Kinn zu umgreifen.

»Auffällig viel Ausschussware ist wiederholt an die östliche Stadtgrenze gegangen.«

Ich sehe ihn unverändert an. Kein einziger Muskel in meinem Gesicht zuckt. »Ich weiß.« *Immerhin habe ich das so veranlasst.*

Bei jeder seiner Lieferungen versuche ich wenigstens ein bis zwei Frauen die Chance auf eine Flucht zu ermöglichen. Diese ist an der östlichen Stadtgrenze am größten, weil es von dort ins Landesinnere geht und die Verfolgung nahezu unmöglich ist, wenn sie sich clever anstellen. Und das sind sie, denn sie wollen das, was ich nicht kann – der Hölle entfliehen. Das ist alles, was ich für sie tun kann: den Lieferschein anpassen. Danach endet mein vermeintlicher Einfluss und schenkt mir wenigstens so etwas wie Trost, weil ich jemandem die Chance zur Flucht geboten habe. Doch leider fällt es langsam auf, weil Shawn genau wegen eines möglichen Fluchtversuchs seiner Ware diesen Teil der Stadt hasst und gern meidet.

Er zieht mein Gesicht näher an sich und streicht mit seinen Lippen schon fast zärtlich über meine. Dabei weiß ich, dass jetzt jedes falsche Wort eine unerträglich schmerzhafte Konsequenz bedeutet.

»Hatte ich mich das letzte Mal nicht klar ausgedrückt, dass die Weiber, die nichts taugen, vor allem in den Clubs des Stadtkerns als Billigware verteilt werden sollen?«

Ich nicke, soweit er es zulässt. »Das habe ich Aaron schon mehrfach deutlich gemacht. Aber da er, seit ein paar Wochen, lieber die ganze Arbeit auf Franco abwälzt, scheint es ihm nicht wichtig zu sein«, flunkere ich und gebe ihm damit nur eine Halbwahrheit, weil Aaron seinen Job wirklich nicht ernst nimmt. Nur habe ich nicht mit ihm gesprochen.

Sein abwägender Blick durchdringt mich. Er erkennt Lügen mit verbundenen Augen durch eine verschlossene Tür hindurch und ich hoffe, dass er mich gerade lieber ficken will, als nachzubohren. Tief holt er Luft. Dann gehört seine Aufmerksamkeit wieder meinen Lippen, auf die er seine drückt, ehe er hart in mich dringt. In meinem Wimmern schwingt Erleichterung mit.

»Dann werde ich wohl dafür sorgen, dass wir einen verlässlicheren Chef bei der Warenabwicklung bekommen«, brummt er erregt und dringt immer kräftiger in mich.

»Denkst du an Franco?«, frage ich, während ich versuche, das Gleichgewicht zu halten, weil mich die Kraftlosigkeit übermannt.

Shawn bekommt mit, dass meine Arme anfangen zu zittern. Sofort greift er um meine Taille, zieht mich enger an sich heran und stützt mich gleichzeitig, damit ich nicht wegrutsche.

»Gute Idee«, antwortet er. Sein Griff wird fester, sein Stöhnen lauter. Trotzdem ist die Wut darüber, dass gegen seine

Anweisungen verstoßen wurde, in seinem Gesicht immer noch deutlich erkennbar. Aber sie gilt nicht mehr mir, was nicht daran liegt, dass er mir verzeiht, sondern weil ich ihm bisher die Tatsache mit Aaron verschwiegen habe. Es verstärkt mein Gefühl, dass seine Affinität für mich jeden Tag steigt und mich in sein Gefängnis, in das er nicht einmal für seine Familie etwas Licht lässt, immer weiter hineinzieht.

Ja, ich bin der Schatten eines Mannes, für den es nichts Schöneres als die Dunkelheit gibt, mit mir in dessen Mitte.

Fest drückt er sich in mein Becken. Ich stöhne auf, sehe ihm direkt in die Augen und tue das, was ich in all den Jahren bereits perfekt verinnerlicht habe: Das Spiel, in dem ich ohnehin nicht gewinnen kann, solange mitspielen, bis mein Körper endlich aufgibt und ich frei sein werde.

CANVA STORIES

# Cleo

## 2

Heute

Ich hechte die Treppen hinunter. Lukes Hund liegt an deren Ende. Anstatt aufzustehen und sich mir in den Weg zu stellen, fängt er nur an zu winseln, als würde er sich wünschen, von mir eine Streicheleinheit zu bekommen. Doch dafür habe ich keine Zeit. Ich muss hier weg.

In meinem Kopf scheint kein Gedanke mehr Sinn zu ergeben. Luke hat mich geküsst. Seine leicht rauen Lippen auf meine gedrückt und dadurch ein noch nie dagewesenes Kribbeln in mir ausgelöst. Verdammt, ja, ich hätte ihm nachgegeben. Hätte zu gern herausgefunden, wieso mein Körper so auf ihn reagiert. Doch das Porträt der Frau, zusammen mit dem Zeitungsartikel, gibt mir gerade den Rest. Tränen steigen in meinen Augen auf, die meine Sicht verschwimmen lassen. Ich kenne die Frau. Wie jede andere, die Shawn in seinem Haus missbraucht hat, werde ich sie nie vergessen. Sie hieß Luisa und nachdem sie Shawn wie ein Stück Dreck verschwinden lassen wollte, habe ich sie, zusammen mit ein paar anderen Frauen, den Clubs an der östlichen Stadtgrenze zugeteilt. Danach war es mir nie wieder möglich, weil Franco diesen Teil von Shawns Geschäft übertragen bekommen hat. Er ist immer viel zu gewissenhaft gewesen, als dass er es nicht gemerkt hätte, wenn ich die Lieferanweisungen verändert hätte.

Ich reiße die Eingangstür auf. Laut knallt sie gegen das Holz und ich stehe, wie vor ein paar Stunden, erneut auf der Veranda und bin frei. Jedenfalls körperlich, denn seelisch fühle ich mich so sehr in die Enge getrieben wie noch nie zuvor in meinem Leben.

Luisa muss irgendwie hierhergekommen und ein Teil von dieser Farm gewesen sein. Wahrscheinlich war sie mit Kian zusammen. Wieso sollte es sonst ein gemeinsames Bild von den beiden geben – und einem Baby?

Gedanklich sitze ich wieder auf Shawns Schreibtisch und überfliege den Zeitungsartikel. Der Kloß in meinem Hals wird immer größer. Wenn sie die Frau in dem Wagen gewesen ist, dann kann ich mir nicht im Geringsten vorstellen, wie sehr er darunter gelitten hat, dass sie gestorben ist. Nur verstehe ich nicht, wieso sich Shawn darüber gefreut hat. Er hatte doch nichts davon, außer sich am Leid anderer zu erfreuen.

Ich sprinte barfuß über den rauen und staubigen Boden, komme am Stall an und ringe bereits nach Luft.

Und trotzdem hat dieses Bild in mir eine Panikreaktion ausgelöst, ohne zu wissen, wieso es so ist. Liegt es daran, dass Shawn womöglich wusste, dass Luisa hier ist? Dass er über mehr als nur Geraldton Bescheid weiß? Weiß er womöglich sogar, dass ich hier bin? Dann wäre sein Zorn noch viel größer und das Leid, das er mir zufügt, unvorstellbar, weil ich nicht alles dafür tue, zurück zu ihm zu kommen.

Ich höre das quietschende Scharnier einer sich öffnenden Tür und mein Puls beschleunigt sich ein weiteres Mal, denn ich darf den kleinen Vorsprung, den ich habe, nicht vergeuden. Ich nehme mir eines der Stiefelpaare, die an der Wand stehen, ziehe sie an und laufe mit größeren Schritten, weil meine Füße darin herumschlittern, durch den Stall. Die Überlegung, ein Pferd zu nehmen und sofort von hier wegzukommen, schlingt sich wie Efeu um meine Gedanken. Nur saß ich seit acht Jahren auf keinem Pferd mehr. Es zu satteln dauert zu lange und um ohne Sattel loszureiten, kenne ich weder die Pferde gut genug noch lässt das meine immer schwächer werdende Verfassung zu.

Das Quad, das in der Ecke steht, ist zu auffällig und laut. Damit können mich die vier Männer problemlos verfolgen. Also bleibt mir nur der Weg zu Fuß, der mir bei dieser Finsternis als die beste Chance erscheint, problemlos zur Richmore-Farm zu gelangen.

Also gehe ich auf der anderen Seite des Stalls hinaus. Über den Fußmarsch, der mich die ganze Nacht über begleiten wird, will ich nicht nachdenken, sondern fokussiere mich auf die kleinen Teilziele, die ich bereits erreicht habe, weil ich überhaupt von der Farm wegkomme.

Mit jedem Schritt verschwindet das schwache Licht hinter mir. Dann ist da nur noch die Dunkelheit um mich herum und das ständige Zirpen der Grillen, die genau zu wissen scheinen, wo ihr Platz ist.

Das wusste ich auch einmal, bis ich zwei Schüsse gehört habe, die mir immer noch Albträume bescheren, weil ich mir nie die Chance gegeben habe, die Geschehnisse zu verarbeiten. Dafür war in Shawns Welt nie Platz. Er hat mich nach meiner Ankunft bei ihm nie wieder gefragt, wovor ich geflohen bin. *Wusste er es? Wusste er, dass ich von einer Farm geflohen bin, auf der meine Eltern erschossen wurden?*

Meine Lippen zittern. Ich kann es nicht verhindern. Die Tränen verschwimmen meine Sicht, die ich so schon kaum habe. Trotzdem laufe ich weiter. Weg von dem Ort, der meine Heimat war und weg von den Männern, die mich unwissentlich vor diesem unbedeutenden Leben an der Seite eines Mannes gerettet haben, der in mir nichts weiter sieht als das Spielzeug, zu dem er mich all die Jahre gemacht hat.

Am Ende weiß ich nicht mehr, wer ich bin. Cleo, das Mädchen, das eine Farm leiten wollte oder Cleo, die, wie Anksunamun, allein von ihrem Pharao angefasst werden darf?

Aber das ist jetzt egal.

Mit jedem weiteren Schritt wird die Schnur um meine Brust lockerer. Die Vorfreude, auf Menschen zu treffen, die noch immer das Leben leben, dass ich mir früher gewünscht habe, flutet mein Herz. Auf der Richmore-Farm werde ich endlich die Normalität finden, nach der ich mich all die Jahre gesehnt habe, ehe ich mich so schnell wie möglich von all dem entferne, was mein Herz nur jeden Tag tiefer in die Finsternis zieht, obwohl ich dachte, dass ich den Boden bereits erreicht habe. Selbst den Männern tue ich damit einen riesengroßen Gefallen, denn damit rette ich ihre Farm vor dem Groll Shawns, der folgen würde, wenn er mich bei ihnen findet. Dabei schlucke ich immer wieder die Neugier auf die Gefühle hinunter, die Luke gerade angefangen hatte, in mir zu wecken.

Und egal, wofür ich mich am Ende entscheide. Ich werde frei sein.

# Luke

## 3

Ich liege immer noch auf den Holzdielen des Dachbodens und starre auf das Bild von Kian und Luisa, das Stella wohl aus der Fassung gebracht hat. Aber wieso? Sie wirkte fast so, als hätte sie einen Geist gesehen. Dabei bin ich es, der tagtäglich von der Vergangenheit verfolgt wird, die in jeder Ritze dieses Hauses zu stecken scheint.

Seufzend, weil mir diese Erinnerungen auch nach all den Jahren immer noch einen Stich mitten ins Herz versetzen, hieve ich mich hoch. Auch wenn mir gerade nicht danach ist, muss ich Stella ein weiteres Mal einfangen, damit sie nicht zu Daddy rennt und damit meine Farm in Gefahr bringt.

Das Gefühl ihrer weichen Lippen bleibt eine flüchtige Erinnerung. Ja, ich bin schwach geworden, was bei dieser Frau kein Wunder ist. Dieser Blick und dieser Körper sind für einen Mann, der alles hinter sich gelassen hat, pures Gift. Doch langsam reißt mir der Geduldsfaden mit ihr.

Sobald sie wieder hier ist, übergebe ich sie Kian und Seth. Sie kann mir nicht weiterhin auf der Nase und erst recht nicht auf meiner Seele herumtanzen.

Auf der Treppe überspringe ich einzelne Stufen. Brian, sieht mich mit einem erwartungsvollen Blick an. Sein heftiges Winseln war bis oben zu hören. Dieser harmoniebedürftige Hund ist auch echt zu nichts zu gebrauchen. Nicht einmal, um eine vermeintliche Gefangene aufzuhalten, die fliehen will. Dabei muss er sich ihr doch nur in den Weg legen, sie stolpert und seine Aufgabe wäre erledigt.

»Komm«, brumme ich und er folgt mir zur halb geöffneten Eingangstür.

Auf der Veranda stehend, sehe ich mich um. Von Stella fehlt jede Spur. Sie kann überall sein. Sich in einem der Gebäude verstecken oder einfach drauflos marschiert sein. Dabei weiß ich nicht, welche Variante mir lieber wäre. Sie auf dem weitläufigen Gelände finden, gleicht der Nadel im Heuhaufen. Ist sie losgestürmt und passiert auf ihrer Flucht einen der Kontrollpunkte, springt unser Alarmsystem an. Dann weiß ich wenigstens, wo sie sich befindet. Aber ist sie dann in der Nähe des Highways, kann sie, bevor ich sie erreiche, in irgendein Auto steigen und wäre auf und davon.

Ich sehe auf meine Smartwatch, drücke mehrere Knöpfe und an den Uhren meiner Brüder müsste es ebenfalls piepen und vibrieren. Prompt geht in dem Haus, das Kian bewohnt, das Licht an. Ein Schatten bewegt sich an der Fensterfront entlang, dann öffnet er die Tür und kommt in seiner schwarzen

Anzughose und weißem Achselshirt auf mich zu. Er ist definitiv wieder mitten in seinen Plänen vertieft auf der Couch eingeschlafen.

Auch Ryans Tür öffnet sich, aus der er gemeinsam mit Seth tritt. Beide ziehen sich gerade die Jogginghosen hoch. Die beiden habe ich mich Sicherheit beim Vögeln gestört.

»Was ist?«, knurrt Kian, der kurz vor mir stehen bleibt und mich mit missbilligendem Blick ansieht. »Eben noch schmeißt du uns noch raus und fünf Minuten später lässt du uns wieder antanzen.«

»Entschuldige, dass ich dich bei deinem Schönheitsschlaf gestört habe«, kontere ich. »Aber das Objekt eurer Begierde befindet sich nicht mehr in ihrer Komfortzelle, sondern stromert hier draußen als Freiwild herum.« Komischerweise bleiben alle ruhig. Nur Ryan zieht eine Augenbraue nach oben und sieht gedankenverloren in die Ferne.

»Wie konnte sie denn überhaupt abhauen?«, fragt Seth gähnend. »Immerhin bist du doch wie so eine Glucke, wenn es darum geht, Türen zuzuschließen, die du am liebsten nie wieder öffnen willst.«

»Weil ...« Ich stocke, denn ich weiß nicht, wie ich ihnen das erklären soll, ohne mich angreifbar zu machen, weil ich schwach geworden bin.

Auf Kians Gesicht zeigt sich ein hämisches Grinsen. Es ist klar, dass ich ihm hier super Futter biete, mir daraus einen Strick zu drehen, nachdem ich so große Töne gespuckt habe, dass ich auf Stella aufpasse, bis er und Seth eine Lösung gefunden haben. Dabei bin ich mir langsam immer sicherer, dass es so etwas wie eine *Lösung* nicht geben kann. Sie ist hier. Ihr Vater in Geraldton und egal, wie ich es drehe und wende, es gibt nur einen Weg, die Sache zu bereinigen, ohne dass meine Farm dabei zerstört wird. Doch genau diese Lösung will ich nicht. Sonst wäre alles, für das ich hier gekämpft habe, völlig umsonst gewesen. Was soll ich machen?

»Weil ...«, beginne ich erneut, »ihr mich vorhin so sehr mit der Belagerung meines Hauses abgelenkt habt, dass ich die Tür nicht verriegelt habe.«

Kian schnaubt. »Wow, sogar an deiner eigenen Unfähigkeit sind wir jetzt schuld.« Er klatscht. »Das ist wieder ganz großes Kino von dir.«

»Das ist doch jetzt vollkommen egal!«, knurre ich. »Statt deines sinnlosen Beifalls solltest du sie lieber suchen, damit sie nicht zu ihrem Daddy rennt!«

»Vielleicht ist es aber auch das Beste für uns alle«, haut Kian einfach so heraus. Seth und Ryan drehen die Köpfe zu ihm. Mir klappt fast die Kinnlade herunter.

»Das kannst du nicht ernst meinen.«

»Doch, Luke.« Er kommt mir entgegen und bleibt eine Nasenlänge vor mir stehen. »Wenn nicht einmal du es fertigbringst, dich an deine eigenen Regeln zu halten und es schaffst sie hier festzuhalten, wie lange willst du dich dann noch hinter deiner Fassade, dass du alles im Griff hast, verstecken?«

*Ich, mich verstecken?*

»Also lass sie einfach zurück zu Shawn rennen und das Schicksal entscheiden, ob es uns weiterhin aneinander fest knotet oder ob es uns befreit, indem diese Farm dem Erdboden gleichgemacht wird. Denn das, was du so krampfhaft versuchst festzuhalten, existiert nicht mehr, Luke«, macht er sich explosionsartig Luft, als hätte er ewig darauf gewartet, mir endlich seine gesamte Gefühlswelt unkontrolliert vor die Füße zu kotzen.

Ich balle die Hände zu Fäusten. Sogar Seth hält die Luft an. Ich habe keine Ahnung, wo er diese Worte herholt, denn er ist es, der in seinem Haus seit Luisas Tod nichts verändert hat. Der noch immer der Vergangenheit nachtrauert, während ich sie vehement verdränge und versuche, nach vorn zu blicken - oder zumindest alles in Schach zu halten, was mich endgültig brechen würde und was durch Stellas Ankunft hier einen tiefen Riss bekommen hat.

Ohne Vorwarnung verpasse ich ihm einen Kinnhaken. Er taumelt zurück und fällt zu Boden.

»Was fällt dir ein, Kian, so eine gequirlte Scheiße zu labern!«, schreie ich über den gesamten Hof. Bestimmt hören mich auch Ryans Nutten, aber es wird langsam Zeit, dass ich mir sein Verhalten nicht länger gefallen lasse.

»Diese Farm ist unser Zufluchtsort gewesen. Der Ort, an dem wir die Kacke, die uns in Sydney erwartet hätte, umgehen konnten. Und jetzt tust du so, als wäre es nicht auch dein Wunsch gewesen und willst sie einfach so aufgeben?«

»Ja«, antwortet Kian kalt und wischt sich das Blut von der Lippe.

»Und dann?«, frage ich hart. »Wirst du dann, nachdem du endlich von der Geißel dieser Farm befreit wurdest, die Marionette eines anderen machthungrigen Mannes, der in dir nichts weiter als verwertbares Potenzial sieht?«

Kian rafft sich auf und befreit seine Hose vom Staub. »Alles ist besser, als mit dir weiterhin an dem Ort gefangen zu sein, der mir alles gegeben, aber das Doppelte genommen hat.«

Es reicht ja nicht aus, dass mich die Gefühle, die Stella in mir auslöst, überrumpeln. Doch Kian schafft es, mir den Gnadenstoß zu verpassen. »Das hier«, ich zeige über die Farm und all das, was wir uns in den Jahren aufgebaut haben, »habe ich für uns getan. Und du hast nichts Besseres zu tun, als mich wieder und wieder mit Füßen zu treten, weil du was? Dich als etwas Besseres fühlst? Weil du einen tieferen Verlust erlitten hast als ich?«

Kian schweigt.

»Nein!« Jetzt bin ich es, der auf ihn zukommt. »Also stell dich mit deinem Mitleidsgetue hinten an oder renn zurück zu Papi. Aber tu nicht so, als wäre dieses Leben schlecht oder unwürdig. Und jetzt«, ich nicke zu seinem Gebäude, »wirst du deinen undankbaren Hintern in Bewegung setzen und die Frau suchen, die der Untergang MEINER Farm darstellen könnte.«

Ich drehe mich zum Haupthaus um, damit ich das Alarmsystem kontrollieren kann. »Wenn du sie gefunden hast, nimm sie mit und verpass ihr außerhalb meiner Grundstücksgrenze eine Kugel. Dann verscharre sie einfach und komm nie wieder.«

Seth räuspert sich, aber ich lasse ihn nicht zu Wort kommen. »Ihr beide könnt sie ebenfalls suchen«, sage ich an ihn und Ryan gewandt. »Tut einfach so, als wärt ihr Superhelden, seht es als Spiel und denkt euch am Ende einfach Game Over, dann ist jedem geholfen.«

Langsam trotte ich los. Meine eigenen Worte stechen in meiner Brust, denn ich will nicht, dass Stella stirbt. Ich bin immer noch der festen Überzeugung, dass sie keine Schuld an dem trifft, was Shawn mit seinen Geschäften verursacht. Aber ich bin langsam ratlos, was ich mit ihr machen soll, ohne dass Shawn alles zerstört, was mir wichtig ist. Trotzdem muss ich sie jetzt erst einmal finden und hoffe, dass sie wirklich einen der Kontrollpunkte überquert, der nicht gerade zum Highway führt. Brian neben mir ist unruhig und winselt weiterhin. Er war schon immer eine empfindliche Seele, die sich nach unserem Verlust nie wieder ganz erholt hat. Dieses Dauergezanke von Kian und mir tut ihm ebenso wenig gut, wie uns vieren.

Ich komme an meinem Haus an, hole mir ein Bier aus dem Kühlschrank und gehe mit Brian zusammen in den Keller, in dem sich die Technikzentrale befindet und warte.

# Seth

## 4

Luke stapft in Richtung Hauptgebäude los und lässt uns drei wie im Regen stehen, auf den wir zu dieser Jahreszeit ewig warten können. Und irgendwie werde ich das Gefühl nicht los, dass ich diese Situation als Erfolg werten darf, denn so viele Gespräche, wie es auf dieser Farm gibt, seitdem Stella hier ist, gab es schon eine gefühlte Ewigkeit nicht mehr. Wenn sie jetzt noch etwas netter zueinander sein würden, dann wären wir auf dem Weg zu einer Versöhnung schon viel weiter.

Da ich absolut nicht auf diese Totenstille stehe, die jetzt zwischen uns dreien herrscht, hole ich tief Luft. Es wird Zeit, wieder wirklich gute Laune zu verbreiten.

»Ooookkkkaaayyyy.« Ich sehe zu Ryan, der völlig unbeeindruckt von dem, was Luke und Kian sich gerade gegenseitig an den Kopf geschmissen haben, zu mir blickt. Nur Kian dreht sich mit zusammengeballten Fäusten um und läuft zu seinem Haus, wo die Tür beim Öffnen hart gegen das Holz schlägt. Und das, bevor ich überhaupt anfangen konnte, meine Worte in eine bunte Konfettikanone zu verwandeln.

»Was war das gerade?«, frage ich meinen weisen Bruder, der immer eine sinnvolle Antwort auf meine Fragen hat.

»Was wohl?«, antwortet er schulterzuckend und zu tonlos für seine Verhältnisse. »Das Ende unserer kleinen, glücklichen Familie.«

Schockiert lege ich die Hände auf meine Wangen. Seine Witze werden auch immer besser. Gleichzeitig kommt Kian mit einer Taschenlampe aus dem Haus und läuft um das Haus herum, ehe man den schwachen Lichtkegel zum Stall laufen sehen kann.

»Da hilft es jetzt auch nicht, wenn du Kevin allein zu Hause imitierst.« Ryan seufzt und fährt sich über seinen Nasenrücken. »Auch wenn ich es nicht gern sage, aber das ist deine Schuld, Seth.«

Wie versteinert sehe ich ihn an. »Meine Schuld?« Ich habe keine Ahnung, was diese Worte bedeuten.

»Ja, wenn du Stella einfach in Geraldton gelassen hättest, dann würde es hier nur diesen unterschwelligen Groll zwischen den beiden geben und keinen offenen Hass, bei dem am Ende keiner gewinnen kann.«

Ich lasse meine Hände sinken. So ernst kenne ich meinen Bruder gar nicht. Also werde ich das wohl jetzt auch mal sein müssen.

»Hier wird keiner gewinnen, solange wir Shawn nicht endlich losgeworden sind und Kian und Luke sich ausgesprochen haben, damit die Vergangenheit verarbeitet werden kann. Und auch wenn du es bisher nicht sehen kannst, glaube ich immer noch daran, dass Stella die Lösung sein könnte.«

Ryan läuft in Kians Richtung los und ich folge ihm. »Den Tod seiner Familie wird man nie vollends verarbeiten können. Und auch, wenn ich es ihnen wünschen würde, weil ich die Situation schon besser überblicke als du, wird auch die Tochter des vermeintlichen Feindes nichts ändern.«

»Aber wir sind auch ihre Familie«, beschwichtige ich seine harten Worte, die auf meiner unschuldigen und verletzlichen Seele brennen.

»Ach und passen dir auch die Strampler, die Luke besorgt hat und schenkst du Kian das erste Wort deines Lebens?«

»Wenn ich es könnte, ja.«

Abrupt bleibt Ryan stehen und sieht mich mit wehmütigem Blick an. »Seth, ich will genauso wie du mehr als nur unsere gemeinsamen Filmabende zurück. Aber diese gibt es nicht mehr und es wird endlich Zeit, dass du dir das eingestehst. Versuch, von mir aus noch eine Weile Stella hierzubehalten. Versuch, sie für dich oder eher uns zu begeistern, aber hör auf zu hoffen, dass du deine Familie zurückbekommst. Und damit endet jetzt dieses leidige Thema.« Mit festem Blick sieht er zu seinem Nuttenclub. »Ich habe hier eine Aufgabe gefunden, die mich fordert und der ich mich verschrieben habe und die auch irgendwo zu meiner Familie geworden ist. Und die werde ich nicht aufs Spiel setzen. Du weißt, woher die Frauen stammen und du weißt, dass ich hier mehr betreibe als einen Sexclub.

Also such dir endlich zwischen Black Jack- und Roulettetischen eine eigene Familie.« Dann geht er weiter und lässt mich eiskalt stehen.

So emotional habe ich ihn noch nie erlebt. Kein Herumblödeln, keine Wortwitze, sondern nur ein knallharter Bruder, der mir gerade sein Herz ausgeschüttet hat. Diese neue Familie, von der er erzählt hat, wird nie seine richtige ersetzen. Das ist ein Trugbild, dass wir alle jeden Tag leben. Dass jeder hinter seiner Fassade aufbauen musste, weil dieses Leben noch nie nach einem sinnvollen Plan verlaufen ist. Und ich werde auch weiterhin dafür kämpfen, dass wir wieder eine Familie werden. Und genau deswegen werde ich Stella so lange hierbehalten, bis sie es alle verstehen. Sie wird der verfickte Schlüssel zu unserem Frieden sein, ob sie es nun wollen oder nicht.

Ich folge ihm und es ist das erste Mal, seitdem wir hier zusammen aufgetaucht sind, dass wir schweigend eine Aufgabe erledigen.

FAMILY
HOLLYWOOD

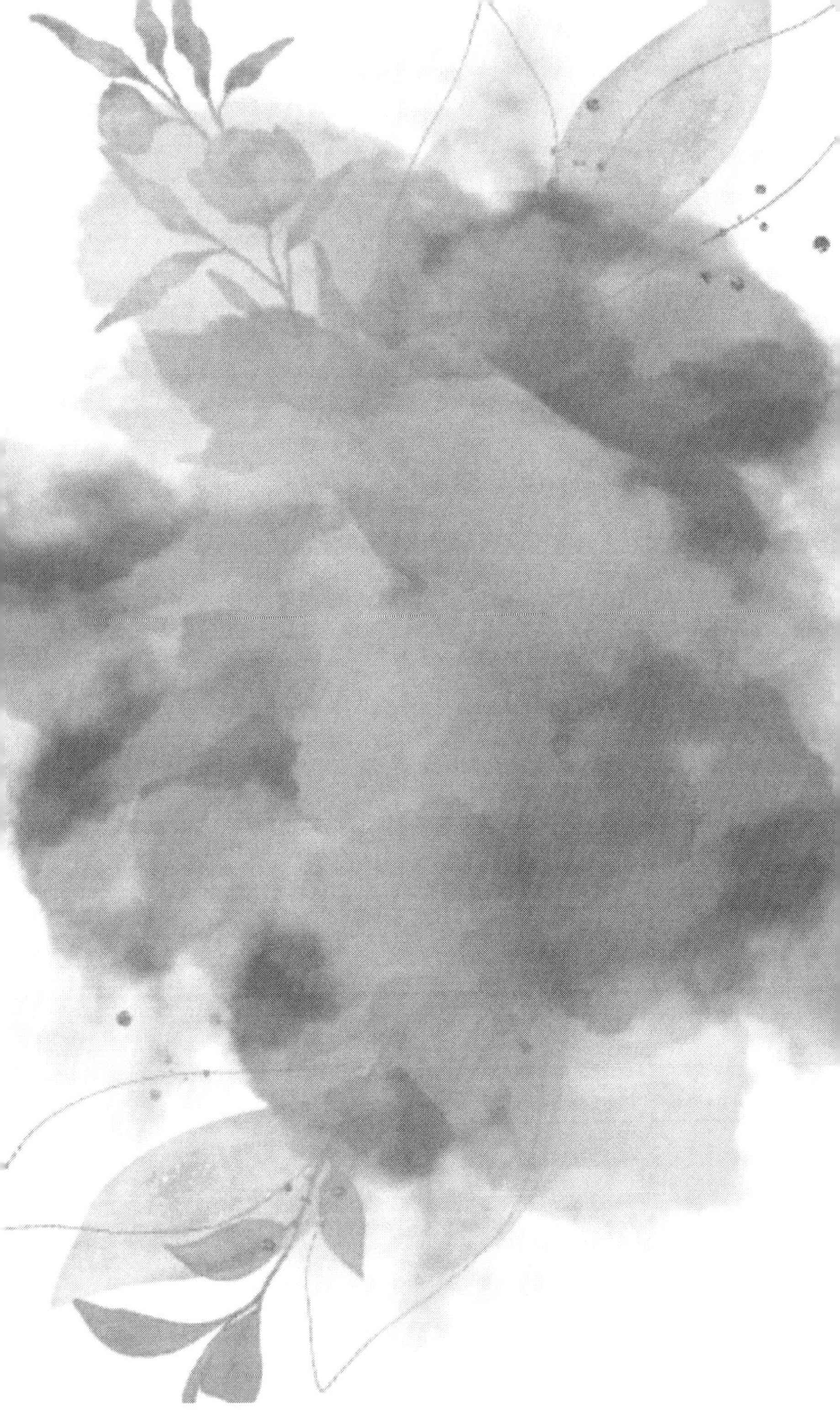

# Kian

## 5

Die Dämmerung ist bislang nicht einmal in Sicht und ich habe langsam keinen Bock mehr, mit der Taschenlampe, die ich irgendwo in einer Schublade gefunden habe, nur minimale Lichtkegel auszuleuchten und so zu tun, als würde ich Stella zwischen den Häusern finden wollen.

Ja, sie war so verdammt abgefuckt, als ich oben in dem Zimmer stand und sie benutzt habe. Dabei hatte ich nur leider nicht das Gefühl, dass sie es ebenfalls so empfunden hat - und ich fatalerweise auch nicht. Ich weiß nicht, was sie in mir auslöst, doch es kann nichts Gutes bedeuten, denn sie wird immer zu dem Menschen – Shawn - gehört, der mir sämtliche Steine, die es auf dem Planeten gibt, in den Weg legt und sogar noch den Ayers Rock verschieben würde, nur damit ich in Geraldton versage.

Ich seufze und sehe zu dem Haupthaus, das seit sechs Jahren den Zufluchtsort darstellt, an den mich Luke vorhin schmerzlich erinnert hat. Ja, es stimmt. Er hat uns vor dem Leben gerettet, das uns vorherbestimmt gewesen ist. Mit einem Vater, der uns seit meinem siebten Geburtstag nichts gegeben hat, außer zu hohe Ansprüche zu haben, Tod und Gefühllosigkeit. Doch mittlerweile weiß ich nicht mehr, ob es wirklich das Beste für uns gewesen ist, dass Luke für unsere vermeintliche Freiheit gekämpft hat. Wenn es nicht so gekommen wäre, dann könnten wir uns wahrscheinlich wenigstens noch ohne den tiefen Hass in die Augen blicken, den keiner von uns mehr aus sich herausbekommt. Und ich stehe immer noch zu meinem Entschluss, dass ich uns allen einen Gefallen tue, indem ich die Abmachungen und Verpflichtungen löse, die Luke so hart mit unserem Vater verhandelt hat.

Wenn er also endlich seinen reichen und mächtigen Hintern aus Sydney hierher bequemt, diese Farm zurückfordert und die Sache mit Stella klärt, dann wird hoffentlich alles besser und ich muss mir diese Feindseligkeit nicht mehr geben, die mir nur immer wieder aufs Neue verdeutlicht, was ich alles verloren habe.

Das Licht der Taschenlampe flackert und ich habe endgültig keine Lust mehr – auf nichts. Außer auf einen Blick in dieses Funkeln in Stellas Augen. Sofort schüttle ich den Kopf und fahre mir über das Gesicht. *Das habe ich gerade nicht wirklich gedacht!*

Die Tür des Haupthauses springt auf und Luke sprintet über den Hof.

»Ich hab' sie!«, ruft er und so etwas wie Vorfreude schwingt in seiner Stimme mit, die mich vollkommen irritiert. Immerhin sollte es Erleichterung oder Frust sein. Selbst meine Schultern entspannen sich merklich, ohne dass ich verstehe, wieso das so ist.

»Heißt das, wir können aufhören, so zu tun, als würden wir sie suchen?«, brülle ich in seine Richtung. Doch er reagiert nicht auf mich.

»Wo steckt sie denn?«, will Ryan wissen, der aus Richtung Silo zu uns gelaufen kommt.

»Sie ist in östlicher Richtung unterwegs.«

»Zu der verlassenen Farm?«, mischt sich auch Seth ein, der bis jetzt nur gelangweilt an der Häuserwand seines Casinos stand.

»Ja.« Luke verschwindet im Stall. Ich laufe ihm nach. Ehe ich ihn erreiche, hat er seinen schwarzen Hengst gesattelt und eine Trense angelegt, schwingt sich auf und prescht los. Ich sehe ihm nach, bis das Geräusch seines galoppierenden Pferdes von der Finsternis verschluckt wird.

Seth taucht neben mir auf und legt seine Hand auf meine Schulter. »Wieso durchquert sie die Pampa? Da findet sie doch nun wirklich keine Hilfe.«

Ich schüttle seine Hand ab. »Du redest hier von einer verzogenen Frau, die nichts von dem Leben draußen im Outback weiß. Wahrscheinlich wurde sie schon von einem Skorpion gestochen oder läuft einer Klapperschlange über den Weg und schwups: Alles wäre geklärt.«

Ich drehe mich um. Ryan sieht, wie bereits das letzte Mal, in die Dunkelheit hinaus. Es wirkt fast so, als würde er etwas wissen oder erahnen, was ich bisher nicht greifen kann. Dann schaut er zu mir. Er besieht mich mit einem merkwürdigen Blick, den ich nicht deuten kann. Und ich möchte ihm auch keine Beachtung schenken, da ich weder die Kraft noch die Lust dazu habe, mit ihm darüber zu reden.

»Okay, also ich gehe jetzt noch ne' Runde pennen«, sagt Seth und gähnt mir die Ohren voll. Ryan schließt sich ihm an. Mit meinen gemischten Gefühlen mache ich die Taschenlampe aus und gehe zu meinem Haus, damit ich in aller Ruhe auf das Ende dieses Lebensabschnitts warten kann. Hinter mir ist bereits die Tür zu hören, die Ryan oder Seth schließt. Ich sehe zum Haupthaus und zu Brian, der unter der Lampe auf der Veranda liegt und in die Ferne stiert. Plötzlich fühle ich mich allein.

Wie an Fäden gezogen laufe ich zu ihm, setze mich auf die oberste Stufe und fange an, ihn hinter dem Ohr zu streicheln.

»Na du Fellknäuel«, sage ich leise und bekomme dafür das kraftvolle Wedeln seines Schwanzes als Antwort. Als Luisa ihn damals für Luke ausgesucht hat, war sie so glücklich. Genau wie Brian, der sie vor Freude angepinkelt hat. Von dem Tag an waren sie unzertrennlich.

Luke hat ihn erst nach ihrem Tod vollständig akzeptiert. Dabei war er immer ein Zeichen ihrer Liebe zu ihm, obwohl sie sich gegen ihn entschieden hatte.

Ich sehe über die Schulter zur offenstehenden Tür. Ich weiß nicht wieso, aber ich stehe auf, gehe durch den dunklen Flur zur Treppe und steige hinauf.

Luisas Zimmer, in dem Stella einquartiert ist, erinnert mich schmerzlich an all die Jahre, in denen sie hier gewohnt hat, weil sie sich einfach nicht entscheiden konnte, wem von uns beiden ihr Herz gehört.

Anstatt einzutreten, laufe ich weiter zu der geöffneten Dachluke und betrete den kleinen, schwach erhellten Raum, auf dem die Bilder, die vorher in den Kisten verstaut waren, wild durcheinander liegen. *Was haben die beiden hier oben veranstaltet?*

Sofort sticht ein Bild hervor, auf das ich zugehe und es mit zitternden Fingern aufhebe. Dem Zeitungsartikel, der daran befestigt wurde, schenke ich keine Aufmerksamkeit, denn jedes einzelne Wort darin ist so präsent, als wäre es erst gestern geschehen.

Aber wieso liegt es hier herum? Hat Stella in unserer Vergangenheit gekramt? Hat sie eine Schwachstelle gesucht? Ein Druckmittel oder irgendetwas, das sie ihrem Vater stolz präsentieren kann, wenn sie zu ihm zurückkehrt? Erklärt das, wieso sie nicht beim ersten Mal geflüchtet ist? Weil sie sich umgesehen hat und das Beste aus ihrer Situation machen wollte? In mir braut sich ein Sturm zusammen, der genauso schnell wie er kommt, wieder auflöst. Denn mittlerweile will
ich einfach nur, dass mir alles egal ist. Die Gefühle, denen ich keine Beachtung schenken möchte, die Farm und auch meine Vergangenheit.

Das Bild in meiner Hand wackelt. Ich kann es nicht verhindern, meine Sicht verschwimmt und ich verbiete mir die Tränen, die sich an die Oberfläche kämpfen wollen. Ich lege das Bild zurück in eine der Kisten, in der sich jetzt unsere Erinnerungen, mit denen der Familie mischen, denen vor uns die Farm gehört haben muss. Dann verlasse ich Lukes Haus, um die schmerzhaften Erinnerungen abzuschütteln, die mich in meinen eigenen vier Wänden noch viel stärker überrumpeln, weil ich seit dem Unfall die Tür des Kinderzimmers nie wieder geöffnet habe und es auch nie wieder tun werde. Lukes Worte kreisen in meinem Kopf. Mittlerweile stört es mich nicht mehr, die Marionette eines anderen Mannes zu sein, wenn er mir im Gegenzug die Gefühle nimmt, die mich wie die drei Geister in der Weihnachtsgeschichte heimsuchen. Nur dass ich meine Lektion nicht lernen kann, weil es nichts mehr gibt, wofür es sich lohnt, dass ich mich ändere.

23
CANVA STORIES
23
CANVA STORIES
23
23
CANVA STORIES

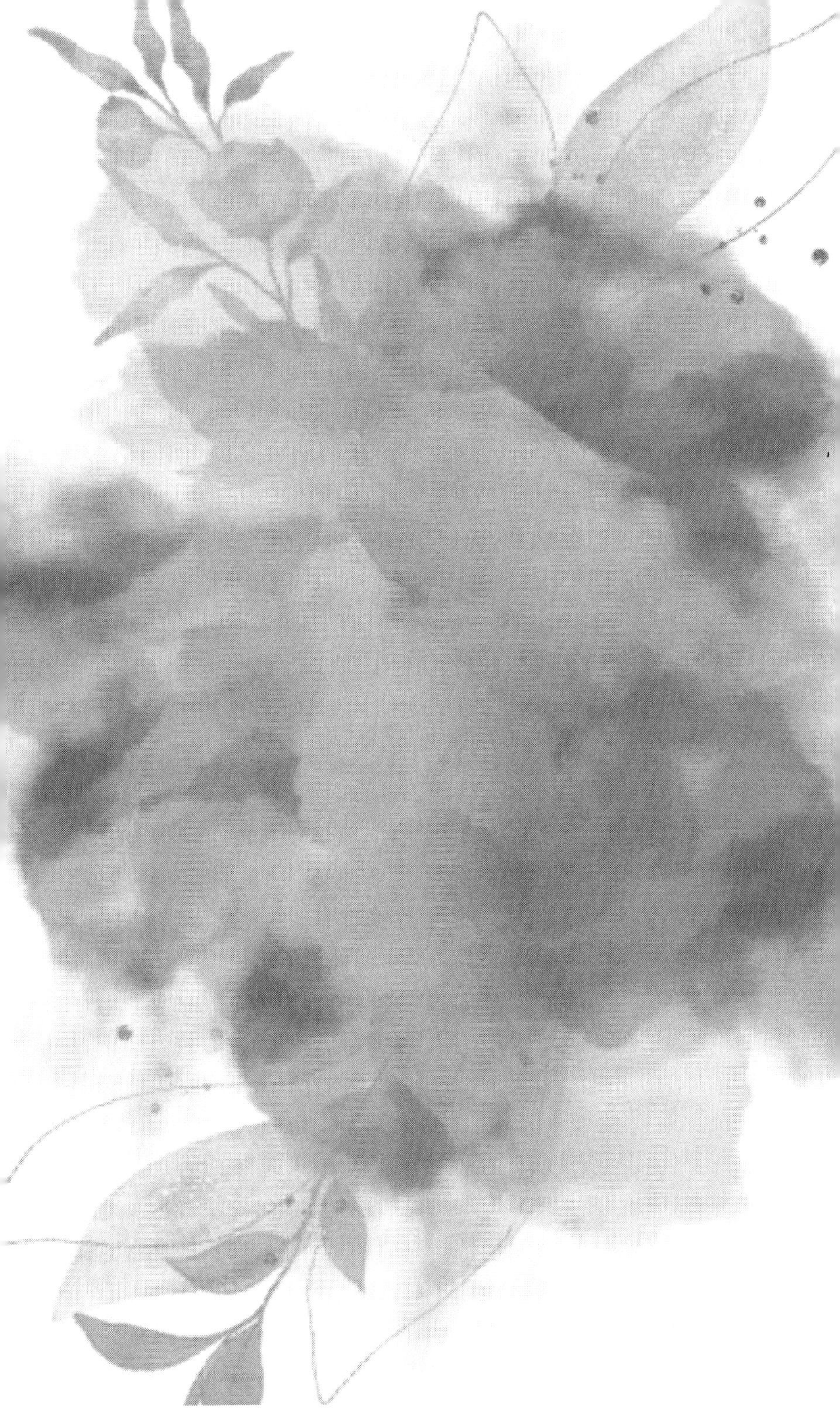

# Shawn

## 6

Langsam kann ich die Cognacflaschen, die ich leere, kaum mehr zählen. Erneut fülle ich mir ein Glas und trinke den nächsten Schluck, ehe ich mich zu meinen vier Gebietsleitern herumdrehe, die sich um die von mir festgelegten Stadtteile kümmern. Mit ihren unfähigen Mienen sehen sie mich an und ohne Vorwarnung werfe ich mein Glas über ihre Köpfe hinweg, gegen die Wand. Das klirrende Geräusch sorgt dafür, dass zumindest Bold kurz zuckt, ehe er schwer schluckt und sich wieder gerade hinsetzt. Noch deutlicher zeigen, dass mir ihre Zuarbeit zu Cleos Verschwinden nicht gefällt, zeige ich nicht. Sie sollten jetzt auch so wissen, dass als nächstes Köpfe rollen werden.

Eigentlich ist nur Bernard wirklich interessant für mich. Der mit seinem bordeauxfarbenen Anzug in einer flapsigen Pose auf meiner Couch sitzt und immer wieder mit dem Finger gegen die Armlehne tippt. Der passende Hut dazu ruht auf seinem

Schoß. Als ehemaliger Partner von Kian kennt er sich mit sämtlichen Abläufen am besten aus, was gleichzeitig bedeutet, dass jede Schwäche, die ich offenbare, auch mein Untergang sein könnte. Wahrscheinlich tue ich mich deswegen so schwer mit diesem Termin und dem, was ich von den Vieren verlange.

Stella hinter mir kritzelt konzentriert auf dem Klemmbrett herum, was sie eindrucksvoll mit ihrer Zunge, die zwischen ihren Zähnen hervorlugt, verdeutlicht. Von Stärke oder Kompetenz ist in keiner Faser ihres Körpers etwas zu spüren und mir reißt langsam der Geduldsfaden mit ihr.

»Meine Herren«, beginne ich und versuche, das schabende Geräusch von Stellas Kugelschreibers zu ignorieren. Bernard sieht mit konzentrierter Miene zu mir und fährt sich einmal über sein kurz getrimmtes Haar, bei dem man deutlich erkennt, wo er bereits in eine Schlägerei verwickelt war, weil sich auf der Narbe kein neues Haar bildet. »Es gibt ein, nun ja, ... pikantes Thema, das ich heute mit euch besprechen will.« Stellas Gekratze wird lauter. Man hört deutlich heraus, dass sie nicht daran erinnert werden will, was sie bisher miterlebt hat. Dabei sollte sie als meine Tochter über den Dingen stehen. Aber sei es drum.

»Mir wurde vor einigen Wochen etwas gestohlen.« Noch immer regt sich keines der Gesichter vor mir, obwohl ich wenigstens mit dem Zucken eines Auges gerechnet hätte, weil das Wort gestohlen in Verbindung mit Shawn nicht existiert.

Ich zeige zu Stella. »Sie wissen alle, dass ich vor zwei Wochen die Hochzeit meiner Tochter zelebrieren wollte.«

Sie nicken.

»Bei der Party, die ich ihr geschenkt habe, kam es zu einem Zwischenfall. Meine Assistentin wurde dabei entführt, weil sie für Stella gehalten wurde.«

Es ist Bernard, der anfängt, schelmisch zu grinsen.

»Es ist mir ein Rätsel, wer so dumm ist, überhaupt etwas von mir stehlen zu wollen, und dann auch noch so dämlich ist, die Falsche mitzunehmen. Fest steht, dass ich diesen Angriff auf meine Person und das Imperium, das dahintersteht, nicht auf mir sitzen lassen werde. Ich will die Ratte finden, die meint, mir ans Bein pissen zu können, und ich will alles, was ihr lieb und teuer ist, dem Erdboden gleichmachen.« In jedem meiner Worte schwingt der abgrundtiefe Hass mit, der, seit dem Moment, in dem Stella zur Tür hereingekommen ist, in mir brodelt.

»Hast du denn schon eine Vermutung?«, fragt Bernard und sieht sich seine schwarz lackierten Fingernägel an.

Ich versuche, die Wut herunterzuschlucken und sachlich zu bleiben. Deswegen nehme ich mir einen Moment, in dem ich mir meine Krawatte zurecht ziehe und mich hinter den Schreibtisch setze. »Nun ja, der Club wurde bereits ausgeräuchert, alle Beteiligten befragt, aber mehr, als dass der Entführer ein Tattoo unter dem Auge haben soll, konnte ich nicht eruieren. Daher will ich, dass ihr in den Stadtteilen die nötigen Untersuchungen einleitet.«

»Und du willst deine Assistentin zurückhaben, oder geht es dir allein um die Rache und die Vergeltung?«

Bernard stellt wie immer genau die richtigen Fragen.

»Ich will beides«, gebe ich tonlos von mir, was deutlich genug untermauern sollte, dass es hier um meinen Besitz geht, der zurück an meine Seite gehört.

»Gut, ich werde mich umhören und die Suche etwas ausweiten, denn wenn du im zentralsten Club der Stadt keine Antworten gefunden hast, glaube ich nicht unbedingt, dass sie noch hier ist.«

»Mit einem Motiv wäre es wesentlich einfacher«, mischt sich Bold ein.

Meine Augen verengen sich zu schmalen Schlitzen. »Welches Motiv, außer dass mir jemand schaden will, brauchst du denn noch?«, frage ich erbost.

Bold wischt sich mit einem Tuch über die mit Schweißperlen benetzte Stirn. »I-ich ...«

»Ich glaube, was Bold meint«, mischt sich Bernard ein, »ist, dass man eigentlich von einem Lösegeld, einem Brief oder einer sonstigen Aufforderung der Entführer ausgehen sollte, in denen sie dir klar sagen, was sie von dir erwarten. Wenn du bereits seit zwei Wochen nichts von ihnen, oder eventuell ist es auch wirklich nur einer, gehört hast, wie soll man dann die Nadel im Heuhaufen suchen?«

Ich nicke. »Ja, darüber habe ich mir selbstverständlich bereits Gedanken gemacht.«

»Und wenn du noch nichts gehört hast, vielleicht hat sie auch jemand entführt, der dir einfach nur eins auswischen will.«

»Denkst du dabei an Kian?«, will ich wissen.

»Ich denke an Kian und alle sonstigen Partner, denen du mit Beginn der Bürgermeisterschaft den Wirkungskreis entzogen hast.« Auch das ist möglich. Wobei es bei Kian etwas Persönliches ist.

»Was ist, wenn sie es selbst so eingefädelt hat? Was ist, wenn sie bereits aus der Stadt raus ist?«

Cleo hat bisher nie den Anschein erweckt, dass sie sich aus dem goldenen Käfig, den ich ihr errichtet habe, befreien will. Nein, das passt nicht zu der Frau, die ich mir in all den Jahren so perfekt konditioniert habe. »Sollte das der Fall sein, dann werde ich derjenige sein, der ihr deutlich macht, dass ich dieses Vorgehen nicht toleriere.«

»Gut.« Bernard springt auf. »Ich werde trotzdem auch außerhalb der Stadt meine Kontakte nutzen. Vielleicht sogar bis zu Kian oder den anderen Unterhändlern hinaus, denen du gerade mehr als sonst ein Dorn im Auge bist.«

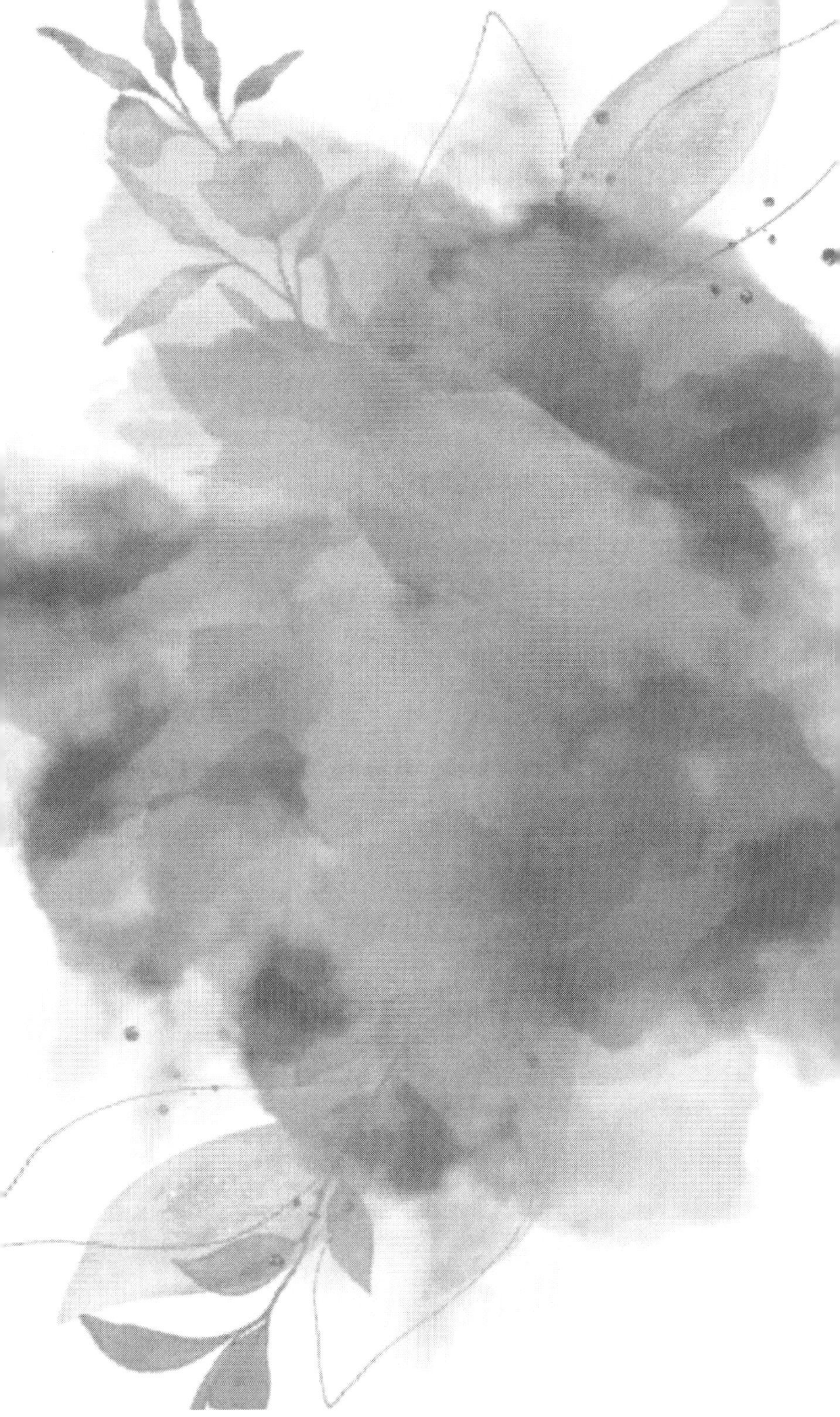

# Cleo

## 7

Langsam dämmert es und ich kann den fast orange schimmernden Staub unter meinen Füßen erkennen. Ich schnaufe wie Thomas, die kleine Lokomotive, die den Hügel hinauffahren muss.

Meine Beine zittern, als wären sie der vollkommenen Erschöpfung nahe und geben immer wieder nach. Gleichzeitig läuft mir der Schweiß die Stirn hinab. Die Nächte hier draußen sind so angenehm warm, in meinem Zustand ist alles zu anstrengend für mich. Kurz halte ich inne und hole intensiv Luft. Ich habe ganz vergessen, wie weit die Wege zwischen den Farmen sind, und habe meine eigene Kraft völlig überschätzt. Ich stiere in die Ferne und suche einen Lichtpunkt, der mir endlich verrät, dass ich die Farm erreiche. Immerhin bin ich bestimmt schon seit Stunden unterwegs.

Meine Kondition ist durch das Leben, das ich bisher geführt habe, im Keller, oder besser gesagt: nicht vorhanden. Ja, ich bin wie ein nasser Sack, der zu nichts zu gebrauchen ist, außer Akten zu sortieren und im Bett eine hübsche Figur zu machen. Wenn ich die Farm erreiche, werde ich erst einmal nach dem zuckerhaltigsten Getränk fragen, das sie im Kühlschrank haben und so viel trinken, bis mir schlecht wird.

Während ich mir über die Stirn wische, wird das Sonnenlicht von etwas reflektiert, das sich zwar immer noch weit weg, aber direkt vor mir befindet.

Ich sehe genauer hin und könnte schwören, in der Ferne ein Haus zu erkennen. Oder es könnte der kleine Unterstand sein, der den Weg zur Richmore-Farm zeigt. Dort hatten sie immer die Flyer liegen, die man mitnehmen konnte und durch die hoffentlich auch der ein oder andere Gast angelockt wurde.

Vor meinem geistigen Auge blitzen Erinnerungsfetzen auf. Ich sehe Steves Gesicht vor mir, als ich ihn gefragt habe, ob das etwas bringt und er nur verschmitzt lächelte und nein gesagt hat. Unser lautes Gelächter hallt in meinen Ohren nach und ich komme nicht drumherum, zu schmunzeln. Ein wohlig warmes Gefühl macht sich in meiner Brust breit, ehe es von etwas anderem überdeckt wird.

Irgendetwas stört mich an dem Bild vor mir. Ich laufe weiter, bis ich das Schild über dem Eingang, sowie es bei unserer Farm auch immer hing, besser erkennen kann. Nur hängt dort keins. Lediglich den Holzstamm und einen verrosteten Haken für ein Schild kann ich entdecken.

Irritiert sehe ich mich um. Wo ist es? Ist es abgefallen? Wütete hier ein Sturm und hat es weit weggeweht oder ... Ich bleibe stehen. Will ich überhaupt weiter darüber nachdenken?

Wieder geht mein Blick in die Ferne. Weit hinten erkenne ich endlich das große Gebäude mit den beiden Haustürmen, die wie ein prunkvoller Westernhausanbau wirken.

Ich laufe weiter. Genauso wie mein Kopfkino, das nicht stillsteht. *Was ist, wenn ...*

Ich überquere den vermoderten Zaun an der Stelle, wo einst das Vieh stand und man schon von Weitem an seinen eindringlichen Geräuschen erkannt hat. Wo steht es denn jetzt? Oder haben sie keins mehr?

Dafür lachen mich die gähnende Leere und die verdorrte Umgebung aus. Und plötzlich möchte ich nicht mehr weiterlaufen, sondern nur noch in meinem Selbstmitleid ertrinken.

Bis jetzt habe ich mir nicht einmal die Frage gestellt, was wäre, wenn es auch diese Farm nicht mehr gibt. Wenn sie nur noch ein Hoffnungsschimmer in meinem Kopf ist, der jetzt wie das trockene Staubkorn davon geweht wird.

Während ich mit den aufsteigenden Tränen kämpfe, vibriert es unter meinen Füßen. Langsam geht es auf meinen gesamten Körper über und verläuft als kalter Schauer über meinen Rücken. Liegt es an der Tatsache, dass mir gerade der Letzte, der wirklich allerletzte Strohhalm, der mich aus der Dunkelheit gezogen hätte, genommen wurde?

Die Schwingungen werden stärker. Ich sehe mich um. Links und rechts ist nichts zu erkennen. Ich drehe mich um und brauche einen kurzen Moment, um das Bild zu realisieren. Ein Mann auf einem schwarzen Pferd, dessen Mähne in der aufgehenden Sonne schimmert, reitet auf mich zu. Ich sehe etwas höher. Die Umrisse werden klarer.

Alles in mir verkrampft sich immer mehr, denn es ist Luke. Verdammt, wie hat er mich gefunden? Er sollte nicht hier sein und er sollte erst recht nicht seine Farm riskieren, indem er mich auf ihr gefangen hält. Wieso kann er mich nicht einfach gehen lassen? Damit habe ich ihm doch alle Sorgen abgenommen.

Mein Körper verselbstständigt sich und ich renne los. Darin bin ich mittlerweile so gut, denn ich tue es schon mein ganzes Leben. Dabei habe ich keine Ahnung, wohin ich soll. Mein Kopf ist leer. Alles um mich herum sieht gleich aus. Also renne ich weiter auf das Anwesen, auf dem ich mein erstes Bier getrunken habe, zu, ringe nach Atem und brauche eigentlich eine Pause.

Erneut überquere ich einen Zaun, den Luke locker überspringen kann, sodass ich ihm nicht einmal auf diesem Weg entkomme. Bevor ich auch nur in die Nähe des Hauptgebäudes komme, fängt er mich ab und stellt sich mir in den Weg.

»Hab' ich dich!«, hallt seine Stimme in der Einsamkeit um uns herum wider und die anfängliche Hoffnung, hier Zuflucht zu finden, verpufft laut und lässt die Seifenblasen zu Steinen werden, die mich zum Anhalten zwingen.

Ich antworte nicht. Luke steigt ab und ich sehe mich hektisch um, will an ihm vorbei, doch da hastet er bereits zu mir, packt mich an der Schulter und umgreift sie so fest, dass es anfängt zu stechen. Ich verkrampfe mich, ringe nach Luft und kämpfe mit den Tränen, die in meinen Augen brennen.

»Hier wirst du keine Rettung finden«, raunt er griesgrämig und ich wette, er legt die Stirn in diese tiefen Falten, wie ich sie bereits auf dem Dachboden gesehen habe.

Der Adrenalinstoß, der mich eben noch zum Losrennen verleitet hat, verpufft mit einmal und ich fühle mich kraftlos und erschöpft. Erst jetzt wird mir wirklich bewusst, dass diese Farm verlassen ist. Niemand ist hier. Kein Vieh, keine Menschen. Nicht einmal das Silo sieht so aus, als würde eine Maus noch ein Futterkorn finden.

»Ja«, antworte ich kaum hörbar und sehe weiterhin zu dem Gebäude vor mir. Es gibt nichts mehr, das mir wenigstens das Gefühl vermittelt, Hoffnung haben zu dürfen. Es gibt nichts mehr, dass an das alte Leben erinnert und es wird Zeit, dass ich dieses Mädchen, dass das Gefühl hatte, eine zweite Chance zu bekommen, endlich begrabe. Hier im Outback, so wie es Shawn mit seinen Widersachern oder Störenfrieden tut. So, wie ich es mir all die Jahre für mich gewünscht habe. Ohne mich loszulassen, dreht mich Luke in seine Blickrichtung.

»Was hast du dir nur dabei gedacht?«, mahnt er, als wäre ich ein kleines Kind, das nicht selbst für sich entscheiden kann. Und auch das stimmt. Ich habe die Pubertät übersprungen und bin gleich zu einer Frau geworden, die nie allein entscheiden durfte. Wieso sollte es jetzt anders sein? Aber das kann ich mir vor ihm nicht eingestehen oder es offen benennen. Also werde ich meine zickige Schiene beibehalten.

»Was denkst du denn?«, sage ich forsch und versuche seine Hand, von meiner Schulter zu schütteln, was mir nicht gelingt. »Meinst du echt, ich will darauf warten, bis ihr euch überlegt habt, wie ihr mich am besten foltert und tötet? Oder mich auch nur benutzt, wie es S... alle Männer tun, die meinen, damit meinem Vater eins auswischen zu können.«

Er sagt nichts.

»Sorry, aber darauf kann ich verzichten«, rede ich weiter und verschränke die Arme vor der Brust und drehe mich wieder von ihm weg.

»Du kannst trotzdem nicht einfach wegrennen. Das Outback ist gefährlich.«

»Gefährlicher, als bei euch zu sitzen und auf mein Ende zu warten, kann es nicht sein.«

»Wenn es nach mir ginge, müssten solche Gedanken auch nicht im Raum stehen. Aber ich kann nichts dafür, dass du in einer Welt lebst, die sich mit meiner beißt«, raunt er.

»Es beißt sich nur das, was man zulässt oder will, dass es sich beißt. Australien ist groß genug und wenn ihr Stress mit m-meinem Vater habt, dann klärt das, ohne ein atmendes Druckmittel zu haben.«

Harsch dreht er mich erneut zu sich herum. »Wow, du bist echt die Tochter von König Drosselbart.« Herabwürdigend sieht er mich an und zieht die Nase weit nach oben. »Eingebildet und fernab der Realität lebend.«

»Und der Hoffnung verfallen, dass nicht alle Männer, die meinen, eine Frau besitzen zu können, dies auch durchsetzen«, rutscht es mir heraus und ich ärgere mich, dass ich nicht darüber nachgedacht habe, denn das passt nicht zu Stella und nicht zu der vermeintlichen Tochter, die sie hier entführt haben.

Genau das sehe ich auch in seinem Gesicht, aus dem jetzt Argwohn und kleine Fragezeichen sprechen. Das muss ich sofort im Keim ersticken.

»Also erledigst du das gleich hier oder tut ihr es zu viert?«, frage ich mit leicht zitternder Stimme, weil ich gleich meine letzte Kraft verlieren werde. Dabei wäre es mir nur recht, um das Leben aller anderen Beteiligten.

Sein Gesicht wird hart. »Hier wird gar nichts gemacht, solange sich dein Vater nicht gemeldet hat.«

Die Worte benötigen einen Moment, ehe sie in meinem Gehirn ankommen. Doch dann entgleiten mir die Gesichtszüge. »Ihr habt ihm gesagt, dass ...«

»Nein«, fällt er mir ins Wort und zieht mich zu seinem Pferd. »Aber es wird Zeit, dass es Kian und Seth tun und du endlich von hier verschwindest.«

Mit aller Kraft stemme ich mich gegen ihn. »Dann lass mich doch einfach gehen und ihr werdet mich nie wieder sehen. Mein Vater erfährt von nichts.«

»Nein!«, zischelt er.

»Bitte!«

Abrupt stoppt Luke und zieht mich harsch an sich heran. »Was?«, fragt er und sieht mir tief in die Augen. »Dich mit zurücknehmen oder dich zu deinem Vater zurückbringen?«

Ich sage nichts und sehe ihm einfach nur in das zerrüttete Blau seiner Augen, die genauso wenig wie ich zu wissen scheinen, wieso da immer noch Hoffnung aufkeimt, die bereits hartnäckig erstickt wurde.

»Jetzt steig auf«, brummt er, dreht mich zum Pferd um und legt die Hände auf meine Hüften. Nur widerwillig steige ich mit seiner Hilfe auf. Er schwingt sich hinter mich und ein prickelnder Schauer läuft über meinen Rücken, der mich an den Moment auf dem Dachboden erinnert.

»Es wird Zeit, dass du endlich hier wegkommst.«

Aus der Seitentasche zieht er eine kleine Wasserflasche, die er aufschraubt und mir reicht. Erst jetzt merke ich, wie durstig ich bin, leere sie fast bis zur Hälfte und gebe sie ihm zurück. Nachdem er sie verstaut hat, nimmt er rechts und links von mir die Zügel in die Hand und streift meine kalten Arme, die immer noch von einer leichten Schweißschicht überzogen sind.

Ich weiß nicht wieso, aber plötzlich ist da eine Wärme. Ein Schutz, den ich nicht verstehe. Der sich über meine Schulter und meine Brust legt und sie mit einer Hitze erfüllt, die an eines der Lagerfeuer erinnert, die wir früher gemacht haben, wenn wir die Schafe auf eine der Nachbarfarmen gebracht haben. Ein Gefühl nach Heimat, das irgendwann im aufgewirbelten Sand des Outbacks verweht wurde und wie Atlantis nur noch eine Erzählung ist, die nie jemand belegen kann.

Kurz erhasche ich einen letzten Blick auf die verlassene Farm, ehe Luke das Pferd in die andere Richtung lenkt und wir von ihr wegreiten. Nur mühselig kann ich die Tränen aufhalten, die sich spätestens dann, wenn ich einen Moment allein sein werde, nicht mehr länger zurückhalten lassen.

# Luke

## 8

Im Schritttempo bringe ich uns langsam zurück zur Farm. Schneller traue ich es mir nicht zu, denn Stella hängt wie ein nasser Sack vor. Ich muss sie in unregelmäßigen Abständen mit einem Arm um ihre Taille stützen, damit sie nicht vornüberfällt. So angespannt, wie sie wirkt, kommt es mir so vor, als würde sie mit ihrer eigenen Kraft darum kämpfen, sich halten zu können.

Dabei wird sie mir immer suspekter. Wieso ist sie gerade in diese Richtung gelaufen? Soll es ein Zufall gewesen sein? Das kann ich mir nicht vorstellen, denn Farmen hier im Umkreis sind rar gesät und man muss wenigstens ein wenig örtliches Verständnis haben, um sich zielsicher auf eine zuzubewegen.

»Wie hast du mich gefunden?«, fragt Stella und holt mich aus meinen Gedanken.

Ein paar aufgeschreckte Kängurus hüpfen über den staubigen Boden vor uns weg, während die Sonne immer schneller am Himmel aufsteigt.

»Hast du wirklich geglaubt, wir haben kein Sicherheitssystem?«

»Nachdem vor ein paar Tagen in einem der Häuser das Partyfieber ausgebrochen ist, bin ich nicht davon ausgegangen.«

»Mich wundert ja, dass du keine Lust hattest, der Party beizuwohnen«, stichele ich und kann mir diesen kurzen Schwenker hin zu ihrem sonst mit Sicherheit sorgenfreien Leben nicht entgehen lassen. Außerdem bekomme ich sie so am besten von dem Sicherheitsthema weg, was sie ohnehin nichts angeht.

»Nur weil ihr denkt, dass ich eine verwöhnte Tussi aus der Stadt bin, heißt es nicht, dass es der Wahrheit entspricht. Ihr kennt mich genauso wenig wie ich euch.«

»Und du machst es uns auch ziemlich schwer, dich besser kennenzulernen, oder?«

Schon bereue ich meine Frage, denn sie ist absolut unangebracht und in unserer Situation alles andere als zutreffend. Zum Glück geht sie nicht darauf ein.

»Wieso war die Farm verlassen?« Plötzlich klingt sie nachdenklich und etwas verletzt. Und irgendwie sträubt sich alles in mir, ihr die Wahrheit darüber zu erzählen. Dabei hat sie schon mehr als deutlich gezeigt, dass sie keine Frau ist, die die harte Realität nicht verträgt. Aber ich werde das Gefühl nicht los, dass mehr hinter dem Fluchtweg, den sie gewählt hat, steckt, als ich es mir vorstellen kann.

»Es gibt nur noch eine, auf der die Viehzucht gut läuft. Alle anderen waren bereits, bevor wir hierhergekommen sind, verlassen.«

»Du weißt, dass es eure auch bald sein wird, wenn ihr mich nicht einfach gehen lasst.«

Leise schnaube ich und ziehe ein weiteres Mal die Wasserflasche aus der Tasche, die ich ihr reiche, und aus der sie erneut einen großen Schluck trinkt. »Und dann? Du rennst zu deinem Vater und das Schicksal nimmt seinen Lauf?«

Sie gibt mir die Flasche zurück. Wobei sie akribisch darauf achtet, dass sich unsere Finger nicht berühren. Ich stecke sie zurück und werde das Gefühl nicht los, dass der Sattel stärker hin und her rutscht, als er es normalerweise tut. »Oder du lässt mich einfach gehen und ich tische ihm eine Erklärung auf, mit der jeder leben kann und bei der es kein Blutvergießen oder Ähnliches geben muss.«

Okay, nach der zickigen Tour kommt jetzt die Verhandlerin in ihr zum Vorschein?

»Ich weiß, dass das mit mir nicht beabsichtigt gewesen ist und Seth mich ohne euer Wissen entführt hat. Nur bin ich nicht die Fahrkarte in ein sorgenfreies Leben und auch nicht zurück in die Welt, in die Kian wahrscheinlich möchte. Er sollte froh sein, dass er bei meinem Vater raus ist.«

»Ich gebe es nicht gern zu, aber da bin ich ganz deiner Meinung. Nur sehen weder er noch Seth das so.«

»Und Ryan?«

Ich muss schmunzeln. Dafür, dass sie bisher nicht viel von uns erlebt hat, hat sie einen guten Blick auf jeden von uns.

»Ryan macht nur das, was für ihn selbst von Vorteil ist. Alles andere duldet er oder lässt er über sich ergehen.«

»Uuund.« Tief holt sie Luft. Doch ich unterbinde ihre nächsten Worte.

»Ich werde dich trotzdem nicht einfach gehen lassen. Und wenn ich nicht damit beschäftigt wäre, dich aus der Wüste einzufangen, dann könnte ich an einer Lösung arbeiten, mit der wir alle leben können.«

Sie spannt sich an. Flüchtig dreht sie den Kopf über die Schulter, sieht zu mir hoch und wieder zurück.

»Luke, ich …«

Plötzlich rutscht der Sattel zur Seite weg. Stella krallt sich in meinen Arm und dann fallen wir beide vom Pferd, wobei Stellas Aufprall auf den Boden durch mich abgefedert wird. Überall wirbelt der Sand auf und hüllt uns in eine orangefarbene Staubwolke, durch die wir beide husten müssen.

Stella, die auf mir liegt, dreht sich auf den Bauch und stützt sich links und rechts neben meinem Gesicht ab, sodass sie mir direkt in die Augen sehen kann und eine ihrer schwarzen Strähnen mir ins Gesicht fällt und kitzelt. Selbst im Dreck liegend sieht sie noch viel zu perfekt aus. Meine Lippen kribbeln, weil sie sich an ihre erinnern und es gern wiederholen würden. Stella wiederum leckt sich über ihre Unterlippe, sieht auf meine und dann zurück in meine Augen.

»Hast du die Gurtstrippen nicht richtig festgezurrt?«, fragt sie mit einem leichten Lächeln am Mundwinkel, gegen das sie zu kämpfen scheint.

Woher kennt sie denn die Teile eines Sattels? »Wenn ich mitten in der Nacht losmuss, um eine vermeintliche Prinzessin zu retten, kann so etwas passieren.«

»Man muss mich nicht retten«, raunt sie, sieht erneut auf meine Lippen und kaut sich auf der Innenseite ihrer Wange herum. »Dafür ist es schon lange zu spät.« Sie beugt sich zu mir hinunter. Dann wiehert mein Flash laut drauflos, was Stella innehalten und lächeln lässt, bevor sie sich seitlich von mir herunterrollt und ebenfalls im Sand liegen bleibt.

In meinen Ohren rauscht es. Stella auf mir, Stella neben mir. Aber egal, wie man es dreht und wendet – das war viel zu nah bei mir. Die Letzte, die solch einen Zwiespalt in mir ausgelöst hat, war Luisa. Und sie hat sich am Ende nicht für mich entschieden. Und ich überstehe es kein weiteres Mal, verletzt zu werden.

Sie erhebt sich und läuft zu Flash, der einige Meter von uns entfernt an einem Strauch steht. Behutsam legt sie die Hand an seinen Hals und streichelt ihn. Mit der anderen greift sie die Zügel und sieht ihm tief in die Augen.

Ich weiß nicht, was ich von dem Bild vor mir halten soll. Das dort wirkt nicht wie die Tochter eines Drogenbosses, der keine Skrupel zeigt. Eher das Bild einer zerbrechlichen Frau, die selbst einen Ausweg aus diesem Leben sucht, was zu ihrer Aussage passt, einfach zu gehen und ihrem Vater nichts von dieser

Entführung zu erzählen. Und ich glaube ihr, doch ich kann das Schicksal meiner Farm und auch meiner Familie nicht blind in das Versprechen einer Frau legen.

Ich stehe ebenfalls auf, greife nach dem Sattel und gehe auf die beiden zu, lege den Sattel auf Flash und zurre ihn dieses Mal fest, sodass er nicht abfallen sollte.

Nur flüchtig sehe ich mehrmals zu Stella, die mich aus dem Augenwinkel beobachtet und selbst nicht zu wissen scheint, was hier gerade vorgefallen ist. Nur für mich ist klar, was jetzt zu tun ist.

»Stella, sobald wir wieder auf der Farm sind, wirst du das Problem eines meiner anderen Brüder sein.«

Sofort merke ich, wie sich ihre Finger verkrampfen. Doch sie antwortet mir nicht darauf.

CANVA STORIES
CANVA STORIES
CANVA STORIES

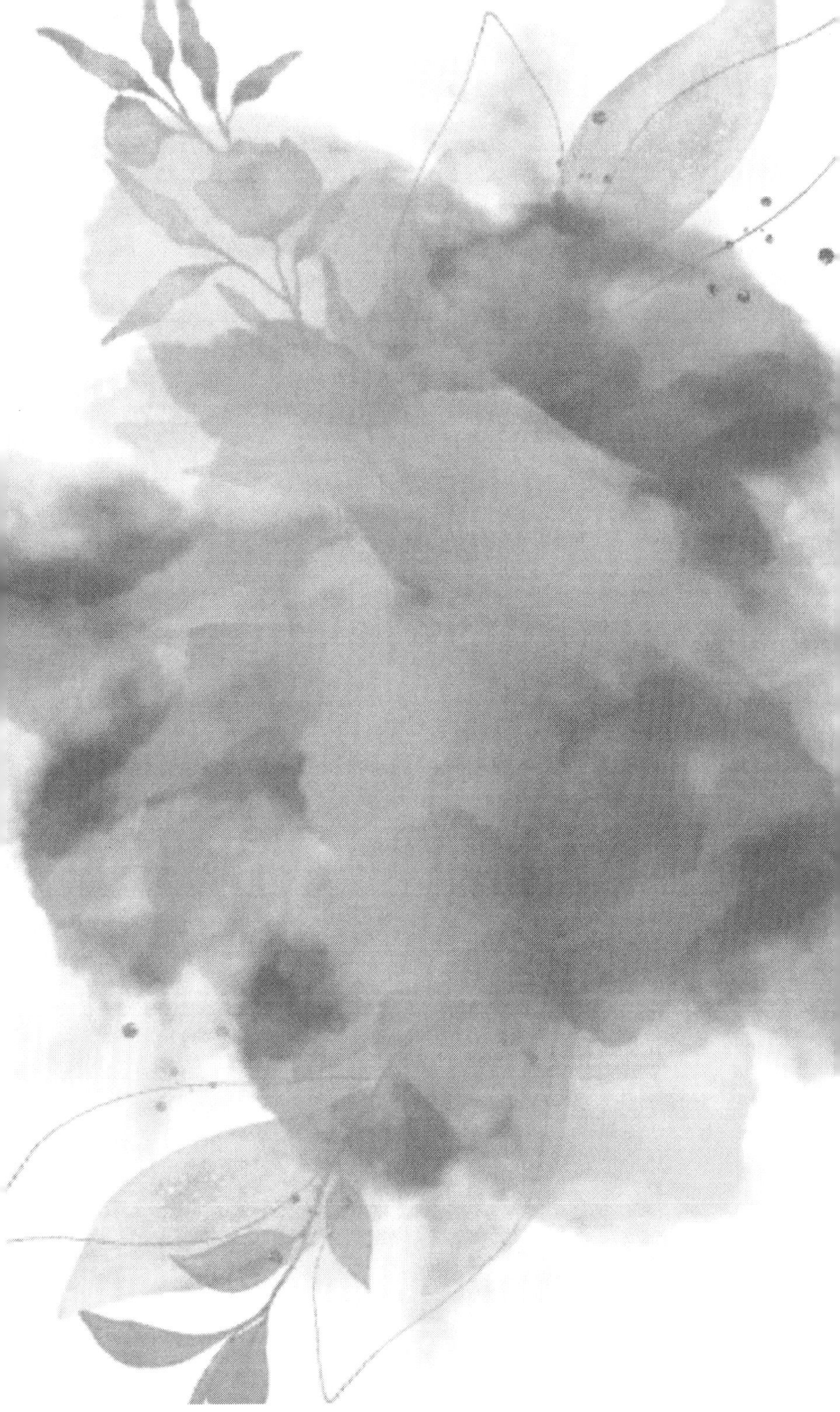

# Seth

## 9

»Seth!«

Unerbittlich klopft jemand gegen meine Tür. Doch es fühlt sich mehr so an, als würde mir jemand direkt gegen den Kopf schlagen. Dazu das Licht, das durch den kleinen Spalt der Gardine dringt, und meine sonst so gute Laune verflüchtigt sich, wie das Lachen des Clowns, wenn sein Ballontier platzt.

Genervt drehe ich mich um, lege das Kissen über mein Gesicht und drücke es zusätzlich kräftig gegen meine Ohren. Aber dieses fiese Klopfen hört einfach nicht auf.

»Seth!«

Wenn ich mein Messer nehme und mir die Trommelfelle kaputt stochere, würde es aufhören.

»Seth!«, plärrt ein weiteres Mal die Stimme und langsam kann ich sie Ryan zuordnen.

Was hat er nur? Steht die Farm in Brand? Dann riecht es nicht genug nach knusprigem Pferdefleisch, von dem ich mir, bevor alles lichterloh brennt, noch ein Stück wegnehmen kann.

Endlich hört das Klopfen auf. Dafür wird meine Tür lauthals eingetreten und Schritte werden lauter, die fast noch schlimmer auf meinen Gehirnwindungen Polka tanzen als das Klopfen.

Ich bewege mich keinen Zentimeter und tue so, als würde Ryan nicht vor mir stehen.

»Sieh mich endlich an«, knurrt er und der verführerische Geruch seiner Zigarette strömt sogar durch das Kissen. Nur widerwillig drehe ich mich herum und sehe ihn durch einen kleinen Spalt an, sodass man mich reden hören kann.

»Ja?«, frage ich so unmotiviert wie immer, wenn man meint, mich wecken zu müssen. Wieso kann ich auch nicht ausschlafen, wenn ich schon die halbe Nacht auf den Beinen gewesen bin, um Stella zu suchen? Bei Sex mit ihr wäre es ja etwas anderes, aber wenn ich einfach nur meine wertvolle Zeit mit einer sinnlosen Suche in der Dunkelheit verschwenden muss, hört der Spaß echt auf.

»Steh auf«, fordert er ungewohnt herrisch. Dabei sagt er so etwas doch nur zu seinen Nutten, wenn er sie wieder an seinem Bett oder der Pritsche festkettet. Kurz halte ich inne. Bin ich jetzt auch eine seiner Nutten? Soll ich mich darüber freuen oder beschweren, dass mir diese Ehre erst so spät zuteil wird?

»Ist es denn zu viel verlangt, dass ich mich von meinen nächtlichen Aktivitäten in aller Ruhe erholen will, die dieses

Mal nichts mit Spaß, sondern Arbeit zu tun hatten, weil wir die Stecknadel im Heuhaufen gesucht haben?«, zicke ich weiter. Dabei hätte ich viel lieber die neue Dame in seinem Club ausprobiert, die aus Curtis zu uns gekommen ist.

»Luke ist gerade wieder zurückgekommen.«

»Wo war er denn? Zum Lachen im Outback? Im Keller könnten ihn ja die Spinnen hören.«

Kurz grunzt Ryan, ehe er sich fängt. Schön, wenn man jemanden gefunden hat, der denselben Humor teilt. Und umso besser für faule Kerle wie mich, wenn man dafür einen Zwillingsbruder hat.

»Er hat Stella eingefangen und wird absolut nicht zufrieden.« Ich lasse das Kissen los und sehe ihn wenig beeindruckt an.

»Nicht zufrieden?«, frage ich wenig elanvoll nach. »Sind wir jetzt in der Schicki-Micki-Welt der Großstadt angekommen oder wieso hübschst du dein so schon wenig dialektfreies Englisch mit solchen Phrasen auf? Wahrscheinlich trinkst du dein Bier ab sofort auch mit abgespreiztem kleinem Finger.«

Wie so oft, wenn er sich unsicher ist, was er antworten soll, weil er selbst keinen Plan hat, was ihn dazu veranlasst, beißt er sich auf die Innenseite seiner Wange.

»W-weil ...«

Ich strecke mich, bequeme mich seitlich aus dem Bett und stolpere über die Bacardiflasche, die ich vorhin noch mit irgendeiner seiner Nutten geleert habe, um nicht ständig an Stellas ersten Auftritt hier auf der Farm denken zu müssen. Und um mich ebenfalls davon abzulenken, dass diese Familie am Abgrund steht und ich nicht weiß, wie ich sie da wegbekommen soll.

Und jetzt – mein Gehirn schaltet viel zu langsam – ist sie schon das zweite Mal ausgebüxt. Ich versuche nicht einmal, mir ein Schmunzeln zu verkneifen. Sie hält Luke ganz schön auf Trab. Eigentlich uns alle. Das gefällt mir. Irgendwie muss ich diese Chance nutzen. Auch wenn sie es noch nicht weiß, aber sie passt so verdammt gut zu Luke und Kian – eigentlich zu uns allen.

Ich hebe mein Hemd von gestern hoch, rieche daran und befinde es als gut genug, um es heute noch einmal zu tragen. Also ziehe ich es über, schlüpfe in die schwarze Jogginghose und folge Ryan hinaus, der mir seit meiner Frage nicht weiter geantwortet hat. Wieso ist er denn jetzt so komplett wortfaul? Er muss doch spätestens nach zwei Gehirnwindungsgedanken verstehen, dass er gerade vollkommen psychisch grenzwertig herüberkommt.

Kaum trete ich aus der Tür, scheint die Sonne erbarmungslos auf mich nieder. Luke steht mit seinem schwarzen Hengst am Stall und bindet ihn fest.

Stella sitzt noch auf dem Gaul und stiert in die Ferne, als würde sie sich ihre Freiheit wünschen.

Aber was weiß ich schon? Ich will nur eins – meine Familie zurück. Also wird es Zeit für Action. Genau in dem Moment geht die Tür von Kians Haus auf. Als wäre er der Teufel höchst persönlich, der erscheint, wenn ich über ihn nachdenke, zieht er sich gerade ein weißes Hemd über die Schultern. Spannender Edward Cullen Move, nur völlig verkehrt. Immer diese Anfängerfehler. Pff. Was will er damit erreichen? Dass ihn Stella anschmachtet und Luke ihre sekundäre Rivalität vergisst? Da wird er lange drauf warten können.

»Was gibt es denn jetzt schon wieder?«, raunt er, bleibt mit etwas Abstand zu uns stehen und sieht immer wieder zu Stella, die auf dem Sattel um ihr Gleichgewicht kämpft.

»Ich habe keine Zeit mehr für diese Spielchen«, sagt Luke und hilft Stella vom Pferd, die ihre Hand auf seine Schulter legt, das Bein auf die Seite schwingt und in dem Moment, in dem Luke um ihre Taille greift, vom Pferd rutscht. Sie greift nach einer Flasche mit Wasser, die in der Seitentasche steckt.

»Erst versucht sie, Ryan mit ihrer Messerakrobatik abzustechen, und dann haut sie einfach aus ihrem Zimmer ab, um auf dem Dachboden herumzuschnüffeln ...«

*Ich revidiere. Ausbruchsversuch Nummer drei.*

»... und jetzt muss ich sie durch das halbe Outback jagen, wo ich sie kurz vor der nächstgelegenen Farm einfange.«

Sie schraubt die Flasche auf und trinkt einen Schluck.

»Du meinst vor der Farm, wo sie die Leute abgeschlachtet haben?«, frage ich nach, um es besser auf der Landkarte eingrenzen zu können. In dem Moment spuckt Stella das Wasser aus.

Kian rollt mit den Augen und will gerade etwas sagen.

»Es waren acht Kilometer, nicht das verfickte halbe Australien«, mischt sich Stella ein, ohne einen von uns anzusehen. Immer wieder fallen ihr die Augen zu, während ihr Körper zittert. Madame ist müde. Dabei müsste sie nach der Jagd doch voller Adrenalin sein.

Luke legt seine Stirn in Falten. Ich glaube, das ist die Mimik, die er die ganze Nacht über übt, damit die Muskeln in der Stirn immer beweglich sind.

»Es ist mir verdammt noch einmal scheißegal, wie viele Kilometer es sind ...«

»Aber gut geschätzt«, hängt sich Ryan mit ein, bis er die volle Wucht von Lukes Blick abbekommt und verlegen zur Seite sieht. Doch da ist auch wieder dieses nachdenkliche Funkeln, das er, seit Stella hier ist, in ihrer Nähe fast immer zeigt.

Was ist nur mit ihm los? Seit wann kuscht er so? Wo ist seine *Ich liebe mich hier und ich liebe mich da* Attitüde?

»... du bist hier, unser ...«, er ringt um die richtigen Worte, »... du bist hier und damit entscheidest nicht du, was du tun und lassen kannst.«

Grazil, aber langsam kraftlos wirkend, weil ihre Schultern sämtliche Spannung verlieren, dreht sie sich mit demselben Gesichtsausdruck, den Luke seit Jahren einstudiert hat, zu ihm herum.

»Wow. So viel Freiheit für so wenig Herz«, knallt sie ihm an den Kopf und baut sich vor ihm auf, aber reicht ihm nicht einmal bis zum Kinn. »Du lebst hier auf einer Farm, weitab von all dieser falschen Welt, die mit der Stadtgrenze die Herzen vergiftet, und sperrst mich lieber ein, als endlich das mit mir zu tun, für das mich dein weniger heller Bruder hierher geholt hat.« Ihre Stimme bebt.

*Weniger heller Bruder? Meint sie mich?*

Luke wirkt vor den Kopf gestoßen. Was haben die beiden denn auf der Tour zurück zu uns gemacht? Aber er findet sich schnell und tut es ihr gleich.

»Ich bin nicht dafür da, dir die Welt außerhalb der vier hohen Mauern zu zeigen, die dein Vater errichtet hat. Du bist nur in meinem Haus untergekommen, damit die drei hinter mir«, er zeigt über seine Schulter und mehr auf mich, als auf die anderen beiden, »ihre Finger von dir lassen und sich eine galantere Lösung einfallen lassen, als dich in kleinen Stücken zurückzuschicken. Ich stehe nämlich nicht auf sinnlos vergossenes Blut auf meinem Grund und Boden.«

Die Wut in ihrem Blick weicht einem anderen Bild. Fassungslosigkeit, Angst und Abwehr. Wie heiß und anziehend solche Gefühle wirken können. Mein Schwanz wird schon hart und will mehr.

Sie schluckt schwer, ringt um Fassung und findet den dunklen Funken in ihren Augen wieder, der mich schon in der Bar fasziniert hat und ich nicht weiß, ob ich wirklich nicht wissen will, wie weit man ihn noch herauskitzeln kann.

»Ich soll die Prinzessin sein?« Gehässig lacht sie auf. »Dabei bist du es, der hinter den Rosenbüschen schläft und davon träumt, dass die schwarzen Wolken, die bald aufziehen werden, über ihn hinwegtreiben.«

»Warte, ich hole mein Poesiebuch, damit ich diese weisen Worte mitschreiben kann.«

Ohne ein weiteres Wort dreht sie sich um und läuft auf Kians Haus zu.

»W-was? Hey, wo willst du hin?«, ruft Luke ihr hinterher.

»Ich soll brav an der Leine bleiben, bis mich Daddy abholt und dieses Land dem Erdboden gleichmacht? Bitte! Dann aber so weit wie möglich von dir Spinner entfernt.«

Kian holt genervt Luft, vergräbt eine seiner Hände in der Tasche seiner Hose. »Ich glaube, sie meint dich«, sagt er ruhig an ihn gerichtet. Aber den unterschwelligen Giftton hört man deutlich heraus.

»Neid steht dir auch heute nicht«, kontert Luke. Doch Kian läuft bereits Stella hinterher und das Bild erinnert mich an irgendeinen Film, den ich letztens erst geschaut habe, aber vom letzten Schluck Bacardi in den Nebel gezogen wird. Mit bösem Blick sieht Luke Kian nach, löst die Zügel und führt Flash in seinen Stall.

SEX
35 3 26 0 32 15
CANVA STORIES

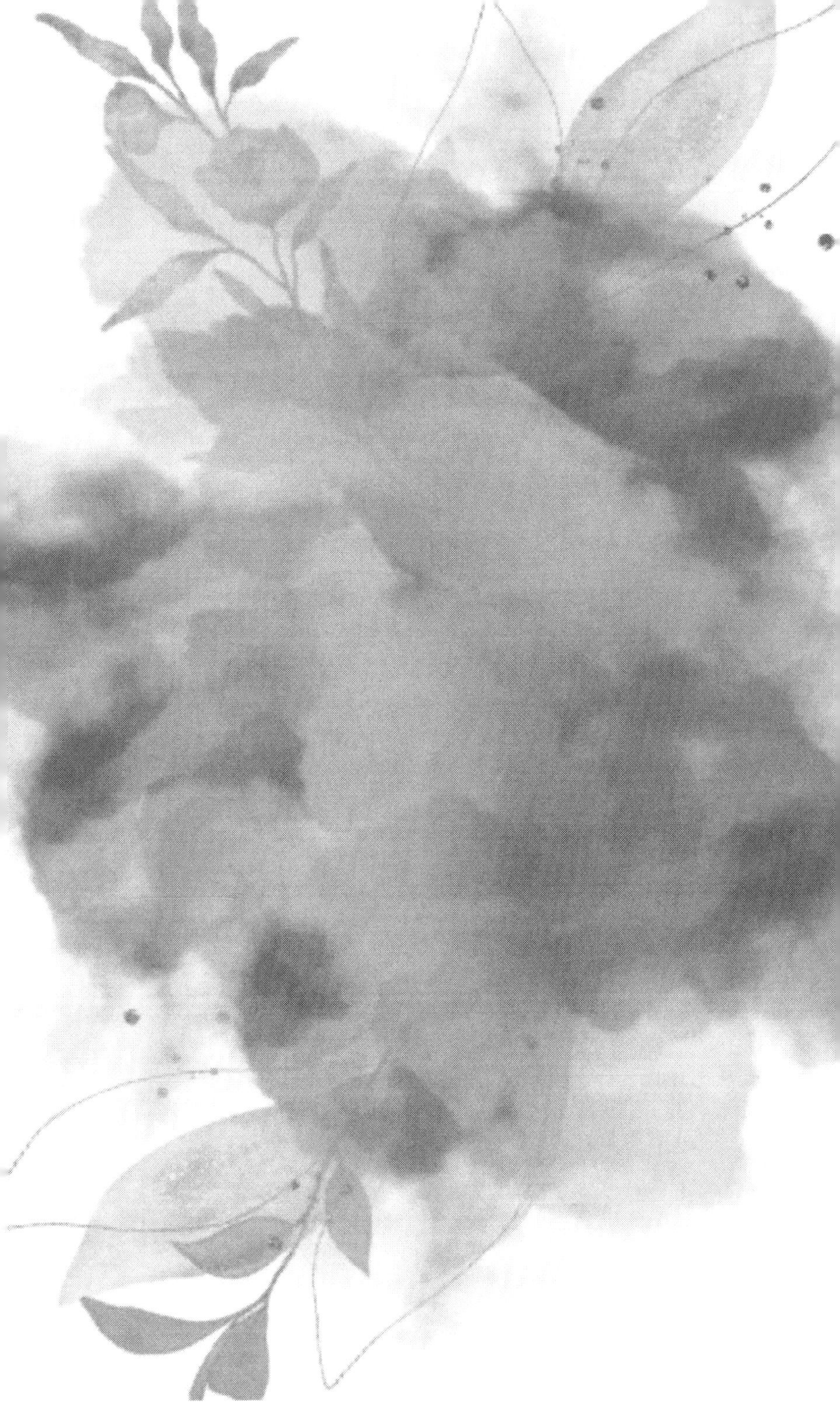

# 10

D-das ... i-ist ... e-einfach ...

In meinem Kopf drehen sich die Gedanken von Hoffnungen und Wünschen, mit denen ich vor acht Jahren auf dieser Farm gelebt habe, als alles noch in Ordnung war.

Diese Gefühle habe ich in mir bewahrt. In meinem Kopf habe ich extra ein tiefes Loch gegraben und alles Furchtbare, was geschehen ist, bevor ich zu Shawn gekommen bin, darin vergraben. Dabei habe ich auf die Gewissheit gesetzt, dass die Farm und alles, was sich drum herum befindet, noch genauso weiter existiert – nur nicht mehr mit mir, als diejenige, die hier glücklich sein wird.

Die Erde, die ich mühselig darauf geschmissen und extra fest getrampelt habe, scheint gerade durch einen Erdrutsch ans Tageslicht zu finden und das, was in der Tiefe schlummert, droht wieder an die Oberfläche zu dringen.

Wenn es die Farm von Steve nicht mehr gibt und wenn sie wie alles andere zerstört wurde und die Bewohner kaltblütig ermordet worden sind, woran in dieser gottlosen Welt soll ich mich dann noch klammern? In welche Hände soll ich das wenige Leben, das ich noch habe, legen und hoffen, dass es nicht zerquetscht oder herumgeschleudert wird? Und wieso war Luke nicht ehrlich zu mir und wieso hat er mich mit seinen Worten, dass ich nicht länger bei ihm bleiben soll, von sich gestoßen?

Ich war so kurz davor, ihm die Wahrheit zu erzählen. Ich wollte mich ihm anvertrauen und der Hoffnung endgültig etwas Platz zwischen all den düsteren Gedanken machen.

Ich höre das Splittern der dünnen Schutzschicht, die ich um mein Herz erschaffen habe und mit dieser stirbt auch die letzte Hoffnung auf alles Gute in dieser Welt. Diese unberührte, freie Umgebung, auch wenn sie diesen vier Männern gehört, die wenigstens den Anstand hatten und den Charme und die Herzlichkeit, die sie schon immer innehatte, zu bewahren.

Aber das jetzt – die Farm. Die leeren Fenster. Kein Licht. Ist denn nichts mehr so, wie es war? Gibt es keinen Hoffnungsschimmer, den ich wieder mit zurücknehmen kann – nein, sogar mitnehmen muss, um irgendwie Shawn zu ertragen, der mir den Tod nicht gönnt, den ich mir seit Jahren wünsche?

Hinter mir knarzt die Tür.

Als wäre es das Gitter der Gefängnistür, die sich schließt, knallt es in meinem Kopf und ich weiß, was ich zu tun habe.

Hektisch sehe ich mich um. Ich stehe mitten im Raum. Schräg vor mir eine schwarze Couch, von der sich an den Ecken bereits der Stoff löst und auch die Sitzfläche schon bessere Zeiten gesehen hat. Davor ein Schreibtisch, hinter dem eine Karte mit vielen kleinen Stecknadeln hängt und darüber ein Haken, der auf einer Art Schiene an der Decke befestigt wurde.

Auf dem Schreibtisch liegt ein Schlüssel. Bestimmt Kians Wagenschlüssel, dessen silberne Seite wie die Lösung in der finsteren Nacht vor mir erstrahlt.

Es wird nicht schön. Er ist nicht scharf, sondern stumpf. Es fehlt die Spitze, mit der ich durch meine eigene Haut dringe, aber das ist egal. Danach ist es vorbei. Kein Shawn, kein Krebs und keine dunklen Gedanken mehr, die mich seit acht Jahren begleiten, weil dieses Leben schon längst seinen Sinn verloren hat.

»Was ...«, sagt Kian hinter mir.

Ich haste los und lasse ihn erst gar nicht zu Wort kommen.

»Hey!«

Seine Schritte folgen mir. Ich presche an der Couch vorbei. Ausschließlich der Gedanke, bald von dieser grausamen Welt erlöst zu sein, hat in meinem Kopf Platz.

Kians Hand greift nach meinem Arm. Ich ziehe ihn an mich heran und knalle gegen den Tisch. Gleichzeitig greife ich den Schlüssel, den ich sofort versuche, mir auf die Narbe zu drücken, die dort seit mittlerweile sechs Jahren zu sehen ist und mich jeden Tag auslacht. Es wird endlich Zeit, dass ich es zu Ende bringe. Aber das ändert sich jetzt!

Das kalte Metall berührt meine Haut, drückt sich in die Mulde. Ich muss nur durchkommen, dann kann ich ihn einmal längs durchziehen und alles ist vorbei. Tränen benetzen meine Wangen.

Der Druck und das unangenehme Stechen werden stärker, bis eine Hand mir den Schlüssel aus der Hand schlägt, der auf dem Tisch landet und sich starke Arme um mich schlingen.

»NEIN!«, schreie ich, schlage um mich und will abermals den Schlüssel ergreifen, um endlich Frieden zu finden. Doch die Arme lassen mich nicht los, sondern schlingen sich immer enger um mich.

»Was soll das!«, raunt Kian.

»NEIN! Lass mich los! Lass ...«

Harsch dreht er mich um. »Stella!« Dabei sieht er mich mit seinen dunkelgrünen Augen, denen selbst jede Hoffnung fehlt, direkt an.

Augenblicklich, als wäre das Aufziehband in meinem Rücken wieder eingerollt, erschlafft alles an mir. Als würde ich in die Starre verfallen, weil gerade neben mir die zwei wichtigsten Menschen erschossen wurden, überspringe ich die Flucht und fühle nichts mehr, weil es nichts mehr gibt.

Immer wieder verwässert das Bild. Das Blinzeln fällt mir schwer. Jeder Atemzug scheint unerbringlich und doch foltert mich mein Körper, indem er einfach immer weiter dafür sorgt, dass sich meine Brust hebt und senkt und mein gesplittertes

Herz schmerzlich den Sauerstoff durch meine Adern und Organe pumpt.

»Was ist los? Was tust du hier?«, fragt er und sieht an mir so weit hinab, wie es sein Griff erlaubt.

Meine Lippen beben. Ich weiß nicht, wo die Tränen herkommen, die ich in der kurzen Zeit, die ich hier bin, vergieße, denn ich habe es Ihnen verboten. Jeder Einzelnen. Ich habe sie dazu gedrängt, sich einfach in Luft aufzulösen. Und jetzt scheinen sie sich zu rächen. Dafür, dass ich sie all die Jahre nicht beachtet und sie gezwungen habe, genauso wie ich in einem Käfig zu leben, der nie geöffnet wird.

Ich schüttle den Kopf und bin unfähig, etwas zu sagen, denn es wäre doch nur die Wahrheit, die ihn nichts angeht, obwohl ich sie vorhin seinem Bruder anvertrauen wollte. Die er nie verstehen kann, weil er denkt, dass ich die Tochter dieses kranken Bastards bin. Für ihn bin ich auch nur die Chance darauf, etwas zu bekommen, das er nicht allein in der Lage ist, sich zu beschaffen.

Immer noch sieht er mich an. Sein Blick bleibt mir ein Rätsel, denn er hat den tiefen Hass, den er mir das letzte Mal entgegengebracht hat, verloren. Aber was ist es dann, das ich in seinen Augen sehe?

Ohne Vorwarnung drängt er mich hinter den Schreibtisch, zieht aus einem der Fächer ein Seil und in mir bäumt sich der nächste Gedanke nach einer Flucht auf. Ich will mich aus seinem Griff lösen, stemme mich gegen ihn, doch genau wie Luke ist er viel stärker als ich.

»Hiergeblieben«, sagt er, fixiert mich, mit dem einen Arm fest an seinem Körper gedrückt und legt mit den Händen die erste Schlaufe. Als er nach meiner Hand greift, wedele ich mit ihr wild herum, damit er sie nicht zu greifen bekommt.

»Halt doch still«, raunt er weiter.

Ich hatte vorhin schon keine Kraft mehr. Die Gegenwehr werde ich nicht mehr lange aufrechterhalten können, weil ich zu viel Energie in die letzte Aktion gesteckt habe.

Er legt die Schlaufe um mein Handgelenk, in das ich gerade noch den Schlüssel rammen wollte, schnürt eine zweite Runde und legt es mit meiner schwächer werdenden Gegenwehr um das andere. Danach schnürt er sie beide zusammen und ich bin mal wieder eine Gefangene.

Er fixiert meinen Blick. »Wag es ja nicht abzuhauen«, knurrt er eindringlich, drängt die Haare, die an den Tränen in meinem Gesicht kleben, hinter mein Ohr und führt mich die zwei Schritte zur Couch, lässt mich los und setzt sich hin. Sofort greift er nach einer der zwei Decken, die links von uns liegen, und sieht mich wartend an.

Ich stehe da wie bestellt und nicht abgeholt und bin völlig verunsichert von dem, was er will.

Auffordernd nickt er und zeigt auf seinen Schoß.

*Soll ich mich daraufsetzen?* Alles in mir wehrt sich dagegen. Wir sind ... Feinde. Ich bin seine Chance auf das Geschäft von Shawn.

»Muss ich heute alles selbst machen?«, fragt er ungeduldig. Ich strecke meine zusammengebundenen Arme zu ihm und frage stumm, was das soll.

»Sicherheit«, sagt er. »Für mich, dass du nicht gleich noch mit dem Schlüssel auf mich losgehst.«

Als ich mich weiterhin nicht rühre, greift er nach dem Seil, zieht mich auf seinen Schoß und legt meine Arme über seine Schulter, sodass ich langgestreckt eng an seinen Körper gedrängt sitze. Kurz beugt er sich vor und legt mir die Decke um den Körper. Erst jetzt merke ich, wie sehr ich zittere und wie viel Wärme mein Körper zu verlieren scheint, weil ich erneut mit meinem Leben abgeschlossen habe und wieder keine Erlösung erfahre.

Meine Tränen tränken sein Shirt, weil mein Kopf auf seiner Schulter liegt.

Mein Körper ist weiterhin in einer Mischung aus Ausnahmezustand und Starre gefangen, aus der ich gerade nicht herauskomme.

»Wieso?«, frage ich kaum hörbar.

Mit einer Hand streicht er mir über den Rücken und sorgt erst recht für den Sturm in meinem Tränenmeer. »Wir alle tragen ein Päckchen, Prinzessin.«

»Aber ...«

»Auch wenn ich nicht wissen will, wieso du es tun willst, sollte niemand damit allein sein.« Weiter sagt er nichts. Sitzt einfach nur da und streicht mir fürsorglich über den Rücken, als würde damit alles wieder gut werden.

Ich will es mir nicht eingestehen, aber ... es ... tut ... gut. Es kittet einen kleinen Riss von vielen und doch ist es mehr, als ich es mir jemals erhofft habe, wenn man in meinem Leben überhaupt von dem Gefühl der Hoffnung reden kann.

MEMORIES
CANVA STORIES
23

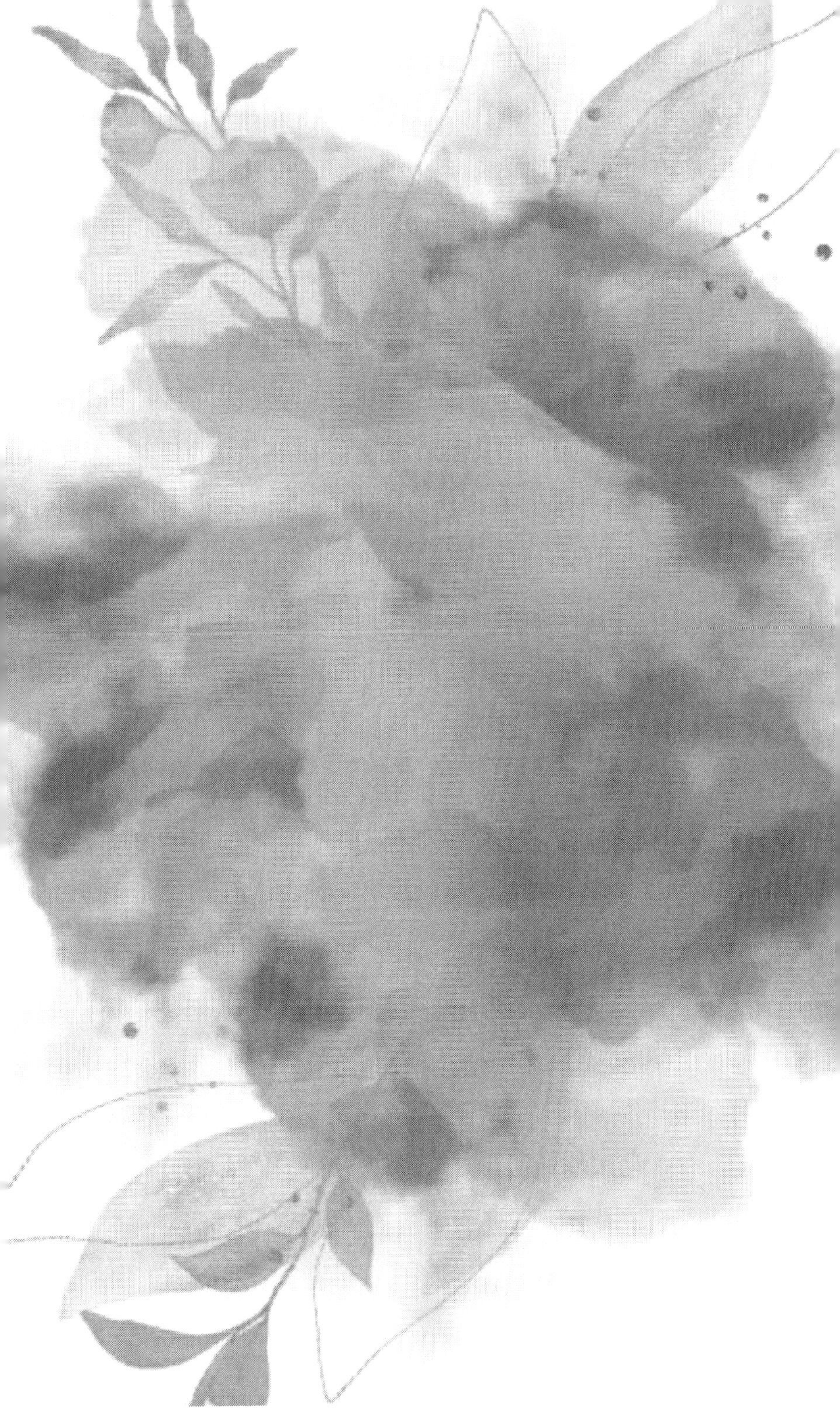

# Kian

## 11

Mühsam zwinge ich mich dazu, meinen Kopf leer zu halten und die Erinnerungen, die wie Regentropfen gegen die Scheibe, die ich nicht herunterleiern möchte, knallen.

Dieser Blick. Diese Angst und die Hilflosigkeit, die ich damals mit nur einer zärtlichen Berührung besänftigt habe, ohne dass sie ganz verschwunden ist. Nur, wenn man einmal den Schritt gegangen ist, bedeutet es jeden Tag einen neuen Kampf, dem Wunsch nach Frieden nicht nachzugeben.

Und jetzt habe ich nichts mehr. Nur noch diese Frau auf meinem Schoß, die nicht versteht, wie viel sie in mir zerstört, weil ich das eben sehen und miterleben musste. Etwas, das ich aus meinem Kopf geworfen habe. Doch das Bungee Seil, an dem die Erinnerungen festgemacht sind, schnippt immer wieder zurück, ohne dass es sich jemals ganz von mir löst. Der Erkenntnis, dass ich es irgendwann einziehen und mich den ungefilterten Emotionen stellen muss, werde ich mir jeden Tag bewusster.

Aber Stella kann nichts dafür. Sie kann im Grunde nicht einmal etwas dafür, in diese scheinheilige Familie geboren worden zu sein. Ich bin mir nicht einmal sicher, ob sie weiß, wie weit diese Verbindungen von ihrer und meiner Familie überhaupt gehen und dass wir beide am Ende auch nur einer von vielen Bausteinen sind, die entweder umfallen oder mit verbaut werden, ohne jemals ins Gewicht zu fallen. Das, was sie Luke gerade an den Kopf geknallt hat, spiegelt es eins zu eins wider und zeigt, dass sie aus diesem Hamsterrad aussteigen will, es nur nicht kann und Seth am Ende mit seiner Entführung nur alles schlimmer gemacht hat.

»Und was mache ich jetzt mit dir?«

Meine Finger streichen über die weiche Haut ihres Rückens. Ihre Atmung passt sich meiner an und wir atmen gleichzeitig ein und aus und mein Kopf zieht mich erneut zurück in eine Zeit, in die ich nie wieder blicken wollte.

Luisa, die auf dem geklauten Mountainbike in die Böschung an der Grenze zur Farm gerutscht ist, blutverschmiert von mir hierher gebracht wurde und die ich mehr als einmal an den Haken, der sich an der Decke über mir befindet, gebunden habe. Dabei wollte ich ihr die Kontrolle entziehen, an die sie sich mit aller Macht geklammert hat.

Meine Finger streichen tiefer. Unter den Bund von Stellas Hose. Automatisch, weil die Haut dort einfach viel zu empfindlich ist, kippt sie ihr Becken und drückt sich genau auf meinen

Schwanz, der schon seit dem Moment, als sie sich auf mich gesetzt hat, hart ist.

Mit der anderen Hand streiche ich ihren Oberschenkel nach oben, nur um danach unter die kurze Jeans zu fahren und das Zittern, das meine Berührungen auslöst, zu genießen.

»Kian?«

»Mh-hm?«

Sie löst sich von meiner Schulter und lehnt sich so weit zurück, wie es die Fesseln an ihren Armen zulassen. Genau in dem Moment reibe ich über ihre Perle und ersticke damit den hoffnungslosen Blick, weil ein kurzer, greller Blitz über ihre Augen huscht. Ich halte inne und sehe dabei zu, wie sich ihr Körper mehr wünscht, sich aber ihre Seele sträubt. Uns beiden würde es gerade mehr als guttun, die Bilder in unserem Kopf loszuwerden. Also lasse ich ihr keine andere Wahl, als loszulassen.

Und nur für diesen Moment, in dem sie mir leider leidtut, werde ich vergessen, dass ich nichts für sie empfinden darf. Weder Mitleid noch Hass oder sonstige Gefühle, die sie schon seit unserer ersten Begegnung im Haus ihres Vaters in mir hervorruft.

Langsam sieht sie mir direkt in die Augen. Ihre schnelle Atmung beruhigt sich, aber die hohen Wellen hinter ihren Augen sind deutlich zu sehen.

Meine Finger verharren auf ihrer Perle. Das dauerhafte Zucken ihres Unterleibs besänftigt den ersten Sturm in meinem Kopf.

»Heute und nur heute gebe ich dir Halt und du mir, egal ob du das willst oder nicht.«

Mit der anderen Hand raffe ich das Shirt so weit nach oben, dass ich ihre straffen kleinen Brüste sehen kann. Ich beuge mich so weit vor, dass ich sie mit meinen Lippen erreiche und sie sich weiterhin hinter meinem Kopf fixiert nach hinten fallen lässt.

Ich spüre immer noch, wie ihr Körper versucht zu entkommen und bewege mich weiter auf ihrer Perle. Unbemerkt, weil sie sich konzentriert, greife ich nach dem Seil an der Decke, das ich schon viel zu lange nicht mehr benutzt habe, führe es hinter meinen Rücken, wo sich ihre Arme befinden, und suche nach ihnen.

»Aber wenn du denkst, dass ich fair spiele, täuschst du dich, Prinzessin«, brumme ich.

Ruckartig ziehe ich mich aus ihrer Hose zurück, greife auch mit der Zweiten zu und schließe das Band zwischen ihren beiden Händen, sodass sie daran befestigt ist.

Mit zitternden Lippen sieht sie mich an, doch ich erkenne keine Angst. Ich stehe auf, lasse sie auf der Couch mit fixierten Händen sitzen und betätige den Flaschenzug, der sie nach oben zieht. Samt Schalter gehe ich rückwärts, setze mich zurück und ziehe sie langsam aus. Die Stiefel landen auf dem Boden. Genüsslich öffne ich die kurze Jeans, sehe ihr in die Augen und ziehe sie nach unten. Für ihren Slip lasse ich mir noch einmal mehr Zeit, fahre dabei ihren Venushügel entlang und höre ihrer gleichmäßigen Atmung zu, die verrät, dass sie langsam abschaltet.

In einer geschmeidigen Bewegung ziehe ich ihr auch den Slip aus, betätige erneut den Flaschenzug, bis sie so weit oben hängt, dass ich sie auf den Schreibtisch ziehen kann, auf dem ich ihre Füße auf der anderen Seite in den Schlaufen und dem Metallband festmache, damit sie sich nicht hinhocken kann.

Mit einer letzten Betätigung der Knöpfe lasse ich sie kurz über der Tischplatte schweben, sodass sie, wenn sie es zulässt, sich auch hinknien könnte, wenn sie sich entspannt. Aber so weit sind wir noch nicht. Noch immer ist die Zerrissenheit in ihrem Blick allgegenwärtig. Doch das werde ich jetzt ändern. Ich setze mich zurück und sehe ihr für einige Minuten bei dem Kampf um Kontrolle zu, wie sie versucht sich auf dem Tisch zu positionieren, ohne mir verraten zu wollen, wie anstrengend es ist. Und das ist es.

»Ich genieße diesen Kampf um Kontrolle heute nicht das erste Mal, Stella. Also entspann dich endlich, dann wird es für dich auch bequemer.«

»Hast du das mit der Frau auf dem Bild auch getan?«, fragt sie erregt und wirft mich damit vollkommen aus der Bahn.

»Ja«, sage ich voller Schmerz, sehe ihr ins Gesicht und weiß, dass sie das Bild oben auf dem Dachboden richtig gedeutet hat.

Mit einer Hand fahre ich abermals ihren Oberschenkel nach oben. Die Gänsehaut, die folgt, überzieht nach und nach ihren Körper, bis er in einem Seufzer tief aus ihrer Kehle endet und den sie mir nicht freiwillig gibt.

Ich zwinge mich, die quälenden Gedanken der Vergangenheit ruhen zu lassen und nur im Hier und Jetzt zu sein.

»Für heute vergessen wir, dass dort draußen nur Dunkelheit herrscht.« Weichheit legt sich in ihren Blick.

»Und für heute will ich vergessen, dass du genau in dieser Welt zu Hause bist. Also werde ich dich auch nicht Stella nennen.«

Eine weitere Träne läuft ihre Wange hinab, ehe sie die Augen schließt und den Kopf in den Nacken legt, sodass sie gen Decke sieht, an dem das Seil hin und her schwingt, von dem sie sich nicht lösen kann.

»Cleo«, flüstert sie. In diesem Atemzug löst sich ihre Anspannung und ihre Knie berühren die Platte des Tisches.

»Cleo«, wiederhole ich und stehe auf. »Der Name passt irgendwie besser zu dir.« Ich raffe ihr Shirt ein weiteres Mal nach oben, um ihren Bauch zu küssen. Leicht zuckt sie, ohne sich mir zu entziehen. Mit den Fingern fahre ich über ihre weiche Haut, an ihrem Bauchnabel entlang und behutsam über ihren Venushügel, nur um danach mit einem Ruck in sie einzudringen. Ihre erstickte Stimme hallt durch den Raum. Mit Zeige- und Mittelfinger genieße ich, wie sie sich um mich schließt. Ihre Enge lässt meinen Schwanz schmerzlich spannen, der endlich auch auf seine Kosten kommen will.

Immer wieder dringe ich hart in sie ein, ficke sie mit meinen Fingern und beobachte jede ihrer grazilen Bewegungen, die so wirken, als wollte sie nie wieder damit aufhören. In einer fließenden Bewegung fahre ich nach vorn, zurück auf ihre Perle und erhöhe den Druck mit jeder weiteren Umkreisung, bis sich ihre Atmung merklich erhöht, sie sich in meine Berührung fallen lässt und im nächsten Augenblick kommt. Für einen kurzen Moment spüren wir beide den Emotionen nach und muss mich weiterhin zwingen, das hier nicht als Erlösung für uns beide zu sehen.

Die Tränen laufen ihr gleichmäßig die Wangen hinab, die ich vorsichtig wegwische. Ihre Lippen beben, ihr sehnsüchtiger Blick spiegelt sich in meinen Augen wider und ich will nicht mehr warten. Will dem Verlangen, das sie in mir auslöst, endlich nachgeben und diesen kurzen Moment des Friedens, den es hier eigentlich nie wieder geben kann, genießen, ehe alles in sich zusammenbrechen wird.

Ich ziehe meine Hose samt Boxershorts hinunter, löse die Fesseln an ihren Füßen, und an den Armen so weit, dass ich sie vom Tisch ziehen kann, und setze mich, mit ihr rittlings auf meinem Schoß, auf die Couch, wo sie meinen Schwanz in sich aufnimmt, während ich weiterhin über ihre Wangen wische, ihren Kopf zu mir ziehe und sie küsse.

»Lös die Fesseln«, fordert sie lieblich, vollkommen auf mich konzentriert und bewegt sich gleichmäßig auf meinem Schoß.

»Damit du mir dann wehtun kannst, Prinzessin?«

Sie schüttelt den Kopf und drückt sich tiefer auf mein Becken. In das hier soll sie nicht mehr hineininterpretieren als das, was es ist, für sie da sein, wo sie es am meisten braucht. Trotzdem komme ich ihrer Bitte nach, löse den Knoten und gebe ihre Arme frei. Mit ihrem intensiven Blick sieht sie mir in die Augen. Und verdammt, diese Zerrissenheit ist pures Gift für mein schwarzes Herz.

Kurz hält sie inne, nimmt mein Gesicht in ihre Hände und setzt mir einen flüchtigen Kuss auf die Wange, ehe sie sich gleichmäßig auf mir bewegt und sich ihre schneller werdende Atmung auf meinen Lippen verfängt.

Dann ist die Innigkeit schlagartig vorbei. Sie fährt mit ihren Händen zu meinen Schultern, krallt sich hinein und wird immer schneller. Ich packe sie am Hintern, lasse sie gleichmäßig auf mich gleiten und fordere die nächste Gefühlsexplosion ein, die sich in ihren Iriden spiegelt.

CANVA STORIES
CANVA STORIES

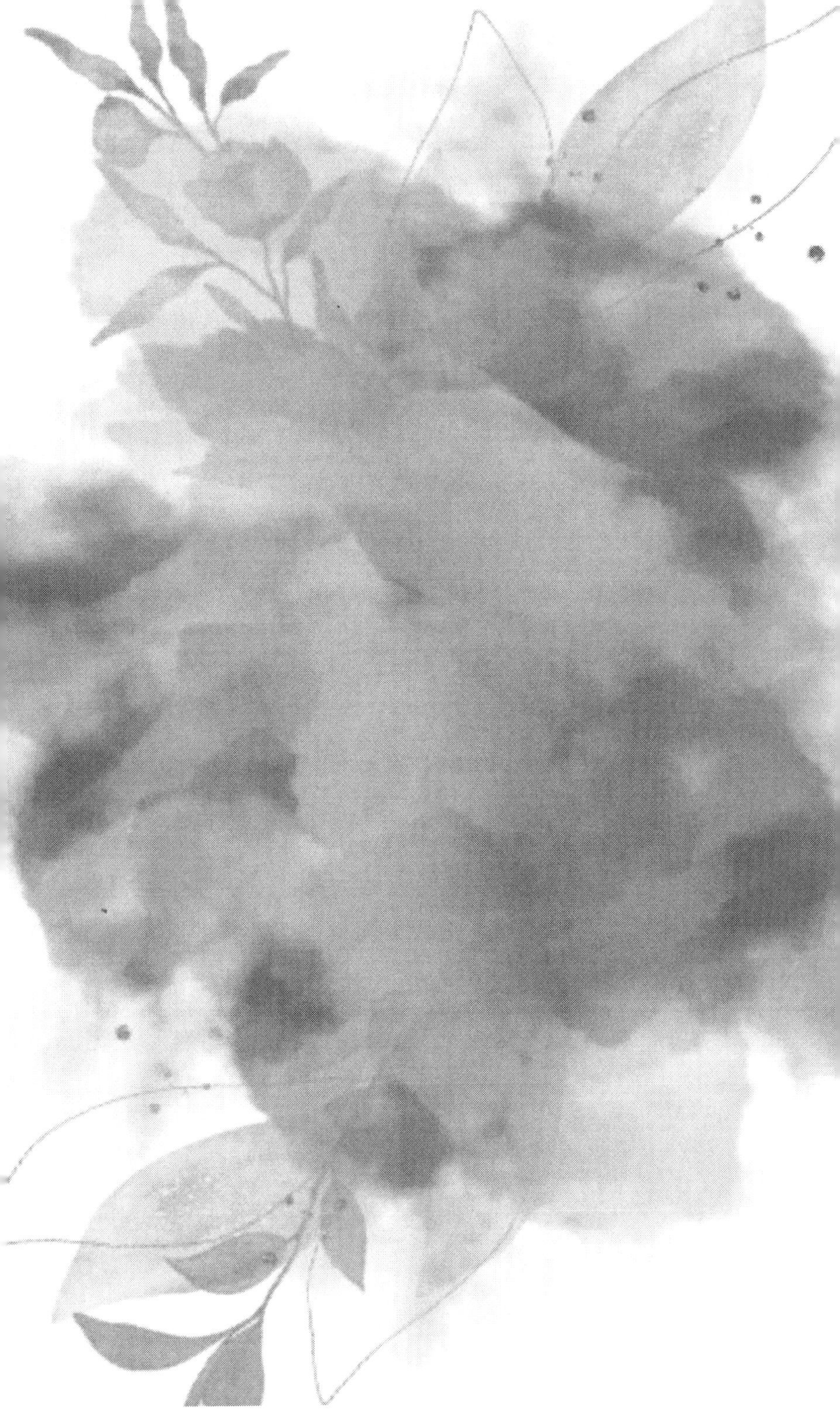

# Kian

## 12

Ich weiß nicht, wieso, aber ich habe Stella aus meinem Wohnzimmer ins Schlafzimmer getragen. Jetzt schläft sie auf der Seite, ich neben ihr und ich streiche immer wieder von ihrer Schulter, über ihre Taille und wende auf Höhe ihres Hinterns. Dabei sehe ich zu, wie die Gänsehaut gar nicht mehr verschwindet.

Es ist eine gefühlte Ewigkeit her, dass mir dieser Anblick bei einer Frau so sehr durch meinen Kopf und meinen Körper gesprungen ist. Genauso sehr war es mir seit Jahren nicht mehr so wichtig, dass die Frau, die ich an die Decke meines Arbeitszimmers befestige, so hart kommt und es genießt, wenn ich meine Finger auf und in ihr bewege. Und genau hierbei weiß ich nicht, was ich davon halten soll.

Vor wenigen Stunden war sie eine ganz andere Person. Nicht die Frau, die ich bei ihrem Vater gesehen und jetzt kennengelernt habe. Mehr eine zerbrechliche Frau, die eine dicke Schutzmauer errichtet hat, um das fragile Wesen in ihr zu schützen. Und mit jedem Moment, den ich länger mit ihr verbringe, verschwindet dieser Hass, den ich auf sie haben sollte, weil sie zu diesem Monster in Geraldton gehört und definitiv in die ein oder andere Sache verwickelt ist. Ob sie es nun will oder nicht, steht leider auf einem anderen Stück Papier.

Es wäre so einfach, sie jetzt loszuwerden, denn die Sicherheit, die sie gerade verspüren muss, ist etwas, das ich ihr nicht zugestehen dürfte und es doch tue.

Sie holt tief Luft, seufzt und vergräbt ihr Gesicht noch etwas mehr in meinem Kissen.

*Fuck.* Dieses Geräusch. Ihre Bewegungen. Meine Finger wandern von ihrer Taille zwischen ihre Oberschenkel und drücken auf den Punkt, der, seitdem ich mit ihr angefangen habe, fast so heiß brennt wie Feuer. Ein Feuer, das ich in ihr entfacht habe und es jetzt genießen würde, wenn ...

Ohne die Augen zu öffnen, lockert sie die Schenkel. Doch da ziehe ich mich bereits zurück und stehe auf. Ruckartig öffnet sie die Augen und sieht mich.

»Wo willst du hin?«, fragt sie verschlafen. Die Müdigkeit spricht aus jedem Millimeter ihres viel zu anziehenden Körpers. Sie braucht dringend Ruhe, die ich ihr nicht geben kann, weil ich sie erstens nur immer und immer wieder nehmen will und zweitens, weil ich sie gar nicht so nah an mich und mein verkorkstes Leben, in dem sie der Feind ist, heranlassen will.

Und das Einzige, was da hilft, ist Abstand. Ich bekomme sie nur aus meinem Kopf, wenn ich mich von ihr entferne. Also suche ich meine Sachen zusammen und ziehe mich an. Und genau das verlange ich jetzt auch von ihr.

»Zieh dich an«, fordere ich mit so kalter Stimme, wie es meine momentane Verfassung zulässt. Dabei ignoriere ich ihren fragenden Blick, der auf meinem Rücken sticht.

Hastig ziehe ich auch das Sakko über und greife nach meinem Autoschlüssel. Stella liegt immer noch im Bett, reibt sich über ihre Augen und scheint die Welt nicht mehr zu verstehen – genauso wenig wie ich.

Ich muss deutlicher werden. Also gehe ich auf sie zu, greife nach ihrem Arm und zerre sie aus dem Bett.

»Kian, was soll das?«, raunt sie, während ich ihre Sachen vom Wohnzimmerboden zusammensuche und sie ihr gegen die nackte Brust drücke, und die sie perplex dreinblickend annimmt.

»Habe ich mich nicht deutlich ausgedrückt?«, knurre ich und fange das volle Unverständnis in ihrem Blick ein.

»Das hast du«, zeigt sie sich wenigstens etwas kooperativ. »Aber ich verstehe es nicht.« Sie sieht sich um. »Gerade haben wir ... und ...«

»Und jetzt ist die Kuscheleinheit zu Ende, Prinzessin und es wird Zeit, dass du wieder wach wirst. Also los, sonst schicke ich dich so raus.«

Ihr Blick wird glasig. Ich trete näher an sie heran, bis ich den schwachen Geruch nach Stroh, der noch an ihr klebt, riechen kann.

»Du hast doch nicht gedacht, dass das hier eine Bedeutung hat, oder?«, frage ich höhnisch. Mein gesamter Körper kribbelt. Ich kann das nicht mehr. Ohne Vorwarnung greife ich nach ihrem Arm, ziehe sie mit mir, bis sie sich wehrt, sich gegen mich stemmt und mich so dazu zwingt, dass ich sie wieder ansehen muss.

»Du bist ein furchtbarer Lügner«, knallt sie mir an den Kopf und entzieht sich gänzlich meinem Griff.

»Wie bitte?«

Sie lässt die Sachen fallen und drängt sich an mich. »Du hast es auch gespürt. Schon bei unserer ersten Begegnung hast du es gewusst. Selbst als du meintest, mir deinen Schwanz in den Rachen zu rammen.« Ihr Blick wird glasig. »Und selbst heute weigerst du dich, dem, was das hier werden könnte, einen Namen zu geben.«

Für einen Moment spüre ich ihrer Atmung nach, wie sich ihre Brust gleichmäßig gegen meinen Oberkörper drückt. Verdammte Scheiße, wieso muss sie recht haben? Trotzdem bleibe ich hart.

»Hast du vergessen, wer du bist, Stella?«, betone ich ihren Namen extra hart und in ihren Augen scheint etwas zu zerbrechen. Eine Hoffnung, ein Gedanke oder Wunsch, den es nicht geben darf, und ich habe das Gefühl, dass sie beginnt zu realisieren, was das hier war. Trotzdem muss ich es aussprechen, damit es für uns beide zur Gewissheit wird.

»Das hier war nichts weiter als ein guter Fick, durch den ich dich davon abgehalten habe, eine Dummheit zu begehen.«

Der Sturm in ihren Augen wird zum Tsunami. »Eine Dummheit, Kian? Wie blind bist du nur, dass du ...«

»Mehr wird es niemals werden«, falle ich ihr ins Wort und will und kann einfach nichts mehr aus ihrem Mund hören. Zum nun dritten Mal greife ich nach ihrem Arm und jetzt endlich lässt sie sich ohne Gegenwehr von mir mitziehen. Hinaus auf den Hof und zum nächsten Gebäude, das das Zweitgrößte nach dem Haupthaus darstellt. Aber in dem wahrscheinlich kein Luke sitzt und schmollt.

Ich klopfe nicht einmal, sondern öffne die Tür und schleife sie in die obere Etage, den Flur nach hinten und zu dem Zimmer, das Ryan bewohnt. Dieser sitzt mit geöffnetem Hemd und mit einer Zigarette im Mund auf der Couch vor dem Glastisch und sichtet irgendwelche Dokumente.

Er sieht auf, während Stella sich erneut gegen mich stemmt. Doch dieses Mal bin ich nicht so nachgiebig und ziehe sie an mir vorbei, sodass sie so nackt wie sie ist, mitten im Raum steht.

»Sie ist jetzt dein Problem«, brumme ich. »Pass auf, dass sie an keine spitzen und scharfen Gegenstände herankommt.« Ich drehe mich um und verlasse, ohne einen Blick zurück zu der Frau, die mir mehr unter die Haut geht, als gut für uns beide wäre, steige unten in meinen Wagen und hinterlasse nichts weiter als eine dicke Staubwolke.

CANVA STORIES
23

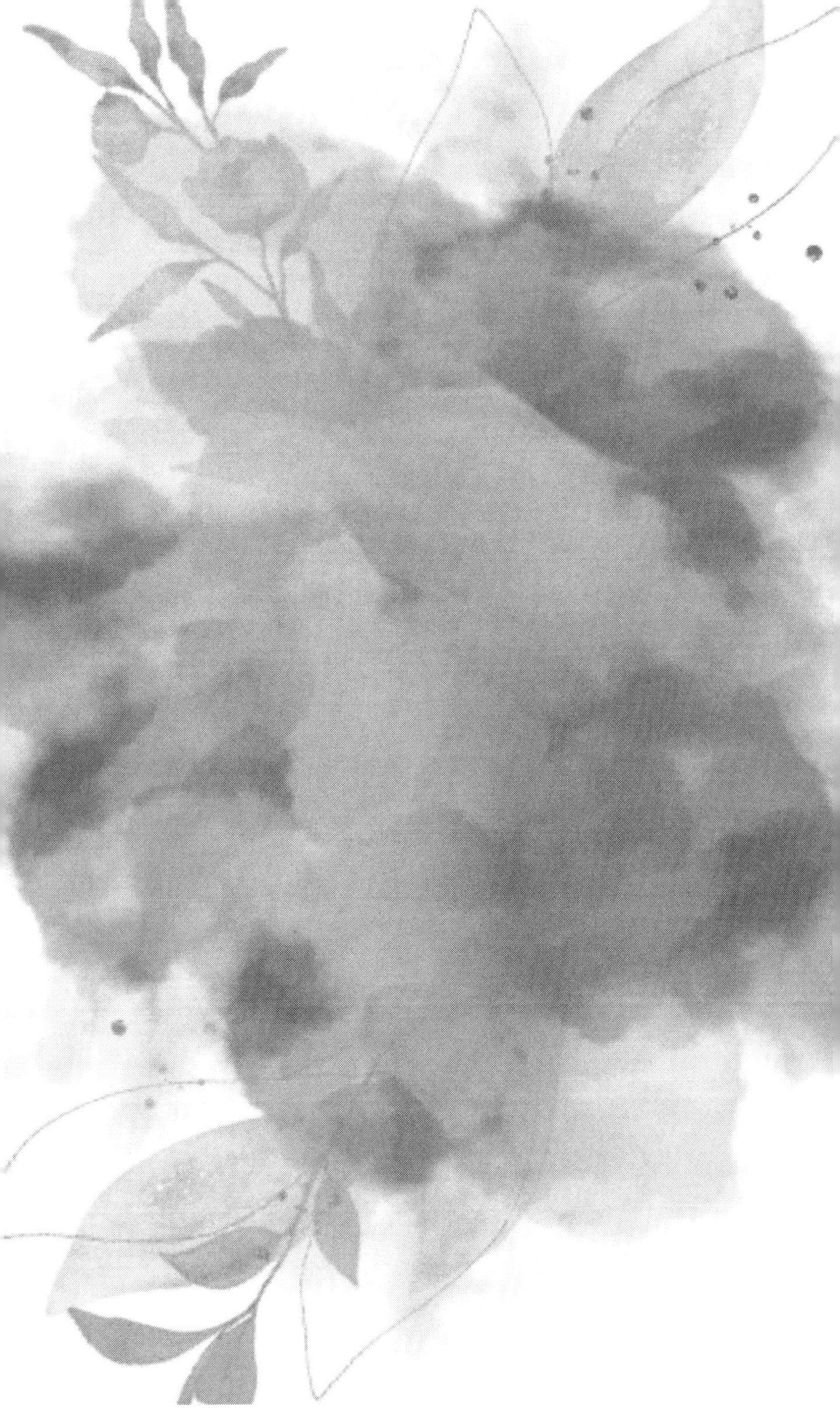

# Cleo

## 13

Ich ringe mit meiner Fassung. Für das, was zwischen Kian und mir geschehen ist, fehlen mir die Worte. Es war intim. Es war gefühlvoll und verdammt, es war perfekt. Jedenfalls bis zu dem Moment, als ich von Cleo wieder zu Stella wurde. Wie verdammt konnte ich das nur vergessen?

Und jetzt stehe ich nackt vor dem nächsten der vier Brüder. Dieser sieht mich genauso ratlos an, wie ich mich fühle. Erneut wollte ich mein Ende selbst in die Hand nehmen und wurde gerettet, ohne dass es sich so anfühlt, weil Kian mich einfach von sich gestoßen hat, obwohl er es doch genauso wie ich spüren muss – das da mehr ist.

Ich zittere und streiche mir über meine kalten Oberarme. Gleichzeitig sehe ich mich in dem Zimmer, in dem die Gardinen zugezogen sind und von der Sonne nichts hineindringt, um. Die schwarzen, deckenhohen Schränke auf der linken Seite sind geschlossen. Nur einer hat eine Glasverkleidung, wodurch man eine Reihe an verschiedenen Dildos bestaunen kann, die sich alle in Form, Farbe und Länge unterscheiden. Die Couch, auf der Ryan sitzt, glänzt, als wäre sie mit einer Folie überzogen. An dem Bett, das rechts steht, sind an den schwarzen Holzbalken goldene Ringe und schwarze Bänder befestigt.

Früher waren hier die Familien, die Urlaub gemacht haben, untergebracht und heute passt bestimmt nicht nur dieses Zimmer perfekt zu dem Flur, durch den wir gegangen sind, und der aus jeder Pore das Wort Sexclub geschrien hat.

Ryan holt tief Luft und mustert mich von oben bis unten. »Na toll!«, raunt er, drückt seine Zigarette in den vollen Aschenbecher vor sich und steht auf. Ich wanke stärker. Das Bild vor meinen Augen verschwimmt immer mehr und die letzten Stunden und auch Tage fordern einfach ihren Tribut. Ich kann nicht mehr. Die Müdigkeit kriecht endgültig in jede Faser meines Körpers.

Trotzdem sehe ich Ryan standhaft in die Augen, in denen sich immer mehr Fragezeichen tummeln. Dabei habe ich ihn eher als den Typen eingeschätzt, der sich nur für sich interessiert.

Wortlos greift er nach einem Hemd, das auf dem Boden liegt und legt es mir über die Schultern, sodass ich mit den Händen in die Ärmel krieche und er den mittleren Knopf vor meiner Brust schließt.

»Du pennst jetzt erst einmal und danach überlege ich mir, was ich mit dir mache.«

*Vielleicht das, was deine anderen Brüder perfekt beherrschen: Hoffnung schüren und sie danach mit nur einem Satz vernichten.*

Ich nicke nur, drehe mich nach rechts und laufe auf sein Bett zu.

»Äh«, sagt Ryan. Doch ich beachte ihn nicht weiter, lasse mich aufs Bett fallen und kann kaum mehr die Augen offenhalten. Und ich begrüße diesen kurzen Moment des Friedens, in dem ich nicht mehr darüber nachdenken muss, dass diese ganze Situation mehr und mehr aus dem Ruder läuft und ich gerade selbst nicht mehr weiß, was ich will und die Grenzen von Hoffnung und Realität verschwimmen.

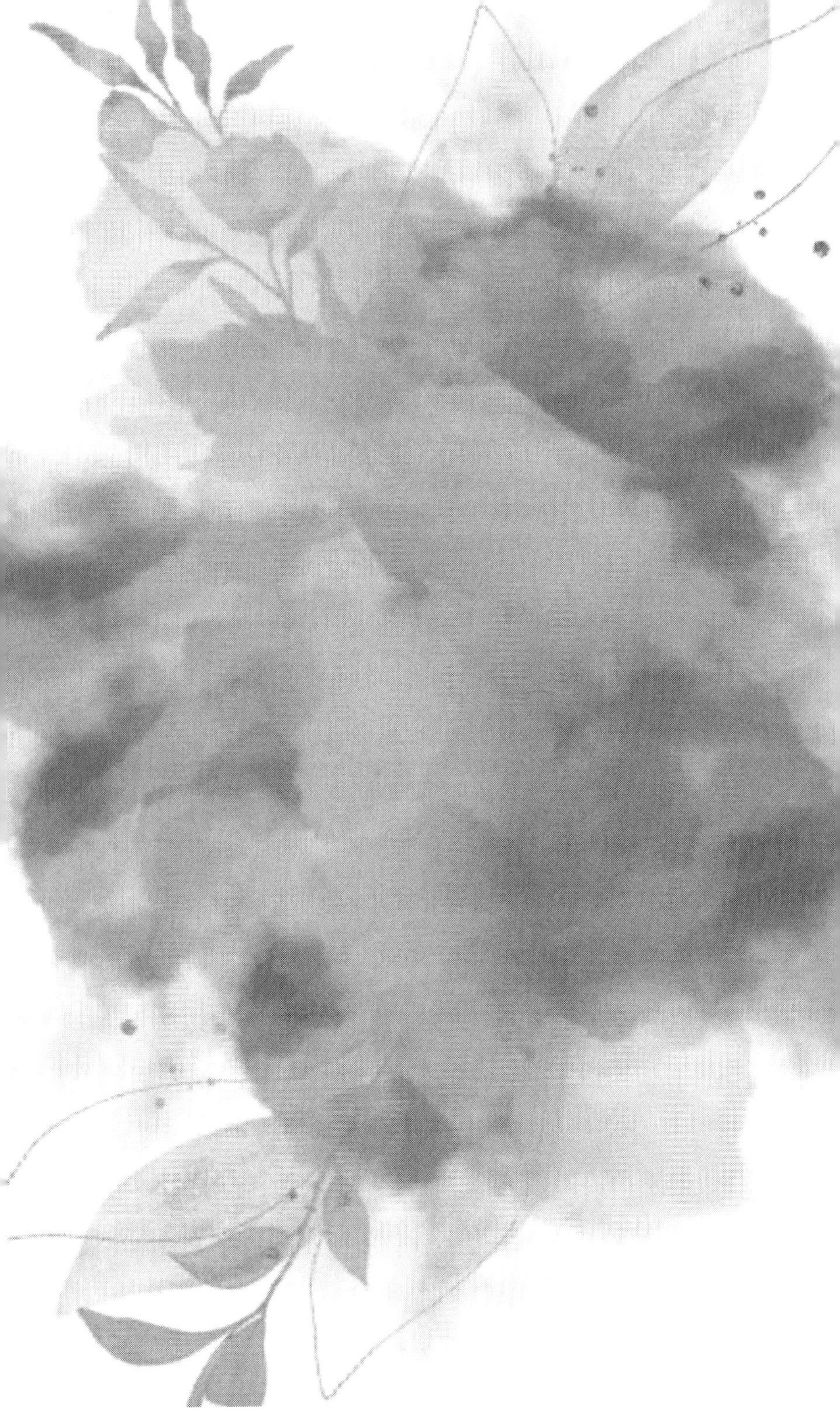

# Ryan

## 14

Völlig perplex stehe ich vor meinem Bett und sehe zu Stella.

Sie schläft. In meinem Bett, in dem ich sonst allein penne und nur Besuch toleriere, wenn ich ihn an die Pfosten fesseln kann. Es ist extra von allen Seiten mit Spiegeln ausgestattet, mit denen ich mir selbst dabei zusehen kann, wie ich Stacy, Miriam oder eine andere meiner Mitarbeiterinnen ficke, wenn sie nicht gerade im Einsatz sind.

Dabei habe ich das mit dem Pennen doch nur gesagt, um ihr eines der freien Zimmer zuzuteilen zu können.

Was denkt sich Kian, sie einfach bei uns – nein gerade bei mir - zu parken? Ich bin hier wieder das Opfer. So wie immer. Wir übernehmen die Farm – ich muss ein Haus einrichten. Die Welt geht unter – mit mir redet keiner mehr und jetzt das. Ihrer nackten Erscheinung und den Striemen an ihren Armen nach zu urteilen, hat er sie an seinen Haken gebunden. Und genau da geht die wirkliche Scheiße erst richtig los, denn das macht er nicht mit jeder.

Und hat er auch nur eine Minute an die Frauen hier drinnen gedacht, und was ihre Anwesenheit mit ihnen macht?

Als wäre es das Stichwort des Tages gewesen, geht die Tür auf und Miriam kommt mit einem Kaffee in der Hand herein.

»Guten Morgen«, begrüßt sie mich und stellt den Kaffee auf den Tisch vor der Couch. Ich reagiere nicht, sondern starre weiterhin auf Stella. Miriam stellt sich neben mich und sieht ebenfalls zu ihr.

»O, hast du ein neues Mädchen bekommen?«, fragt sie aufgeschlossen.

Ich schüttle den Kopf. »Nein, sie ist ein Gast von Seth und Kian, aber kommt aus Geraldton.«

Miriam geht näher heran und sieht sie an. »I-ist das die, die ich denke?«, fragt sie fassungslos und setzt sich neben die Frau, die in MEINEM Bett schläft.

»Ja, das ist Stella«, sage ich seufzend, drehe mich um und hole mir eine neue Zigarette vom Tisch, die ich mir sofort anzünde und mit dem Kaffee in der anderen Hand zurück zu Miriam gehe. Diese hat die Augenbrauen hochgezogen, will etwas sagen, aber schließt wieder den Mund. Dann schüttelt sie den Kopf.

»Stella?«, fragt sie nach und sieht zu mir.

»Ich hätte es euch echt gern erspart«, sage ich, ziehe mir einen der Lederstühle ans Bett, neben Miriam und überkreuze die Beine. »Aber, Seth meinte, er tut Kian einen Gefallen, indem er sie entführt und dann«, ich kratze mir am Kopf, »endete sein genialer Plan.«

Ich kann Miriams Ausdruck im Gesicht nicht deuten, aber er spiegelt nicht das wider, was ich bei dieser Hiobsbotschaft erwartet habe.

»Und,«, erneut schüttelt sie kaum merklich den Kopf, »seit wann ist sie hier und was habt ihr mit ihr vor?«

Ich ziehe an der Zigarette. »Erst seit ein paar Tagen, in denen sie schon zweimal ausgebüxt ist.« Ich puste den dunklen Rauchschwall aus. »Und was wir jetzt mit ihr machen?«, gehe ich auf den nächsten Punkt ihrer durchaus berechtigten Fragen ein und zucke gleichzeitig mit den Schultern. »Ich glaube, aktuell einfach nur die Verantwortung von dem einen auf den anderen schieben.«

Miriam streicht ihr eine Strähne hinters Ohr. Stella schläft so fest, dass sie es gar nicht mitbekommt.

»Obwohl Seth ja die Idee toll findet, sie mit Luke und Kian zu verkuppeln«, rede ich einfach weiter, auch wenn es die Situation für Miriam kein Stück besser macht.

»Und was macht ihr mit Shawn?«, fragt sie mit zitternder Stimme, in der deutlich ihre Angst gegenüber diesem Mann mitschwingt, die ich aber weiterhin nicht in ihrem Blick, den sie Stella schenkt, wiederfinde.

»Keine Ahnung«, kann ich nur wahrheitsgetreu antworten. »Aber du musst keine Angst haben. Ich werde nicht zulassen, dass sich an dem, was wir uns hier aufgebaut haben, etwas ändern wird.«

Gedankenverloren nickt sie. »Wenn sie wach ist, darf ich dann mit ihr reden?«

Kurz lasse ich mir ihre Frage durch den Kopf gehen. Sie hat jedes Recht, ein Wort mit der Frau zu wechseln, die den Mann kennt, der ihr Leben als nicht wertvoll erachtet hat und sie deswegen wegschmeißen wollte. Aber ...

»Ja, das kannst du, aber nur wenn ich dich vorher filzen darf«, sage ich und versuche es freundlich zu formulieren.

»Einverstanden«, sagt sie, steht auf und gibt mir einen Kuss auf die Wange.

»Ich gehe jetzt baden«, sagt sie. »Seth müsste auch gleich vorbeikommen. Er war noch bei unserer neuen Mitarbeiterin.«

Ich streiche ihr über den Arm. »War er nett zu ihr?«

»Mh, er war sogar sehr zahm«, erklärt sie und löst sich von mir. Ich sehe ihr nach. Sie öffnet die Tür, in der plötzlich Seth steht.

»Guten Morgen«, begrüßt Miriam auch ihn. »Wir haben gerade von dir gesprochen.« Sie geht an ihm vorbei und schließt hinter ihm die Tür. Seth wiederum kratzt sich am Hinterkopf und kommt auf mich zu.

»Miriam ist aber gut gelaunt«, stellt er fest und bleibt neben mir stehen. Vollkommen entspannt greift er nach meiner Kaffeetasse und trinkt einen Schluck.

»Stimmt. Nur kann es nicht an dem da liegen«, sage ich und nicke zu meinem Bett, in dem Stella noch immer so fest wie ein Stein schläft. Sie dreht sich um und entblößt ein Stück ihres knackigen Hinterns.

Vielleicht sollte ich mich lieber um sie *kümmern*. Immerhin habe ich mit dem Oberboss keinen Beef, solange er die Finger von meinen Mädels lässt.

»Hat sie kein Messer gezückt?«

»Nein, aber sie möchte mit ihr reden.«

»Mit ihr reden?«, fragt er nach.

»Ja, sie kam erst hierher, als Kian Stella schon abgegeben und sie bereits geschlafen hat.«

Seth gibt mir die Tasse zurück. »Ich habe mich schon gewundert, wieso Kians Wagen nicht mehr dasteht.« Schelmisch grinst er. »Wer weiß, was sie mit ihm gemacht hat, dass er die Flucht ergriffen hat.«

»Du denkst doch nicht, dass sich das Spiel, das er mit Luisa gespielt hat, wiederholt?«

»Nicht er hat das Spiel gespielt, sondern sie«, berichtigt er mich und nimmt mir jetzt auch noch die Zigarette weg, die ohnehin nur noch für zwei Züge reicht.

Ich seufze. »Du willst einfach nicht aufgeben, oder?«

Eine ganze Weile schweigen wir uns an und sehen auf den Knackarsch vor uns.

»Ja, ich halte daran fest«, sagt er aus dem nichts heraus, aber es klingt perfekt platziert. So kenne ich ihn nicht, denn er scheint sich über die ganze Sache mehr Gedanken zu machen, als ich es ihm zutraue.

»Jetzt müssen wir eh erst einmal abwarten, bis Kian wieder da ist. Auch Luke bekommt sich bestimmt wieder ein und dann …«

Ich höre Seth schon gar nicht mehr zu. Das alles wird mit jedem Tag, der vergeht, suspekter. Stella, längst abgehauen sein könnte. Luke, der versucht seine Softieseite vor ihr zu verstecken und mit ihr in Streitgespräche startet, was zeigt, dass da mehr ist und Kian, der sie hier abliefert und mir durch die Blume verklickert, dass sie sich gerade umbringen wollte.

Wie soll ich da meine lockere Bruderschiene fahren? Gerade muss ich hier der Erwachsene sein. Fühlt es sich so an, wenn Luke oder Kian mit Seth reden?

Ich trinke meinen Kaffee aus und gebe die leere Tasse Seth. »Mach dich nützlich«, sage ich und stiere weiterhin auf Stellas Hintern.

CANVA STORIES

# Cleo

## 15

Ich blinzle und versuche, in meinem Kopf die letzten Begebenheiten zusammenzusuchen. Ich bin geflüchtet. Luke hat mich eingefangen. Dann war ich bei Kian und auf dessen Tisch gefesselt und jetzt liege ich in Ryans Bett, nachdem mich Kian bei ihm abgegeben hat.

In dem Raum ist es immer noch so dunkel und teilweise auch diesig. Ich liege weiterhin in dem Bett. Über mir die Decke und unter mir die weiche Matratze und ich würde am liebsten sofort weiterschlafen. Aber dafür wirbeln meine Gedanken schon wieder viel zu wild durcheinander.

Ich blinzle ein weiteres Mal und nehme eine Person, die neben mir sitzt, wahr. Sachte streicht sie mir über die Stirn und drängt eine Strähne, die mir im Blickfeld hängt, hinter mein Ohr.

Wieder blinzle ich und dann erkenne ich eine Frau mit roten Haaren, die ihr in Wellen über die nackte Schulter fallen, weil sie außer einer dunkelroten Spitzenkorsage nichts trägt. Von irgendwoher kenne ich sie. In meinem Kopf gehe ich die vielen Schubladen durch, die ich in all den Jahren geschaffen habe. Und in einer, die eng mit Shawn verknüpft ist, finde ich sie, wie ich ihr auf einem der Laster die Wegstrecke erkläre, die sie nehmen soll, sobald sich ihr eine Möglichkeit zur Flucht aus dem Club, in dem sie Shawn einquartiert hatte, ergibt.

Sofort reiße ich die Augen auf, springe im Bett hoch und rutsche bis hinten an die Wand des Bettes, denn sie muss ein Geist sein. Ein Hirngespinst, weil ich schon viel zu lange hier bin und nach jedem erdenklichen Strohhalm greife, der mir sagt, dass es noch Hoffnung gibt.

»Shh«, sagt sie und klingt dabei völlig ruhig. Neben ihr sitzt eine weitere Frau, die ich ebenfalls kenne und der ich einige Wochen später geholfen habe.

»Du kennst uns bestimmt nicht mehr, aber ich bin Miriam.« Sie zeigt auf die andere Frau. »Und das ist Stacy.«

Ich weiß, wer die beiden sind. »W-was macht ihr hier?«, frage ich mit flatternder Stimme, während mein Herz hart gegen meine Brust schlägt, denn ich wollte, dass sie dieses Leben nicht führen müssen. Und jetzt sitzen sie in eben so einem Sexclub fest und müssen tagtäglich Dinge tun, die sie nicht wollen.

»Die Frage ist eher, was du hier machst?«, sagt Miriam tonlos und lässt mich keine Minute aus den Augen. »Du hast fast 24

Stunden geschlafen. Seth wollte dich schon mit einem Stock piesacken, um zu schauen, ob du überhaupt noch lebst.«

Am ganzen Körper zitternd, weil mir immer noch die Müdigkeit in den Knochen steckt, ziehe ich die Decke zu mir heran und sehe mich um. Von Ryan und auch Seth ist nichts zu sehen.

»Falls du einen von den Jungs suchst«, sagt die andere. »Seth ist im Casino. Luke soll wohl im Haupthaus sein und Kian ist vorhin weggefahren. Ryan ist gerade im Haus unterwegs, weil er schaut, dass für das Wochenende alles passt.«

»Für das Wochenende?«, wiederhole ich. Beide nicken.

»Da ist hier immer Hochbetrieb und Ryan möchte, dass alles reibungslos funktioniert.«

Wie sie davon sprechen, dass ihre Körper jedem frei dargeboten werden, gefällt mir nicht. Dafür habe ich dieses Risiko nicht auf mich genommen. »Wieso seid ihr hier und warum haut ihr nicht ab? Oder ...«, in meinem Kopf herrscht der nächste Ausnahmezustand, »hat Shawn euch hierher verkauft?«

Beide sehen sich an. Dann redet Miriam weiter. »Nein, wir wollen hier sein, Cleo. Wir sind hier sicher und es gefällt uns hier.« Dabei beugt sie sich zu mir und legt ihre Hand auf meine. »So viele von denen, die von dir einen Ausweg bekommen haben, sind hier.«

»Aber ihr müsst ...« Ich taste sie mit meinem Blick ab.

»Richtig«, sagt sie. »Aber weil wir es wollen.«

»Und weil, wenn wir ehrlich sind, es für Frauen wie uns kaum eine andere Arbeit gibt«, mischt sich Stacy ein.

Ich verstehe die Welt nicht mehr.

»Ryan meinte, du bist durch Seth hierhergekommen?«

Wenn sie von ihm spricht, schwingt kein Groll, Hass oder Abscheu mit. Eher sowas wie eine Sanftheit, die ich nicht nachvollziehen kann.

»Ja«, sage ich verschlafen und reibe mir die Augen. »Seth hat mich entführt und hierhergebracht.«

»Also bist du die Frau, die Ryan und Seth hier aus dem Konzept bringt?« Sie zwinkert. »Obwohl, auch Luke hast du ziemlich ins Straucheln gebracht.«

»Und das Kian weg ist, liegt wohl auch an dir«, gluckst Stacy, die sich die Haare zu einem lockeren Pferdeschwanz zusammenbindet und mich die blaue Korsage begutachten lässt.

Ich weiß nicht, wovon sie da reden. »Ich mache hier gar nichts«, sage ich beleidigt, weil ich hier alles tue, nur niemanden aus dem Konzept bringen, denn dazu müsste es das geben und ich verstehen.

»Aber wieso nennen sie dich Stella?«, will Miriam wissen.

»Weil sie denken, dass sie Shawns Tochter entführt haben. Seth hat mich beim Junggesellenabschied verwechselt.«

Sofort schaltet mein Gehirn und ich bin es, die ihre Hand ergreift. »Bitte sagt mir nicht, dass ihr es ihnen erzählt habt.«

Ihr Blick wird fragender. »Nein, haben wir nicht.«

Augenblicklich entspanne ich mich.

»Wieso sagst du ihnen nicht die Wahrheit?«

Die Frage zieht mich knallhart auf den Boden zurück und plötzlich kommt alles hoch, über das ich die letzten Tage nicht nachdenken wollte. Immerhin hatte ich versucht, es zu erklären, und bin froh, dass ich es doch nicht tun konnte. Und jetzt? Ich schlucke schwer. Die Tür geht auf.

»Wieso sagst du ihnen nicht, dass sie die Falsche entführt haben?«, fragt Miriam erneut und Ryan, der gerade den Raum betritt, bleibt sofort stehen und sieht uns mit unveränderter Miene an.

»Verdammte Scheiße«, knurrt er und schließt die Tür hinter sich. Innerlich erstarre ich zu Eis, während die anderen beiden völlig unbeeindruckt neben mir sitzen, als hätten wir gemeinsam nicht gerade sämtliche Deckung aufgegeben, hinter der ich mich bisher verstecken konnte.

Mit einer Tasse in der Hand kommt er auf uns zu, bleibt vor dem Bett stehen und mustert mich noch etwas eindringlicher, als er es bisher getan hat. Der Kloß in meinem Hals wird immer dicker, weil ich nicht weiß, was jetzt passiert oder was ich mir wünschen sollte, was passieren könnte.

Ryan reicht mir die Tasse, in der der Inhalt dampft und in filigranen Linien nach oben steigt. Mit zitternden Fingern nehme ich sie ihm ab. Der Geruch von stark geröstetem Kaffee flutet sofort meine Nase.

Ryan zieht sich einen Stuhl ans Bett, seufzt und lässt sich plump darauf niederfallen.

»Dieser Idiot. Schafft es nicht einmal, die richtige Person zu entführen.« Dabei reibt er sich über den Nasenrücken, dann sieht er mich wieder an.

»Wer bist du dann und was hast du bei Shawn gemacht?«, will er wissen und mich überrumpelt abermals die Überforderung. Das Wort Eigentum stößt mir schmerzlich auf. Aber welches Wort soll ich sonst dafür verwenden?

»Im Gegensatz zu uns«, beginnt Miriam und nimmt mir damit die stechende Erklärung ab, »ist sie immer noch eine Gefangene von Shawn, die vielen von uns zur Flucht verholfen hat.« Sie sieht zu mir. »Ohne sie wären mit Sicherheit viele von den Frauen hier drin nicht mehr am Leben oder immer noch in diesen schmierigen Clubs als Billigware beschäftigt.«

»Also bist du?«, fragt Ryan nach.

»Seine Assistentin«, falle ich ihm ins Wort, ehe er etwas anderes dazu sagen kann.

Seine Miene bleibt unverändert. »Wie lange bist du denn schon seine *Assistentin*?«, fragt er und so wie er das Wort betont, ist klar, dass er weiß, dass ich es nicht anders bezeichnen möchte.

Das hier lief alles andere als optimal. Aber was in meinem Leben kann ich schon so bezeichnen? Und irgendwann musste das Pflaster ja mal ab.

Tief hole ich Luft, blicke auf den Kaffee, der mir mit Sicherheit im Hals stecken bleiben würde, wenn ich ihn trinken würde, und öffne den Mund.

»Acht Jahre.« Mit glasigem Blick sehe ich zu Ryan, der gedankenverloren nickt, als würden sich seine Vermutungen bestätigen.

»Das ist eine lange Zeit bei einem Mann, dem nur sein Business wichtig ist. Dass du das so gut überstanden hast? Immerhin weiß keiner so gut wie ich, wie verstört teilweise die Frauen hier zu mir finden, die aus dem Leben, das er ihnen angedacht hat, kommen.«

»Diese Frauen sind nicht ich«, mische ich mich ein.

»War das der Grund, weswegen du deine Flucht bisher nicht wirklich durchgezogen hast?«

»Du meinst, als ihr mich bei der Stallung aufgegabelt habt?«

Wieder nickt er und ich weiß erst recht nicht mehr, wie ich das erklären soll. Aber um alles preiszugeben, soweit bin ich nicht und das werde ich bestimmt auch niemals sein. Deswegen gehe ich erst gar nicht darauf ein.

Ich rutsche zur Bettkante vor und stelle die Tasse auf den Boden. »Ryan, ihr habt einen großen Fehler gemacht, als ihr mich von der Party von Stella entführt habt.«

»Seth«, berichtigt er mich.

»Das ist vollkommen egal, ob er es nun allein gewesen ist oder ihr es als Gemeinschaftsprojekt getan habt.«

Argwöhnisch zieht er eine Augenbraue nach oben.

»Ich lasse die Streitereien, die zwischen euch herrschen, jetzt außen vor, denn sie gehen mich nichts an. Fakt ist aber, dass ihr Shawn damit mehr als verärgert habt. In diesem Moment wird er nach mir suchen und er wird auch nicht eher Ruhe geben, bevor er mich nicht gefunden hat. Und du kannst dir sicher sein, dass er auf dieser Farm keinen Stein auf den anderen stehen lassen wird, wenn er erfährt, dass ich hier bin.«

Noch immer wirkt er nicht wirklich beeindruckt von dem, was ich sage. Dabei schlottern mir ununterbrochen die Knie.

»Ich hätte gleich gehen sollen, aber ich bin ehrlich, ich hatte Angst und ich war mir unsicher und dann war es zu spät. Und hätte Luke mich nicht eingefangen, wäre ich weg gewesen.«

Ich greife nach der Tasse, stehe auf und laufe zu Ryan. Miriam und Stacy beobachten mich, aber sagen nichts.

»Ihr müsst mich gehen lassen, damit er euch in Ruhe lässt und ich ... verschwinden kann.« Dabei reiche ich ihm die Tasse als Zeichen, dass ich nichts annehmen möchte, weil es Zeit wird zu gehen. Doch er nimmt sie mir nicht ab.

Stattdessen steckt er sich eine Zigarette an und steht auf. Streng mustert er mich und pustet den ersten Schwall verbrauchter Luft aus. Ich stelle den Kaffee auf den Boden.

»Was hat Kian mit dir gemacht?«, fragt er aus dem Nichts heraus.

Verständnislos sehe ich ihn an. »Wie meinst du das?«

»Hat er dich an seinen Haken gebunden?«

Ich schweige.

»Hat es dir gefallen?«

*Ob es mir gefallen hat?* Sofort kaue ich mir auf der Unterlippe herum.

»Und Luke?«

»Was soll mit ihm sein?«

Ein schelmisches Grinsen bildet sich auf seinem Gesicht. »Glaub mir, ich bin zwar der von uns, der gern nur sein eigenes Geschäft im Blick hat, aber ich kann die anderen umso besser einschätzen. Das, was ihr euch da draußen an den Kopf geworfen habt, zeigt nur, wie schnell du dich in den Kopf meines Bruders gesetzt hast.«

Erneut nimmt er einen Zug. »Deswegen würde es nichts mehr bringen, wenn ich dich jetzt gehen lasse. Allerdings ist die Ausgangslage, mit der ich diese Situation bewerte, jetzt eine ganz andere. Und was mich wirklich ärgert, ist, dass du dachtest, du kannst nicht ehrlich zu uns sein.«

»Bei vier Typen, die mich entführen und mich in ein Zimmer sperren?«

»Hey!« Mahnend erhebt er den Zeigefinger. »Ich lag schwer verletzt auf der Couch, also lass mich da gefälligst raus.« So lustig und entspannt seine Art ist, hilft sie mir nicht, über all das hinwegzusehen, was hier völlig schiefläuft.

»Du musst mich gehen lassen, Ryan«, sage ich eindringlicher und hoffe, dass er versteht, wie ernst die Situation in Wirklichkeit ist.

»Vorschlag«, beginnt er, ohne über meine Worte nachgedacht zu haben. »Ich mache mir Gedanken, wie es weitergeht, und du haust nicht auf eigene Faust ab. Dafür bleibt das Gespräch hier«, er zeigt zwischen ihm und mir hin und her, »vorerst eine Sache zwischen uns.«

Diese fehlende Einsicht, dass alles, was den Männern wichtig ist, auf der Kippe steht, ist für mich unbegreiflich. Und da er jetzt weiß, wer ich bin und mich nicht gehen lassen wird, passt er mit Sicherheit doppelt und dreifach auf mich auf. Also kann ich nicht anders, als für den Moment seiner Bitte, Aufforderung oder eventuell sogar Wunschdenken nachzukommen.

»Gut.«

Zufrieden grinsend reicht er mir seine Hand und ich werde das Gefühl nicht los, dass es mehr damit auf sich hat, als er mir erzählen will.

NIGHT CLUB
CANVA STORIES

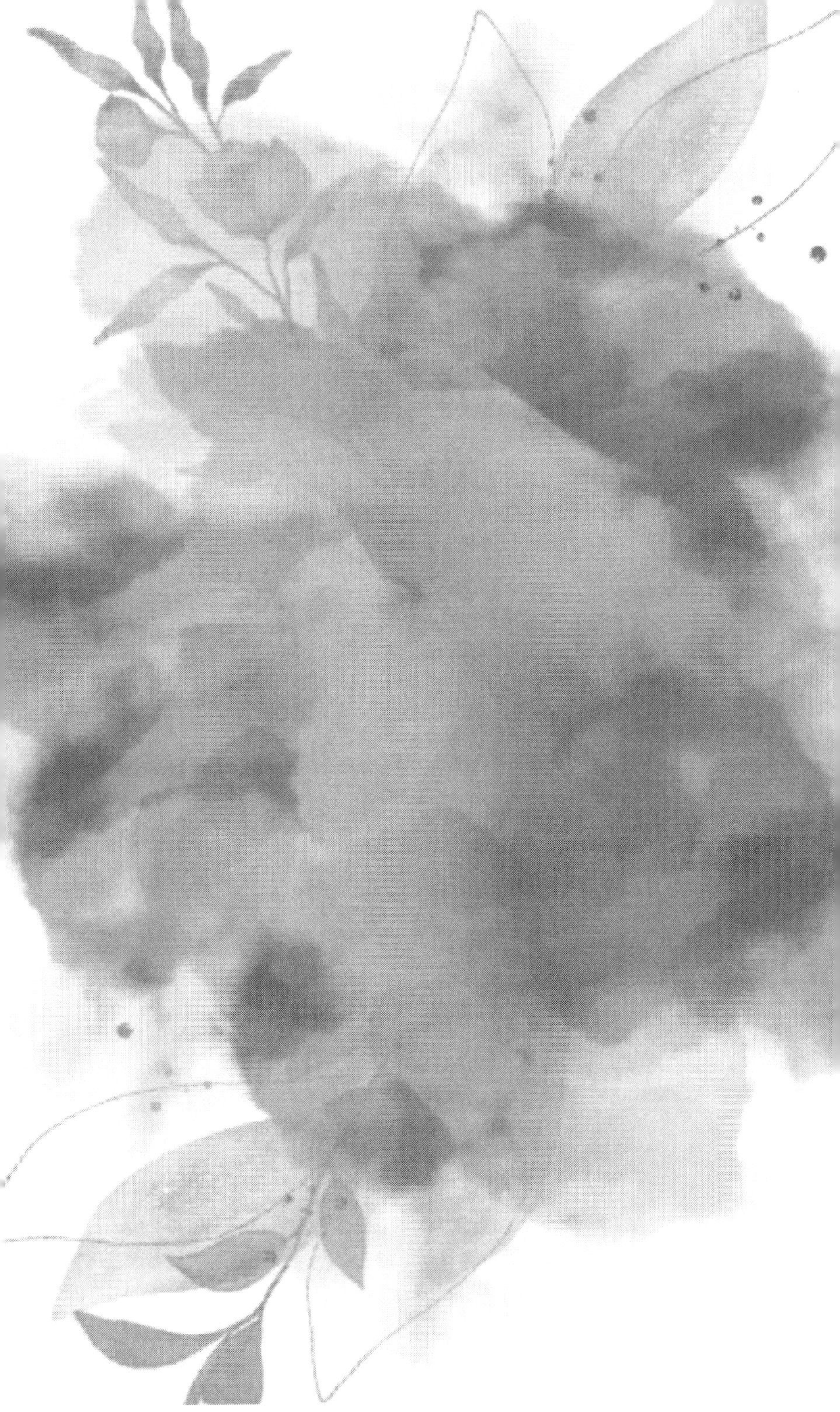

# Luke

## 16

Rastlos laufe ich durch mein Haus. Brian läuft eng neben mir und wirkt so aufgekratzt, wie ich mich fühle. Nicht einmal das Bier schmeckt mir und steht geöffnet, aber fast unberührt auf der Kommode im Flur.

Auf dem Ritt zurück zur Farm wirkte Stella fast ein wenig befreit. Selbst ich habe mich etwas gelöst gefühlt. Kaum sind wir zurück, bringen sie ein paar Sätze zu der anderen Farm völlig aus der Fassung.

Ich bleibe am Fenster stehen und sehe zu den Häusern meiner Brüder. Kian kommt gerade aus dem von Ryan und sprintet förmlich zu seinem Auto, als würde er vor etwas flüchten. Sein Motor heult auf und dann ist er weg und hinterlässt nur den Dreck, den er aufwirbelt und den er in meinen Gedanken seit Jahren zurückgelassen hat.

*Hatte sich Stella nicht bei ihm einquartiert?*

Hat er sie bei dem nächsten abgegeben, weil er sie nicht händeln kann? Oder weil ... Ich schüttle den Kopf. Das alles sollte mich nicht mehr interessieren. Ich will, dass es mich nicht mehr interessiert, denn Stella hat die ganze Welt, die ich mir hier aufgebaut habe, auf den Kopf gestellt und ich weiß bis jetzt nicht, wie ich alles wieder ordnen soll.

In Gedanken bin ich auf dem Dachboden, wo immer noch die ganzen Bilder verteilt liegen. Damit werde ich anfangen und ist der erste Schritt in die richtige Richtung, ehe ich Sonntag nach Brickmore aufbreche, um die Schafe zu scheren. Spätestens dort bekomme ich Ruhe in meine Gedanken. Aber zuvor muss hier wieder alles so sein, wie vor Stellas Auftauchen.

Ich seufze und steige die Treppen nach oben. Wie das letzte Mal bleibt Brian unten liegen und sieht mich mit großen Augen an.

Strickt sehe ich gerade aus und nicht in das offen stehende Zimmer, in das ich Stella verfrachtet hatte, und bleibe erst vor der Tür zum Dachboden stehen. Meine Finger zittern. Ich schaffe es nicht, durch die Tür zu treten.

Durch Stellas eigenmächtige Schnüffelei hat sie die ganzen Bilder zu lebhaften Erinnerungen werden lassen, die jetzt durch meinen Kopf spuken und dort drin zu einem Film werden, bei dem ich keine Pause-Taste drücken kann.

Also drehe ich um, haste zurück bis knapp vor dem Treppenaufgang und atme tief durch. Nur leider stehe ich jetzt genau vor dem Zimmer, das früher Luisa und danach Stella bewohnt hat. Ich zwinge mich dazu, hineinzusehen und die nächste Flut an Erinnerungen auf mich niederprasseln zu lassen. Ich habe hier drinnen nichts geändert, weil ich es nicht übers Herz gebracht habe.

Wie an Fäden gezogen, trete ich ein. Eine der vorderen Dielen knarzt gefährlich beim darüber laufen und dann bleibe ich kurz vor dem Bett stehen, das sich Luisa nach einer schier unendlichen langen Diskussion ausgesucht hat. Nur um mich einige Monate später zu verlassen und mich mit dem Fellzottel, den ich bis hier hoch winseln hören kann, allein zu lassen.

Angestrengt reibe ich mir über das Gesicht. Ich muss es endlich hinter mir lassen. Ehe ich die Wut auf Kian neu entfache, drehe ich mich um und will den Raum verlassen, um ihn für immer zuzuschließen. Erneut trete ich auf eine Diele, die viel zu laut knarzt und sich unter meinem Fuß auch leicht erhaben anfühlt. Ich bleibe stehen und sehe nach unten. An einer der Ecken ist ein Stück Holz abgeplatzt. Ich bücke mich, hebe es an und kann sie ohne Probleme anheben. Darunter ist wie eine Art Fach, in dem ein bunt beklebtes Buch, ein paar Kuscheltiere und einzelne Bilder liegen.

Irritiert greife ich nach dem Buch. Ich habe keine Ahnung, wie lange es hier schon liegt. Ist es eventuell von Luisa?

Ich öffne es. Ein Bild fällt heraus, das in dem Fach zum Liegen kommt, ich aber vorerst nicht weiter beachte.

Die erste Eintragung ist mehr als zehn Jahre her. Es kann also nicht von Luisa stammen. Ich blättere darin herum. Es ist ein

Tagebuch und das Geschriebene auf der Seite, auf der ich innehalte, handelt von der Angst eines Mädchens, dass etwas mit ihrer Brust nicht stimmt. Es kann nur der Tochter der Leute gehören, die vor uns hier gewohnt haben.

Ich will weiterlesen, da klingelt mein Handy. Abgelenkt von dem, was ich lese, ziehe ich es aus der Hosentasche und sehe aufs Display. Sofort verkrampft sich alles in mir und meine Gedanken driften zu dem Namen, der fröhlich darauf blinkt. Ich lege das Tagebuch zur Seite und gehe ran.

»Was willst du, Dad?«, knurre ich und spüre schon, wie ich am liebsten Gift und Galle spucken möchte.

»Seit wann bist du so unfreundlich, Luke?«

»Seitdem ich weiß, wie sehr es dich aufregt, wenn man nicht schon am Telefon einen Knicks für dich vollführt. Also, was willst du?« Egal, was es ist, ich weiß jetzt schon, dass es nichts Gutes sein kann.

»Was ist bei euch los?«, will er wissen und kommt wie immer sofort auf den Punkt.

Ist das eine Fangfrage? »Was soll hier los sein? Wir leben ein friedliches Leben ohne Hass, Furcht und die täglichen Todesschreie deiner Opfer.«

Sein Schmunzeln ist selbst durch den Hörer hindurch hör- und spürbar. »Wie immer übertreibst du maßlos. Also frage ich noch mal, was ist bei euch los?«

»Möchtest du jetzt wissen, wieso ich die Schafe zwei Wochen später als sonst schere?«

Sein leises, verstimmtes Knurren, weil er mit meiner sarkastischen Art auch nach all den Jahren nichts anfangen kann, ist eine Genugtuung.

»Vorschlag: spezifiziere deine Frage. Vielleicht habe ich dann eine konkrete Antwort für dich.«

Genervt hallt sein Atem im Hörer nach. »Einige meiner engsten ... *Kunden* melden sich aktuell mit einigen beunruhigenden Nachrichten bei mir, dass es in Geraldton und Umland drunter und drüber geht. Bestellungen werden nicht pünktlich geliefert und auch in den Clubs soll es Unruhen geben.«

Das ist ja auch klar, wenn Shawn überall auf den Tisch haut, wenn seine Tochter entführt wurde.

»Und da einer von euch immer in irgendeinem Ärger, der mich ebenfalls betrifft, verwickelt ist ...«

*Sag doch einfach, dass du auf Kian anspielst.*

»... will ich wissen, was da los ist?«

Ich verdrehe die Augen. Es fehlt mir gerade noch, dass er jetzt meint, sich einschalten zu müssen. Ich muss ihn abwimmeln, ehe er meint, sich aktiv einzumischen und damit das Konstrukt – mein Konstrukt einer friedlichen Farm mit dem ein oder anderen Zugeständnis an meine Brüder - zum Einstürzen zu bringen.

»Shawn ist jetzt Bürgermeister von Geraldton«, sage ich tonlos.

»Ich weiß«, kommt prompt die Antwort von der anderen Seite der Leitung.

»Kian hat getan, was du gefordert hast. Er hat sich in sein Imperium eingekauft, hat jetzt jahrelang die Drecksarbeit erledigt und jetzt hat ihn Shawn aus dem Geschäft gedrängt und seine Routen übernommen. Dass er sich nach der ganzen Aufopferung jetzt tatsächlich schlecht fühlt, kann ich nicht verstehen, aber er war schon immer ein Typ, bei dem Manipulation gut funktioniert hat.«

Kurz bleibt es am anderen Ende leise. Ich riskiere einen Blick aus dem Fenster, wo sich irgendwo Stella befinden muss und durch die diese Unruhe begründet werden könnte.

Wenn ich meinem Vater das stecke, wäre das Problem in nicht einmal 24 Stunden geklärt. Genauso wie die Zukunft meiner Farm.

»Wieso habt ihr mich bisher nicht davon unterrichtet?«

»Weil es Kians Aufgabe gewesen wäre. Immerhin bin ich nicht sein Sekretär. Jetzt sucht er gerade eine andere Möglichkeit, sich doch noch einen Geschäftszweig aufzubauen. Aber mit dem Ärger innerhalb von Geraldtons Stadtgrenzen haben wir nichts zu tun.«

»Ich tue mich sehr schwer damit, das zu glauben.«

»Denk, was du willst. Ich kann dir nur das sagen, was ich vor der Tür erlebe und das ist ein Bruder, der ziemlich unglücklich damit ist, erneut von dieser Familie enttäuscht worden zu sein.«

»Nicht ich war es, der die Verbindung gekappt hat. Und hättet ihr nicht alles auf eigene Faust lösen wollen, dann wären einige Dinge mit Sicherheit ganz anders gelaufen.«

Ich schließe die Augen und atme tief durch. Dass er es wagt, die Sache mit Luisa anzusprechen, wird mich gleich zur tickenden Zeitbombe machen. »Ja, aber du hättest dich jederzeit einmischen oder zurückrudern können. Stattdessen lässt du Shawn fröhlich Chaos stiften, anstatt deinen Einfluss auf ihn zu nutzen.«

Ich sehe zu dem Tagebuch, dessen Inhalt mich interessiert und mich ablenken wird.

»Wenn Kian keinen eigenen Weg findet, sich gegen Shawn durchzusetzen, dann hat er in dieser Welt nichts zu suchen. Am Ende kann er nur dir die Schuld geben, weil du ihn von seiner Bestimmung abgehalten hast.«

»Ich habe das einzig Richtige getan. Dass er trotzdem noch unbedingt um deine geheuchelte Aufmerksamkeit gebuhlt hat, dafür kann ich nichts.«

»Und deswegen redet ihr beiden so viel miteinander?«

Fast als wäre ich wieder 29 und hätte mich komplett gegen ihn gestellt, bringt er alles in mir zum Rebellieren.

»Wir haben nichts mit dem zu tun, was in Geraldton läuft«, raune ich. »Und jetzt kannst du dich wieder in deinen Untergrund verziehen und uns in Ruhe lassen.«

Damit lege ich auf und atme tief durch. Ein ungutes Gefühl macht sich in mir breit. Wenn er anruft, dann hat das immer eine Bedeutung und kann nie etwas Gutes bedeuten.

Wieder sehe ich raus. Wohin verdammt, ist Kian nur unterwegs? Wenn er wieder da ist, werde ich um ein Gespräch nicht drumherum kommen.

CANVA STORIES
CANVA STORIES
CANVA STORIES

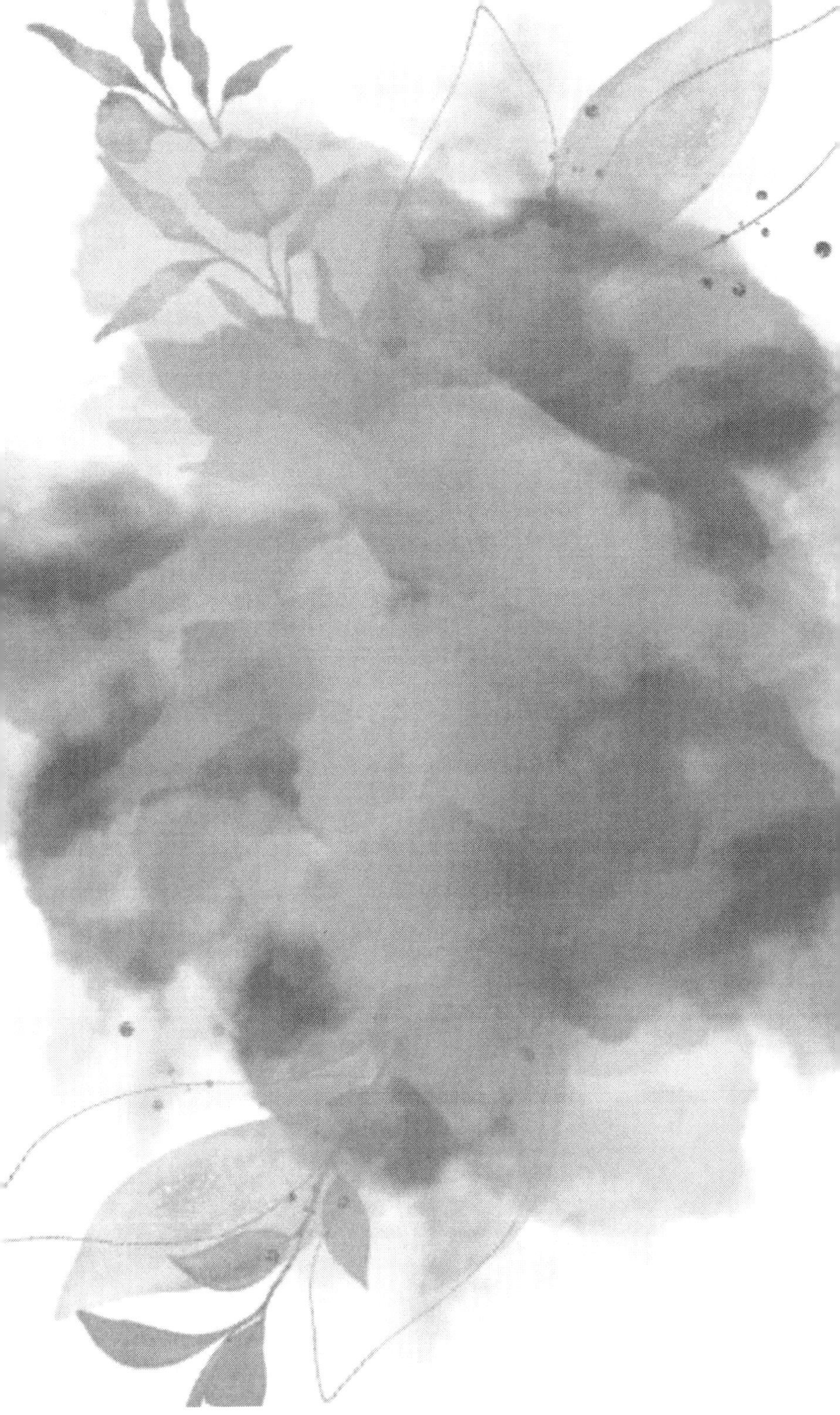

# 17

Immer noch müde, reibe ich mir über die Augen und versuche mir wenigstens eine von den vielen Regeln, die Ryan gerade aufstellt, zu merken.

»Und du hast in den Zimmern der Gäste nichts zu suchen. Du gehst niemandem auf den Sack, du wirst niemanden anfassen oder ansprechen und …«

»Ich soll also eigentlich im Zimmer bleiben?«, fasse ich seine Worte gelangweilt zusammen und lasse mich im Bett zurück aufs Kissen fallen. Miriam und Stacy sind gegangen. Dabei hätte ich mich sehr gern noch etwas länger mit den beiden unterhalten. Ich weiß nicht wieso, aber zwischen der Überforderung und Verständnislosigkeit, dass sie hier sind, habe ich ein klein wenig Hoffnung geschöpft, in dieser Welt wenigstens etwas bewirkt zu haben.

Ryan unterbricht seinen Monolog und sieht mich an.

»Das ... ja. Genau das sollst du«, sagt er voller Inbrunst, als hätte er das Feuer entdeckt.

»Gibt es denn eine Dusche, zu der ich wenigstens gehen darf? Nach dem langen Marsch kann ich das echt gebrauchen.« Den Rest mit Kian spare ich dabei aus.

»Ja, so etwas gibt es. Unten im Keller.«

Ungläubig sehe ich ihn an. »Im Keller?«

Er nickt.

»In diesem Haus?« Dabei haben sich die Leute, die hier gewohnt haben, immer draußen geduscht, weil dieses Haus keinen Wasseranschluss hatte.

Wieder nickt er und zieht eine Augenbraue nach oben. »Wieso fragst du so komisch nach?«

Ich zucke mit den Schultern und mummle mich in die Decke. »Weil ich nicht erwartet hätte, dass es sie ausgerechnet dort gibt, wenn die Frauen hier drinnen mehr als einmal am Tag duschen müssen«, versuche ich einen Grund zu finden, weswegen mich seine Antwort so erstaunt.

»Du wärst überrascht, was dieses Haus alles zu bieten hat.«

»Hier oben jedenfalls nur schwarze Vorhänge und ein Bett, in dem mehr Stellen verkrustet sind, als ein Tausendfüßler Beine hat. Ich glaube, ich muss nicht einmal raten, was das ist.«

Theatralisch legt er sich die Hand auf die Brust. Wenn er jetzt noch einen Schwächeanfall vortäuscht, weiß ich, wer die Dramaqueen von den Vieren ist. Und zwei Gesichter hat er auch noch, denn von dem Mann, mit dem ich gerade noch auf

Augenhöhe geredet habe, weil er jetzt weiß, wer ich bin, ist nichts mehr übrig. Aber es hilft dabei, mich nicht weiter damit beschäftigen zu müssen, dass er weiß, dass der Krieg unvermeidlich sein wird, wenn sie mich nicht gehen lassen.

»Entschuldige, Prinzessin, aber hätte ich gewusst, dass ich so hohen Besuch in meinem Bett begrüßen darf, hätte ich auch bloß nicht das Bettzeug gewechselt. Ich stehe zu den Dingen, die ich hier drinnen mache und genieße – kleiner Spoiler: Bisher hat niemand an meiner Manneskraft gezweifelt oder wäre nicht auf seine Kosten gekommen.« Fast schon als nette Geste zwinkert er mir zu und ich kann nicht anders, als mich von seiner Art anstecken zu lassen und leicht zu schmunzeln.

Er zieht eine Augenbraue nach oben. »So ein Ausdruck auf deinem Gesicht? Mh, irgendwie ungewohnt, nachdem ich immer noch die Schmerzen von deiner Messerattacke in meiner Schulter spüre.«

»Sah bestimmt lustig aus, wie du halb sterbend auf der Couch gelegen haben musst. Dabei war es eine klassische Verfehlung, weil ich aus der Position heraus nicht richtig zielen konnte.«

»HA! Wusste ich es doch«, schreit er, als hätte er das Tourette-Syndrom und schnippt mit den Fingern. »Luke schuldet mir zwanzig Dollar.« Dabei streift sein Blick den Spiegel, auf den er sich vollkommen konzentriert.

Mein Schmunzeln wird zu einem Lächeln. *Wie macht er das nur?*

»Ryan?«, ruft jemand verführerisch und ich sehe zur Tür. Gleichzeitig wird es auf dem Flur laut. Wahrscheinlich kommen gerade die ersten *Gäste*. Nur Ryan betrachtet weiterhin den Spiegel. Ich beuge mich etwas zu ihm hin. Was sieht er da drin, was ich nicht sehe?

»Ryan?«

Ich melde mich. Er reagiert nicht. Also bin ich jetzt diejenige, die mit den Fingern schnippt.

»Äh, Ryan?« Ich schnippe erneut. Nach dem vierten – nein fünften Mal reagiert er.

»Ja?«

»Du wurdest gerade gerufen.«

Er sieht ebenfalls zur Tür. Dann dreht er sich zu mir um und kommt auf mich zu, bis er genauso wie sein Bruder vor mir steht. Allerdings verzichtet er auf die freundliche Geste, die mir das letzte Mal zuteilwurde und lässt seinen Schwanz eingepackt.

»Ich wirke zwar nett, aber täusch dich nicht, Prinzessin.«

»Dass ich einen richtigen Namen habe, ist dir klar?«, frage ich mit einem leicht genervten Unterton.

»Den du mir bisher nicht verraten hast, aber da frage ich einfach Miriam. Und ich stehe zu meiner Einstellung. Gerade habe ich den unfreiwilligen Hauptpreis gezogen und muss mich um dich kümmern. Also befolgst du meine Regeln, dann wird es in diesem Bett weiterhin nur Spermaverkrustungen und keine Blutflecken geben. Ist das klar?«

»Und was soll ich die ganze Nacht machen?«

Als würde er nachdenken, schiebt er seine Lippen hin und her, mustert mich und ich erkenne in seinem Blick, woran er gerade denkt, denn ich habe ihn schon bei Kian und auch bei Seth gesehen. Luke versuche ich dabei, außen vorzulassen, denn bei ihm habe ich vieles gesehen, aber nie eindeutig den Fick-Sie-Blick.

Plötzlich dreht er sich um und läuft zur Tür. Kurz davor bleibt er stehen und zuckt mit den Schultern. »Geh schwimmen, schlaf dich aus. Egal. Aber verlass dieses Haus nicht, lass die Mädels und Gäste in Ruhe und atme gefälligst noch, wenn ich wieder da bin. Sonst werde ich dich nicht mehr zum Schmunzeln bringen können.«

Wieder höre ich auf. »Schwimmen?«, hake ich nach.

»Im Keller. Aber fall nicht auf.« Dann ist er verschwunden und ich liege auf diesem dreckigen Bett, das von seinen nächtlichen, tagtäglichen oder eher stündlichen Aktivitäten spricht und mich nur noch verwirrter und unklarer zurücklässt. Das Leben auf einer Farm, Sex und die Interaktion zwischen den Männern. Alles Dinge, die ich so nie erlebt habe, weil ich nur einen Mann kennen durfte.

Ich stehe auf und blicke durch einen kleinen Spalt in den Flur hinaus. Kichernd läuft eine Frau nur mit Tanga und Nippelstickern vorbei. Ihr folgt ein Mann in einem schwarzen Anzug, der nur Augen für sie zu haben scheint. Immer wieder grapscht er an ihren Hintern, den sie ihm nur noch fester entgegenstreckt.

Wie haben die Jungs das außerhalb Shawns Wirkungskreis durchbekommen, wo er mittlerweile doch sogar seine Finger in die Nachbarstädte ausstreckt?

Die beiden sind vorbei. Ich trete auf den Flur hinaus und laufe die Treppe am Ende des Flurs nach unten, immer darauf bedacht, dass mich niemand sieht, ganz so wie es sich der Herr des Hauses vorgestellt hat.

In der unteren Etage dringt lautes Stöhnen in meine Ohren. Nur kurz sehe ich etwas weiter in den mit rotem Samtteppich ausgelegten Flur und Goldverzierungen an den Wänden, wo ein anderer Mann mit grauen Haaren eine Frau mit dem Oberkörper gegen die Wand drückt und sich hart in sie stößt.

Ich habe schon so viel Sex gesehen. Aber wirklich freien Sex? Nicht wirklich. Alles nur erzwungen und genötigt, weil Shawn die Nutten für seine Edelclubs immer selbst testet. Aber die Frau hier wirkt nicht so, als würde sie dazu genötigt. In ein Zimmer gesperrt und darauf wartend, dass irgendein untervögelter Kerl zu ihr kommt und Dinge mit ihr tut, die sie nicht will.

Oder spielt sie es nur? Dass sie seine Berührungen laut seufzend begleitet, den Kopf in den Nacken legt und sich rhythmisch mit seinen Stößen mitbewegt?

Ich blinzle und bemerke, dass ich selbst auf meiner Unterlippe herum beiße und schüttle den Kopf. Das da vor mir kann unmöglich etwas Freiwilliges sein.

Ich drehe mich um und gehe eine Treppe nach unten. Hier sind die Wände nicht mit irgendwelcher billig wirkenden Tapete verkleidet, sondern das Mauerwerk zeigt, was es einst gewesen ist. Die Unterkünfte der Saisonarbeiter. Nur sieht es hier nicht mehr nach Dreck, Schmutz und Schweiß aus, sondern riecht nach purem Sex. Wieder kichert jemand auf der oberen Etage.

Aber ich drehe mich nicht um und blicke hoch. Ich will es nicht sehen oder hören, weil ich sonst ...

Gerade wirkt es nicht wie das Gefängnis, in das die Männer mich geschmissen haben. Eher wie die Vorstufe zu etwas, dass ich mir gewünscht habe. Oder gewollt, wenn ich jemals die Chance auf eigene Wünsche gehabt hätte. Und vielleicht sollte ich die kurze Zeit, in der ich frei atmen kann, genießen und hoffen, dass mir jemand die Kehle durchschneidet, ehe Shawn hier ist, wenn ich es schon nicht selbst tun darf.

Kians Gesicht taucht vor mir auf. Dieser Hass in seinen Augen. Dieser Schmerz, den er irgendwo verdient hat, weil er mit Shawn Geschäfte macht. Und trotzdem war dort auch etwas anderes, dass ich nicht deuten konnte und auch nicht will, denn ihn und Luke brauche ich beim besten Willen nicht. Sie versauen bestimmt auf jeder Party die Stimmung.

Ich biege durch die nächste Tür. Chlorgeruch steigt mir in die Nase und ich traue meinen eigenen Augen nicht. In dem mir bekannten Lagerraum, in dem die Materialien für die Gäste gelagert wurden, befindet sich ein in den Boden eingelassener Pool mit Holzverschlag.

Gedimmte Lichter strahlen von der Decke, an denen sich die Wasserspiegelungen abzeichnen, und tauchen den Ort in eine

Entspannungsoase. Leise Musik spielt und ich frage mich, ob das überhaupt noch eine Farm ist. Das Outback lechzt nach Wasser und hier steht ein Pool, dessen Wasser mit Sicherheit mindestens einmal die Woche ausgetauscht wird, weil Sperma hier drin nicht verkrustet und wir nicht in Ryans Bett sind. Und doch ist es mir egal. Das Einzige, was mich reizt, ist das Wasser.

Auf dem Weg zu den Stufen ziehe ich Ryans Hemd aus und berühre mit meinen Zehen das warme Wasser. Poolnudeln und ein Reifen schwimmen auf der Oberfläche. Langsam gleite ich hinein und tauche kurz ab. Keine Barriere, keine Grenze, nur das kurze Gefühl der Schwerelosigkeit.

Beim Auftauchen wische ich mir das Wasser aus den Augen. Dabei blicke ich mich um.

Wo sind eigentlich all die anderen? Oder nutzt Ryan diesen Ort nur für bestimmte Tage oder Spielereien?

Ich schwimme zwei Runden und greife mir eine der Poolnudeln, auf die ich mich setze und mich durchs Becken treiben lasse. Mit dem Wechsel der Lichtfarbe im Becken drifte ich dahin und entspanne mich immer mehr. Meine Klit auf dem wassertragenden Material, Musik und ich genieße das Kribbeln zwischen meinen Schenkeln.

Jetzt bin ich schon so viele Tage hier, aber wirklich schlauer bin ich nicht. Luke ist diese Farm verdammt wichtig. Bei seinen Brüdern bin ich mir da nicht so sicher. Gerade bei Kian. Aber ich werde bei den beiden das Gefühl nicht los, dass bei der Sache mit Luisa noch mehr dahintersteckt.

Seth ist mir, auch wenn er alles locker zu nehmen scheint, noch zu undurchsichtig. Und Ryan? Dass er einen Club hat, in dem es so wirkt, als würde er die Frauen, die Shawn seelisch zerstört hat, aufnehmen, lässt ihn fast schon wie einen Retter wirken.

Die Frau und der Mann, die sich oben vergnügt haben, blitzen immer wieder in meinem Kopf auf. Ihr entspannter Körper. Der nach Erlösung suchende Blick.

Ich drücke mich fester auf die Poolnudel, genieße das Kribbeln meiner Perle und das Zucken meiner Beine unter Wasser, die immer wieder den Halt auf dem glatten Boden verlieren. Meine Nippel werden hart.

Kians Gesicht ersetzt die beiden von oben. Eigentlich wollte ich es mir verbieten, aber der Geschmack seines Spermas, als er dachte, er benutzt mich. Wie er seine Finger abgeleckt hat und ich mir verdammt noch mal gewünscht habe, dass er mich einfach herumdreht und fickt. Mein Entführer. Und dann das in seinem Haus, an dem Haken. Ich halte mich am Beckenrand fest.

Seine Nähe, der intensive Blick und ich auf seinem Schwanz, nachdem ich ihm die Wahrheit gesagt habe, ohne dass er sie versteht. Meine Klit pulsiert und im nächsten Moment treibt ein befreites Schmunzeln über mein Gesicht.

Tief hole ich Luft und lege den Kopf in den Nacken. Leise lachend streiche ich mir durch die Haare. Das erste Mal, dass ich nur für mich gekommen bin. Niemand, der mir dabei zusieht, sich einen dabei herunterholt oder es verlangt, damit ich feucht werde.

Eine Träne rollt meine Wange hinab, die im Wasser um mich herum verschwindet und das in Wellen über den Rand schwappt. Langsam weiß ich, was ich möchte. Ich will von der Poolnudel rutschen, um noch eine Runde zu schwimmen. Plötzlich umgreifen Hände meinen Körper und legen sich auf meine Brüste. Ich zucke zusammen. Doch ehe ich mich wehren kann, werde ich an den nackten Körper hinter mir gedrückt und ein Kinn legt sich auf meine Schulter.

CANVA STORIES
CANVA STORIES
CANVA STORIES
CANVA STORIES

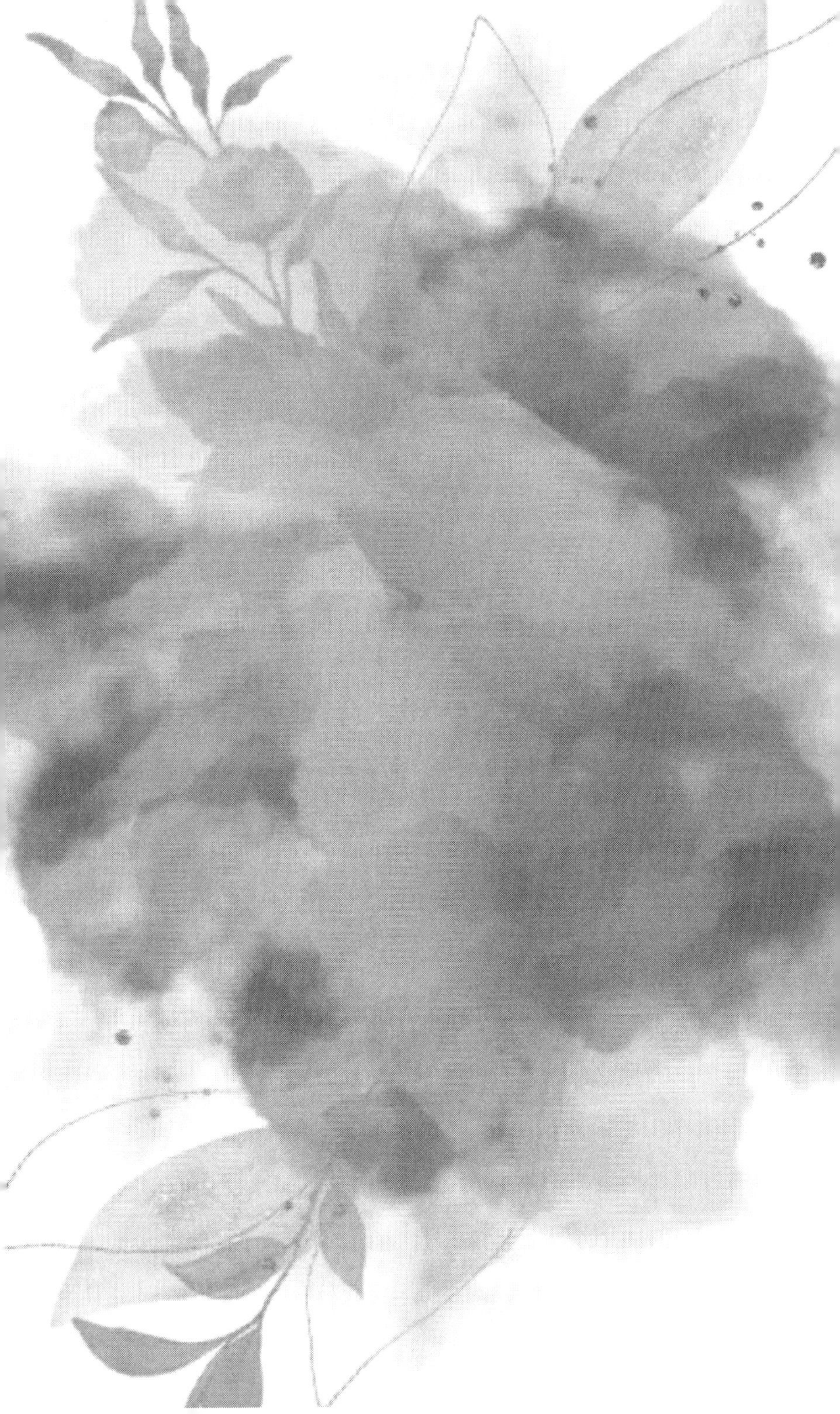

# Kian

## 18

In der Dunkelheit rase ich über den Highway. Vor mir leuchten bereits die Lichter Geraldtons, denen ich mich gar nicht schnell genug nähern kann, denn jeder Zentimeter weg von Curtain County bedeutet weniger Nähe zu Stella und all dem, was sie in mir auslöst.

Dieser Blick. Dieser verdammte Blick und dieser perfekte Körper, den ich gar nicht mehr aufhören wollte zu berühren.

Seit Jahren hat keine Frau solche widersprüchlichen Gefühle in mir ausgelöst.

Wieso muss sie nur Shawns verfluchte Tochter sein? Wieso keine Nutte, die zufällig in den Club gestolpert ist, aus dem sie von Seth entführt wurde? Eine Verwechslung oder Ähnliches, damit ich keinen Grund wüsste, das zuzulassen, was sich mit jedem Atemzug durch meine Adern kämpft.

Ich überquere das Ortseingangsschild und fahre durch eines der Problemviertel, um das sich Shawn schon seit Jahren kümmern will und es doch nicht tut. Er hat keine Ahnung, wie man wirklich Politik macht. Er denkt, er zeigt sich einfach von seiner harten Seite und alle tanzen nach seiner Pfeife. Doch das tun sie nicht. In ein paar Jahren wird das Konstrukt, das er sich aufbaut, in sich zusammenbrechen. Aber dann werde ich nicht mehr hier sein, um es genießen zu können. Was dann mit Stella wird? Keine Ahnung.

Die Laternen leuchten die Straßen aus, auf denen sich die Nutten tummeln und darauf warten, dass ein Auto anhält und sie sich 50 Dollar mit einem langweiligen Blowjob verdienen können.

Erneut bin ich in Gedanken bei Stella. Dieser Ausdruck in den Augen, als sie mir die Wahrheit über meine Gefühle an den Kopf geknallt hat, wird mich auf ewig verfolgen.

In meinem Dusel überfahre ich eine rote Ampel. Der Gegenverkehr hupt aufdringlich, doch ich fahre einfach weiter, mein Ziel immer fest vor Augen. Einige Straßen weiter biege ich ab und stehe wenige Meter später an der Kreuzung, die zu Shawn führt, und sehe auf die hell erleuchteten Zimmer seiner Villa, ohne näher heranzufahren, damit das hier nicht im Chaos endet – obwohl ich bereit wäre, es darauf ankommen zu lassen.

Mit hoher Wahrscheinlichkeit sitzt er in einem von den Zimmern und macht sich hoffentlich Gedanken über seine verschollene Tochter. Seine verflucht perfekte Tochter, die mir mehr als nur den Kopf verdreht hat. Gleichzeitig frage ich mich, woher diese Verletzlichkeit kommt, die ich vor wenigen Stunden noch in ihr gespürt und auch in ihren Augen gesehen habe. Ja, sie hat mit seinen Geschäften zu tun. Sie weiß genau, was hinter dem hohen Zaun abgeht, aber vielleicht habe ich ihr Unrecht getan. Dass sie gar nicht so stark ist, wie ich es gedacht habe, sondern unter der Last von dem, was sie sieht, am Zerbrechen ist.

Und dass ich mir mittlerweile genau darüber den Kopf zerbreche, macht es nicht besser, denn ich habe mir geschworen, mir für immer meine Gefühle zu verbieten.

In meinen Gedanken höre ich das Knistern des immer höherschlagenden Feuers. Die Schreie der zwei Menschen, die mir alles bedeutet haben und die ich nicht retten konnte.

Das Bild verschwimmt. Der Schmerz, weil ich versucht habe, die kochend heiße Autotür zu öffnen, um wenigstens einen von ihnen zu retten, treibt mir durch den Körper, als wäre es erst gestern gewesen. Und dann verstummen die Stimmen, gehen im Nichts unter, das mich danach erwartet hat und alles ist, was mir von meinem perfekten Leben geblieben ist.

Ich lege die Hände um das Lenkrad und umgreife es so fest, dass das Gummi zwischen meinen Fingern quietscht. Meine Finger werden schon weiß. Der Schmerz wird immer stärker, aber er kann nicht betäubt werden.

Ruckartig lasse ich es los, drehe den Schlüssel im Zündschloss und fahre in einen meiner alten Clubs, um endlich eine Möglichkeit zu bekommen, alles zu vergessen – wenigstens für den Moment.

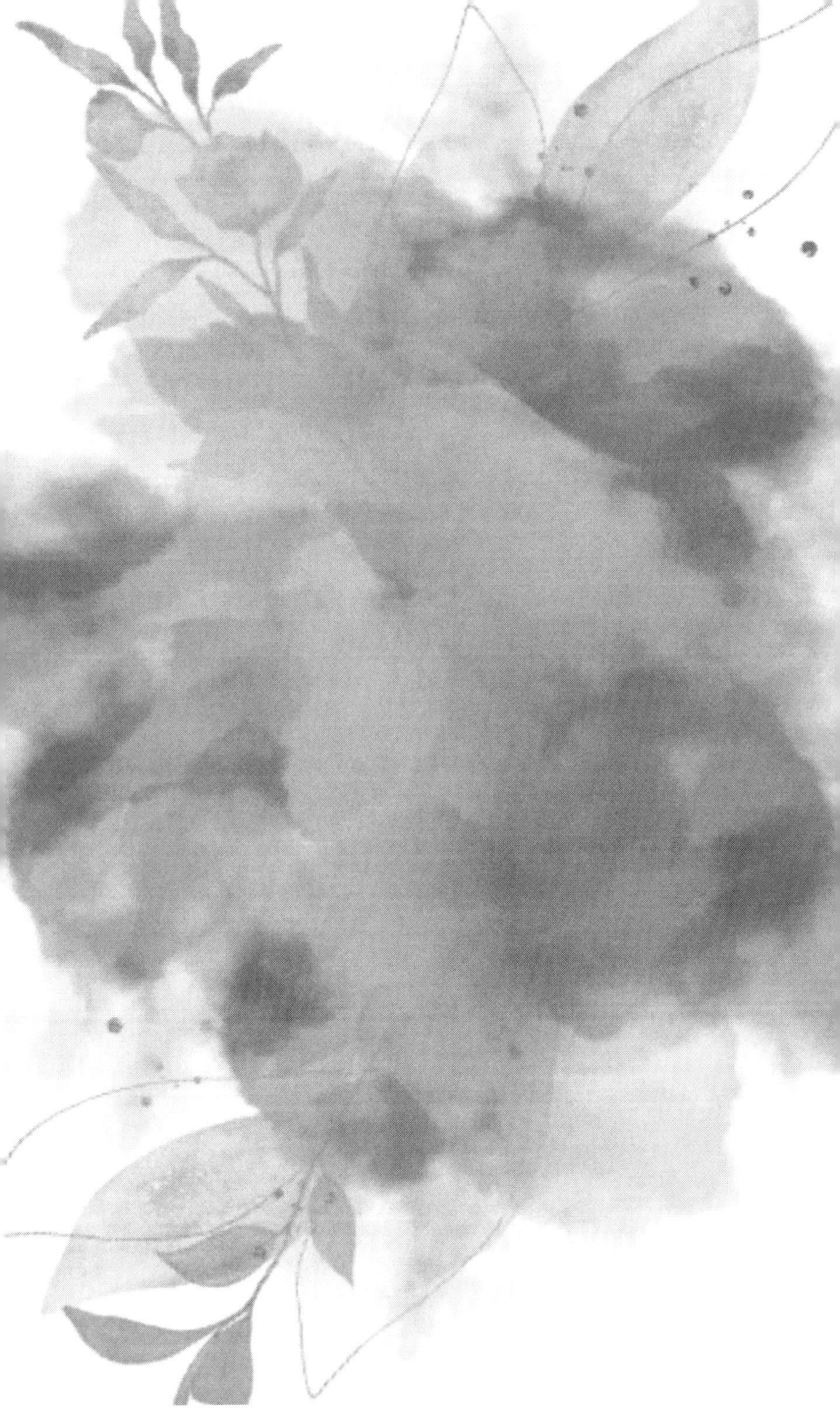

# 19

Mit erhöhter Atmung sehe ich über die Schulter und blicke in die braunen Augen von Ryan, dessen harter Schwanz sich ungehindert gegen meinen Po drückt.

»Sag mal, wie nötig hast du es denn?«, raunt er nah an meinem Ohr.

»Und wie nötig hast du es, dass du mich hier drinnen beobachtest?«

»Nicht ich war es, der gesagt hat, dass ich dich etwas besser im Auge haben soll. Aber mit so einer Vorstellung hatte ich jetzt nicht gerechnet.«

Ich recke mein Kinn und lasse mir nicht anmerken, dass mir die letzten Minuten gefallen haben. »Ich bin seit über einer Woche hier und ich bin eine erwachsene Frau. Meinst du nicht, dass auch ich Bedürfnisse habe?«

»Weil Kian dich nicht gut genug befriedigt hat?«

Mehr als gut, aber das muss ich ihm ja nicht auf die Nase binden. Er greift um meinen Hals. Mit der anderen zieht er die Poolnudel nach vorn und reibt sie absichtlich noch einmal fest über meine Klit. Leise ploppend dringt sie an die Oberfläche. Er legt sie raus und sucht anschließend mit seinen Fingern meine kribbelnde Mitte.

Gefühlvoll aber bestimmt gleiten seine Finger über meine Perle, die immer noch hart und gespannt ist. Fest drückt er mich an sich und haucht mir ins Ohr.

»Also bist du eine versaute Prinzessin, die lieber unten im Keller gefickt wird, als oben neben der Nanny zu hocken, die darauf aufpassen soll, dass du deine Pulsadern ganz lässt?« Er erhöht den Druck der Umkreisung.

»Ich bin einfach eine Frau, die hier interessante Dinge sieht. Die Frage ist eher, wieso du jetzt auch noch ein Stück von dem Kuchen haben willst.« Meine Beine wollen nachgeben und ich rutsche weg. Nur kann ich nirgends hin, weil er mich fest am Hals packt und ich kurz um Luft ringe, ehe ich selbst wieder auf die Beine finde, während er regungslos dasteht und mir bei meinem Überlebens-Sexkampf zusieht.

»Schön, dass du dir diese Frage selbst beantwortest.«

»Ich habe ...«, beginne ich und spuke gleichzeitig das Wasser, dass ich hochwürge, aus.

»Shh«, raunt er und packt erneut fester zu. Mein Körper kribbelt. Alles in mir scheint auf einen Startschuss zu warten, den es lieber nicht geben sollte.

»Sieh nach vorn«, fordert er. Meine Lippen beben. Ich atme gegen den Druck an meinem Hals, den er langsam, als würde er es genießen, erhöht. Mir bleibt die Luft weg und genau in dem Moment streicht er fest über meine Perle und in meinem Körper explodiert es.

Meine Stimme bleibt in meiner Kehle stecken. Sie kann nirgends hin, außer sich in mir auszubreiten und das intensivste Gefühl, dass ich je gespürt habe, zu verstärken.

Auf meinem Gesicht müssen sich sämtliche Emotionen abspielen.

Langsam verschwimmt das Bild. Ryan lässt mich los und ich stütze mich am Beckenrand ab, damit ich nicht sofort ins Wasser rutsche und ertrinke, weil in meinem Kopf nur noch das eine Gefühl vorherrscht.

»Was sollte das?«, zischle ich, weil ich selbst noch nicht weiß, was ich davon halten soll.

»Komm mit«, fordert er ruhig, aber gleichzeitig mit einer Inbrunst in der Stimme, die mich dazu verleitet, seiner Aufforderung nachzukommen.

Wieso? Wieso hat er so eine Macht über mich? Eine Macht, die ich ihm gerade zugestehen will?

Bestimmt greift er um meinen Arm und zieht mich aus dem Wasser. Anstatt dass ich mich anziehen darf, zerrt er mich die Treppe hinauf und vorbei an einer Schar Frauen in Korsagen.

»Ladys«, sagt er leicht amüsiert klingend, aber beachtet sie nicht weiter, weil sie auf dem Weg runter ins Schwimmbad sind.

Ich verstehe diesen Ort nicht. Frauen, die sich frei bewegen dürfen, Lust und Spaß am Sex mit eventuell fremden Männern zeigen und dann er, der mir die Luft abschnürt, während ich komme.

Eine Etage höher bleibt er vor einer Tür stehen und klopft.

»Herein.«

Er folgt der Anweisung, öffnet die Tür mit dem schwarzen Satinband am Türknauf und schließt sie hinter mir.

Im Zimmer sieht es ganz anders aus als in seinem. Das Bett ist vollkommen in Schwarz gehalten. An der Wand hängen Stricke und Seile und die Peitschen auf der anderen Seite will ich mir gar nicht anschauen, weil ich nur auf die Frau in ihrem roten Dessous schaue, die ihre Haare zur Seite nimmt, damit man ihr pralles Dekolleté richtig sehen kann. Miriam steht diese Farbe mehr als gut.

»Du bringst Cleo mit?«, fragt sie interessiert und mustert meinen nackten und immer noch nassen Körper von oben bis unten.

»Cleo«, wiederholt er leise. »Sie ist nun mal unser spezieller Gast«, sagt er weiter, lässt mich los und geht zu einem der Schränke an der Wand.

»Und was soll ich mit ihr machen?«, fragt sie interessiert, mit Blick auf meine Brüste, ehe sie mir direkt in die Augen sieht. Und was mache ich? Stehe wie bestellt und nicht abgeholt mitten im Raum und warte.

»Das finden wir gleich heraus.« Er zieht ein Halsband aus Leder aus dem Schrank und kommt zu mir zurück. In der Mitte befindet sich ein metallisches Herz, an dem sich eine gleichfarbige Kette befindet.

»Was soll das?«, frage ich leicht nervös und sehe immer wieder von dem Halsband zu ihm und zurück.

»Ruhe, Prinzessin«, sagt er bestimmt, streicht mir die nassen Haare von den Schultern und öffnet den Gürtelverschluss, den er mir umlegen will. Doch davor stoppe ich ihn. Das mit Luke, ja war interessant. Das mit Kian irgendwie besonders, aber das hier überschreitet jetzt langsam eine Grenze, von der ich nicht weiß, wo sie herkommen soll.

Er zieht eine Augenbraue nach oben. »Hatte ich mich nicht klar ausgedrückt?«

Mit gemischten Gefühlen, ob ich es zulassen soll oder nicht, sehe ich ihn. »Galt das nicht nur für die Forderung, das Gebäude nicht zu verlassen oder *ganz* zu bleiben?«

Miriam steht vom Bett auf und kommt auf uns zu, stellt sich hinter mich und streckt seitlich an meinem Körper die Hand aus, als würden die beiden das jeden Tag tun.

»Bis jetzt warst du ein Spielzeug.«

Seine Worte schmerzen in jeder Faser meines Körpers. Doch das zeige ich ihm nicht.

»Und deswegen willst du doch gar keine Fragen stellen. Du willst wissen, ob es dir gefällt, was ich mit dir anstelle, weil ich dich als das sehe, was du bist.«

Er übergibt Miriam das Halsband. Sie lehnt die andere Hand auf meine Schulter und führt das kalte Leder um meinen Hals.

»Irgendwie hatte ich gehofft, dass es darauf hinausläuft«, sagt sie amüsiert nah an meinem Ohr und zieht das Band so fest, dass es mich nicht einschnürt. Langsam fährt sie mit ihren Händen meine Schultern nach unten, streift meiner Brüste und streicht sanft über sie.

Ich würde mich so gern nicht verraten, dass das hier anfängt, mir zu gefallen. Aber ihre Berührungen, während ich in seine Augen sehe, haben etwas viel zu Erregendes, was ich mit einem Schmunzeln unterstreiche.

Miriam nimmt meine Brustwarzen zwischen ihre Fingerspitzen und drückt sie fest zusammen. Ich zucke. Mein schmerzerfülltes Zischen jagt durch den Raum, bis mir Ryan die Hand auf den Mund legt.

»Ab jetzt will ich keinen Ton mehr von dir hören.«

Das Stechen lässt nach und wird durch ein Kribbeln ersetzt, dass sich bis zu meiner Mitte zieht.

»Haben wir uns verstanden?«, raunt er hart. Ich schlucke gegen den Druck des Lederhalsbands und nicke.

»Gut.« Plötzlich ist er wie ein anderer Mann. Keiner, der sich selbst gern im Spiegel ansieht und sich wohl immer wieder sagt, wie geil er ist. Gerade hat er nur Augen für mich und schenkt mir seine gesamte Aufmerksamkeit. Nicht der Frau, die in ihrer ansprechenden roten Korsage hinter mir steht und deren Finger tiefer wandern. Über meinen Venushügel gleiten und sich langsam zu meiner immer noch kribbelnden Mitte schieben. Ihr genauer Druck auf meiner Perle lässt mich ein weiteres Mal aufzucken. Ich würde gern mit meiner Stimme reagieren. Doch Ryan gibt weiterhin meinen Blick nicht frei und schüttelt den Kopf.

Miriam dringt mit ihren Fingern in mich ein. »Sie ist doch schon mal gekommen«, stellt sie fest.

»Richtig«, flüstert Ryan zustimmend. »Nicht nur einmal.«

»Ich verstehe«, antwortet sie, lässt von meiner Mitte ab und geht zum Bett.

Ryan nimmt meine Hand und nimmt mich mit, aber führt mich zu einer schwarzen Lederpritsche.

»Leg dich hin«, fordert er weiterhin konzentriert.

In meinem Kopf ist der Haken an dem Punkt, nicht zu widersprechen, bereits gesetzt, obwohl ich es ihm gar nicht so einfach machen will. Aber das Gefühl, dass er mich versteht und ich mich zu seinem Gesagten hingezogen fühle, lässt den Gedanken in den Hintergrund rücken.

Also komme ich seiner Aufforderung ohne Gegenwehr nach. Mit geschlossenen Beinen setze ich mich hin. Er beugt sich nach unten, greift um eines meiner Beine und platziert es auf der anderen Seite, sodass ich breitbeinig auf dem kalten Leder sitze und meine Feuchte, die nicht vom Restwasser stammt, mit Sicherheit schon Flecken darauf hinterlässt.

Bestimmt legt er seine Hand zwischen meine Brüste und drückt mich nach unten. Die Kälte des Leders streicht über meinen Rücken und meine Brustwarzen spannen schmerzlich. Für einen längeren Moment betrachtet er das Spiel, wie sie sich langsam wieder entspannen, ehe er mit den Fingern flüchtig über meine Spitzen streicht und das Spiel von vorn beginnt.

Tief atme ich aus und ziehe die Spannung aus meinen Schultern. Das hier ist eine ganz andere Welt. Miriam kommt zu uns und bringt zwei weitere Lederriemen mit, mit denen jeder von den beiden jeweils einen meiner Arme an der Stange über mir befestigt.

Ryan setzt sich auf Höhe meiner unteren Rippen, seinen Schwaz zwischen meinen Brüsten, was erneut alles in mir zum Kribbeln bringt.

»Erst sehe ich dir noch einmal dabei zu, wie du kommst, dann belohne ich dich mit meinem Schwanz.«

Zarte Hände streichen meine Schenkel nach oben. Miriams Berührungen werden noch einmal sanfter. Wie der Hauch eines Flügelschlags bewegt sich fast nur der Wind über meine Haut, bis warme Luft sich in gleichmäßigen Zügen auf meiner Klit verfängt.

Ich seufze. Sofort bekomme ich die Retourkutsche und Ryan zieht an dem Metallband um meinen Hals, dass sich leicht ziepend in meine Haut schnürt und mir für den Bruchteil einer Sekunde die Luft wegbleibt, ehe Ryan es nur minimal lockert.

»Nur fühlen, Prinzessin«, sagt er inbrünstig, während sein Schwanz über meine Haut streicht.

Miriams Lippen saugen an meiner Perle. Fast schon krampfhaft versuche ich, meine Stimme ruhig zu halten, was durch den verringerten Luftdruck in meiner Kehle nicht einfacher wird.

Ryan verringert den Druck, lehnt sich nach vorn und streicht mit den Fingern von meinen angeketteten Händen langsam zu meinen Achseln, bis er mit seinem Mund meinen Hals erreicht. Ich zucke, aber verbiete mir selbst, es durch meine Stimme zu kommentieren.

Seine Zunge tanzt über meinen Hals und Miriams um meine Perle. Gleichzeitig fingert sie mich und ich weiß nicht mehr, was ich fühlen soll, weil es überall prickelt.

Meine Atmung beschleunigt sich. Ryan beugt sich wieder hoch und sieht mir direkt in die Augen. Wieder greift er nach dem Band und zieht es langsam immer fester, als würde er genau wissen, dass sich die Energie, die sich in meiner Mitte sammelt, damit verstärkt und ich gleich komme.

Miriams Umkreisungen werden stärker und schneller. Die Klippe, auf die sie mich zusteuert, kommt immer näher und ich kann schon in den Abgrund sehen.

Ryan schnürt mir komplett die Luft ab. In meinem Kopf knallt es. Die Energie entlädt sich nach innen. Nimmt mir alles, was mich beschäftigt, drängt es tief in mein Innerstes und schenkt mir für einen Moment Frieden. Es gibt nichts anderes, als den Blick in diese braunen Augen, die tief in meine Seele zu blicken scheinen und mir etwas geben, von dem ich dachte, dass es niemals mir gehören könnte.

CANVA STORIES

# Seth

## 20

Da heute im Casino noch tote Hose herrscht und ich erst morgen meine Gäste erwarte, laufe ich zum gefühlt einhundertsten Mal durch die Reihen der Black Jack- und Roulettetische und schaue, ob alles passt. Dabei kann ich nicht abstreiten, dass mich eine merkwürdige Unruhe gepackt hat, die ich nicht mehr abschütteln kann.

Wahrscheinlich ist das die Vorfreude auf meinen Plan, der bald von ganz allein aufgehen wird. Mit Sicherheit hat Stella Kian schon um den kleinen Finger gewickelt. Sonst wäre er nicht abgehauen. Vielleicht sollte ich mit Ryan noch um 20 Dollar wetten, dass er, sobald er wieder hier ist, sofort zu ihr stürmt und verkündet, dass er auf ihren Vater scheißt und sie hierbehalten will.

Dann kann er sich mit Luke aussprechen. Die beiden teilen sie sich einfach – und dieses Mal fair und schon gehen wir alle als Gewinner hier daraus hervor.

Unruhig klopfe ich auf dem grünen Stoff des Roulettetisches herum. *Ob sie schon wieder wach ist?*

Vorhin wirkte sie echt ziemlich erledigt. Etwas Spaß würde ihr bestimmt guttun. Dazu noch Popcorn und das könnte ein entspannter Abend werden. Für mich klingt er gut. Dann muss ich nur Ryan davon überzeugen, dass er sein Zimmer mal für Qualitytime und nicht für Sextime hergibt.

Also lasse ich vom Tisch ab, laufe in eines meiner anderen Zimmer und suche den Projektor, den ich vor ein paar Tagen mit bei Luke hatte. Dazu meine Sticks mit den Filmen und schon mache ich mich auf den Weg zu Ryan. Vielleicht lasse ich sogar Stella den Film aussuchen, wenn sie nicht gerade mit so einer vollkommenen Liebesschnulze daherkommt.

Ich verlasse mein Haus. Auf dem Gelände stehen einige Wagen, aber nicht so viele wie sonst, wenn Ryan seine Sexpforten öffnet, und ich stehe wenige Minuten später im Flur mit dem roten Samtteppich und sehe Valerie, einer der Damen, die am längsten hier ist, dabei zu, wie sie gegen die Wand gelehnt dasteht und ihr Bein auf der Schulter eines Mannes lehnt, der sich genüsslich in sie stößt.

Ihr zuzwinkernd gehe ich an ihr vorbei, in die erste Etage zu Ryans Zimmer. Doch egal, wie oft ich versuche, es zu öffnen, es bleibt abgeschlossen. *Okay, das ist definitiv mal was Neues.*

Aber na ja. Ich zucke mit den Schultern. Auch der Herr des Hauses kann mal woanders sein. Also gehe ich die Treppen nach unten in den Keller. Doch auch im Pool tummeln sich nur mehrere Frauen, die sich miteinander beschäftigen.

Eigentlich bin ich selten irritiert, aber heute schafft es mein Bruder, dass sich dieses komische Gefühl in meinem Kopf festsetzt. Dabei müsste unsere enge Verbundenheit und Seelenverwandtschaft mich doch fast wie von allein zu ihm bringen. Und wo ist bitte schön Stella?

Aber ich wäre ja nicht der penetrantere von uns, wenn ich schon aufgeben würde. Immer zwei Stufen auf einmal nehmend, gehe ich zurück in die erste Etage und reiße nacheinander alle Zimmer auf. Niemand, den ich dahinter antreffe, lässt sich von mir stören. Aber keiner davon ist Stella oder Ryan. Dasselbe mache ich in der nächsten Etage und werde mit jedem Zimmer, in dem ich keine meiner gesuchten Personen antreffe, frustrierter. Ist der Club zu hart für das Prinzesschen? Hat Ryan sie eingepackt und ist zu Luke rüber gedackelt, damit ihre Seele heil bleibt?

Wenig motiviert öffne ich die letzte Tür auf dieser Etage. Ganz anders als in den Zimmern zuvor höre ich keine stöhnenden Stimmen, nur Haut, die rhythmisch aufeinander knallt, und dann traue ich meinen Augen nicht, denn Ryan hat Stella auf seine Lederpritsche geschnallt, stößt sich hart in sie und schnürt ihr gleichzeitig mit dem Riemen um ihren Hals die Luft ab. Und was macht Miriam? Befummelt Stellas Brüste vom Kopfende aus.

Fassungslos und gleichzeitig erregt sehe ich den dreien bei ihrem *Spaß* zu. Der Projektor fällt mir aus der Hand. »Scheiße, Ryan.« *Das war doch so nicht …*

Ich laufe auf die drei zu. Nur Miriam sieht flüchtig zu mir, denn Stella ist wie in Trance und fixiert Ryans Blick, der ihren genauso wenig freigibt und meinen eigenen Schwanz hart werden lässt.

»Was …?«, fange ich ein weiteres Mal an. Doch Ryan erhebt seine Hand und bringt mich zum Schweigen. Zum Schweigen! MICH!

Stellas Atmung wird schneller. Ryan zurrt das Halsband fester und in dem Moment in dem man in ihren Augen, die vollkommene Erlösung erkennen kann, zieht er es so fest, dass sie gar nicht mehr atmen kann. Dafür zittert ihr gesamter Körper. Die Hände, die sie zu Fäusten ballt, werden schon weiß, bis sich schlagartig die gesamte Anspannung in ihrem Körper löst. Ryan stoppt seine Stöße. In dem Moment lässt er das Halsband los und Stella atmet kraftvoll ein. Langsam beugt er sich zu ihr herunter.

»Das passt doch, oder?«, fragt Ryan sie und zwinkert ihr dabei zu.

Und was macht sie? Lächelt ihn an, fängt sogar an zu lachen, und nickt. Was bitte schön geht hier ab?

»Was soll das«, rede ich trotzdem weiter und bleibe selbst mit den Augen auf Stellas Brüsten hängen, die sich simultan mit ihrer Atmung bewegen und sich die harten Nippel langsam abschwächen. Wieso? Wieso muss sie so verdammt geil aussehen.

Ryan fährt mit seiner Hand von ihrem Bauchnabel zwischen ihren Brüsten entlang und drückt seine Hand auf ihre Kehle. Sie sucht seinen Blick.

»Und jetzt ficke ich dich richtig«, sagt er und küsst sie. Nein, warte, das ist kein Küssen. Keine Ahnung, wie tief er ihr seine Zunge in ihren Rachen schiebt.

In mir setzt alles aus, denn Ryan schafft es gerade, alles zu versauen.

»Stopp, stopp, stopp«, mische ich mich erneut ein, während Ryan irgendwie seinem Gesagten nicht folgt, sondern sich langsam aber dafür intensiv in sie stößt.

»Ich frage nochmal mein Bruderherz mit dem Scheiß Dialekt.« Dabei versuche ich die Wut, die gerade in jeder Faser meines Körpers steigt, so gut es geht zu unterdrücken. Was auch daran liegt, dass ich leicht gekränkt bin, weil er gar keine Augen mehr für mich hat. Immerhin bin ich sein Bruder. Der ihm zwar nur zuhört, wenn er wichtige Informationen für mich hat, aber das ist ja jetzt auch völlig egal. »Was tust du hier?«, und zeige auf den nackten, bis in den kleinen Zeh erregten Körper von Stella.

»Nach was sieht es denn aus?«, knallt er mir völlig ruhig an den Kopf.

»Nach Sex?«, frage ich treudoof nach.

»Aber seit wann mit …« Erneut fuchtele ich mit dem Finger vor Stella hin und her.

»Seitdem ich weiß, wie mein Schwanz funktioniert. Also kannst du es dir selbst ausrechnen.«

Ich überschlage kurz die Zeit. »Das …« Stella japst und ich habe verlernt zu rechnen. »Das … ist doch völlig egal.«

»Richtig«, bestätigt mir Ryan.

»Nicht in diesem Ton mit mir.«

»Shh«, mischt sich Miriam ein. Stellas Nippel werden hart. Ihre Stimme hallt von den Wänden. Sofort zieht Ryan an dem Lederriemen. Stellas Stimme verstummt. Dafür werden ihre Wangen rot.

Sie kommt. Leise und intensiv und ich tue nicht mehr als es mit hartem Schwanz in der Hose zu genießen. Selbst mein Plan rutscht in weite Ferne. Deswegen schüttle ich sofort mit dem Kopf, damit er wieder nach vorn gewirbelt wird.

Langsam lässt Ryan das Halsband los.

»Was soll das?«, frage ich erneut völlig außer mir. Endlich reagiert auch mal die Prinzessin und dreht ihren Kopf zu mir um. Auch Ryan sieht zu mir.

»Was soll denn sein?«

»Was sein soll?«, wiederhole ich und ziehe ihn von ihr runter.

»Wer sich mit einer Poolnudel befriedigt, braucht dringend Sex. Und genau das biete ich ihr gerade.«

Stella stöhnt und ich versuche, es zu ignorieren – also ich versuche es wirklich.

»Und seit wann bist du hier der Sex-Samariter? Ich verbiete mir, in meiner bruderliebenden Gnade, jeden Gedanken an ihren Körper und du hast nichts Besseres zu tun, als ihr dein bestes Stück aufzuzwingen? Wieso Ryan?«, fluche ich. »Das versaut doch alles, was ich geplant habe.«

Ich dränge Miriam weg, die mich mit großen fragenden Augen ansieht, und löse die Lederriemen an Stellas Armen, um ihr dann, in einem Anflug ritterlichen Beschützerinstinkts, den ich eigentlich gar nicht besitze, aufzuhelfen.

Auch aus Stellas Blick springen mich die Fragezeichen an. Ich ziehe mein Hemd aus.

»Ich glaube, sie ist alt genug, um selbst zu entscheiden, was sie will und was nicht«, versucht Ryan das Ganze auch noch zu rechtfertigen.

»Das war nicht Teil der Abmachung, Ryan«, schnauze ich ihn an und lege Stella mein Hemd über die Schultern.

»Was für eine Abmachung?«, fragt Stella und sieht zwischen uns hin und her.

»Und du«, raune ich weiter. »Du ziehst jetzt das Hemd über und tust nichts, was ich nicht auch tun würde.«

Miriam fängt an zu kichern. Stella sieht zu ihr und kann es sich auch nicht mehr verkneifen.

»Seth, was ist hier los?«, fragt sie weiterhin schmunzelnd und die Befreitheit, die ich gerade an ihr erkenne, irritiert mich nur noch mehr. Oder macht sie mich wütend, weil es nicht Ryan sein sollte, der das in ihr auslöst?

Ich mache genau das, was in dieser Situation richtig ist. Wie ein bockiges Kind stampfe ich auf. »Nein, verdammt. So war das nicht geplant.«

CANVA STORIES
23
CANVA STORIES
23

# Cleo

## 21

Ryans *Behandlung* hallt immer noch durch jede Faser meines Körpers. Langsam kann ich Miriams und Stacys Meinung - und mit Sicherheit jeder anderen Frau in diesem Haus – verstehen. Er ist nicht wie Shawn. Keiner seiner Brüder kommt an dessen Kaltherzigkeit heran. Besonders Seth scheint noch mal ein ganz anderer Schlag zu sein. Was stört ihn so daran, dass Ryan mir gerade etwas gegeben hat, was so ganz anders war, als alles, was ich bisher kennengelernt habe?

Ist er eifersüchtig? Oder was meint er mit dem Plan, den er hatte und an den sich Ryan nicht gehalten hat?

Wie ein bockiges Kind stampft er auf. Es fehlt eigentlich nur noch die Kappe mit dem Propeller oben drauf und ein Lolli in der Hand und er könnte in einem alten Spielfilm mitspielen. Und irgendwie tut er mir gerade leid, denn er wirkt völlig am Boden zerstört und geknickt.

Deswegen komme ich seiner Bitte nach, ziehe sein Hemd an und knöpfe es zu. Ryan wiederum bleibt völlig ruhig und sieht ihn unvermittelt an, bis er zu ihm geht und seinen Arm um seine Schulter legt.

»Jetzt beruhig dich. Das hier ändert gerade gar nichts«, sagt Ryan verständnisvoll und ist immer noch nicht in seinem Selbstverliebt-Modus angekommen. Langsam weiß ich nicht mehr, welche Seite von ihm die dominante ist.

Immer noch mit meinen vielen Fragezeichen im Gesicht sehe ich zu Miriam, die nur mit den Schultern zuckt, zur Tür geht und Seth` Projektor aufhebt, den ich von dem Abend in Lukes Haus kenne.

Vielleicht ist er ja hergekommen, weil er mit mir einen Film schauen will. Ist das schon der banale Grund, dass er sich so kindisch aufführt?

Trotzdem erheitert mich seine Naivität. Ich stehe auf, nehme Miriam den Projektor ab und gehe auf die Zwillinge zu.

Aufmunternd halte ich Seth den Projektor hin, den er mir, immer noch mit mürrischem Blick, abnimmt.

»Können wir dann endlich einen Film schauen?«, fragt er motzig.

Ich sehe zu Ryan, der genervt wirkend Luft holt, mir einen verschmitzten Blick zuwirft und dann nickt. »Können wir, aber in meinem Zimmer.«

Es ist keine vier Stunden her, dass ich aus Ryans Bett aufgestanden bin, um mir das Farmhaus, das er zu einem Puff umgebaut hat, anzuschauen.

In meinem Körper herrscht immer noch die pure Aufregung. Und das Einzige, was ich möchte, ist vor Freude zu lachen, weil ich in diesem Leben doch noch mehr bekomme, als nur Shawns Schwanz, den ich immer so schnell wie möglich zum Höhepunkt gebracht habe, damit ich danach meine Ruhe hatte. Aber das hier ist etwas ganz anderes. Hier hätte ich noch eine Runde genommen.

Dieses befreiende Gefühl, wenn man für sich kommt. Nur für sich und für niemand anderen.

Jetzt liege ich erneut auf dem teilweise verkrusteten Bettlaken und kuschele mich in die Decke. Ryan holt eine Zweite und Seth lässt in der Mikrowelle Popcorn aufgehen.

Bis jetzt hat mich Ryan nicht noch einmal darauf angesprochen, dass ich gar nicht Stella bin. Ob das gut oder schlecht ist, weiß ich nicht. Und gerade möchte ich mich auch eigentlich nur auf das Bild, das Seth` Projektor an die Wand wirft und gerade den Anfang von *Die Mumie* im Standbild zeigt, konzentrieren. Denn wenn ich über etwas anderes als dieses befreiende Gefühl und meine Befriedigung nachdenke, würde ich heulen. Den Grund kann ich in der Ferne meiner Gedanken sehen, aber möchte ihn momentan nicht zulassen.

Seth kommt mit dem Popcorn zurück und Ryan setzt sich oberkörperfrei und nur in Shorts auf die andere Seite. Wenn diese ganze Situation nicht so verzwickt wäre, könnte das hier ein Best-Buddy-Abend sein. So wie die wenigen Abende mit Stella. Auch wenn es das bei uns beiden nie wirklich gewesen ist. Am Ende war ich für sie auch nur eine kurzweilige Beschäftigung, an der sie, so wie an ihren Puppen und Kuscheltieren, irgendwann das Interesse verloren hat.

Seth reicht mir das Popcorn.

»Morgen kommst du mit zu mir, damit dir Ryan nicht wieder zu nah auf die Pelle rückt.« Dann drückt er Play. Als wäre es das Normalste der Welt, rücken die beiden so nah an mich heran, dass ich mich, wie auch schon bei Luke auf dem Pferd oder neben Kian im Bett liegend, während er über meine Haut streicht, geborgen fühle.

Der Film läuft kaum, da werden meine Lider schwer. Ryan setzt sich so hin, dass ich meinen Kopf auf seine Schulter legen kann, dann drifte ich in meine Traumwelt ab.

POPCORN
PRODUCTION
DIRECTOR
SCENE
TAKE
CANVA STORIES

# Ryan

## 23

Die Schüssel mit dem Popcorn noch in der Hand haltend, ist Cleo eingeschlafen. Dieser Name passt viel besser zu ihr – und auch in meine Welt, die ich ihr gezeigt habe. Eng lehnt sie an mir, und die Wärme ihres Körpers verbindet sich mit meiner. Genau wie vorhin. Verdammt, sie lässt sich so geil ficken. Wenn Seth nicht gestört hätte, dann würde das Spiel zwischen uns beiden immer noch laufen.

Seth sitzt immer noch schmollend neben uns und greift fröhlich ins Popcorn.

»Kriegst du dich dann langsam wieder ein?«

Das Popcorn knackt zwischen seinen Zähnen. »Vielleicht zum Ende des Films hin.«

O Gott! Bin ich sonst auch so schlimm?

»Seth, ich glaube, wir haben größere Probleme, als dass dein Wunsch eventuell nicht in Erfüllung geht.«

»Ach echt? Danach sah die Szene, der ich beiwohnen durfte, aber nicht aus.« So eine Diva.

Vorsichtig tippel ich mit meinen Fingern seine Schulter entlang. »Bist du wirklich beleidigt, weil das gegen deinen Plan geht oder weil du nicht mitmachen durftest?«

Griesgrämig, wie er gerade auftritt, versucht er mich abzuschütteln. »Beides«, murmelt er zwischen einer neuen Fuhre Popcorn. »War sie wenigstens gut?«

»Mehr als das.«

Seth stöhnt genervt. »War ja klar.«

Eigentlich will ich ihm erklären, dass er zu dumm war, die richtige Person zu entführen und damit im Grunde die Hölle vor uns aufgetan hat. Aber ich glaube, es ist besser, wenn er selbst dahinterkommt und daraus lernt. Vielleicht macht er sich dann auch ernstere Gedanken, wie er dieses Problem mit der Entführung klärt.

Gerade habe ich eine Erleuchtung. Ich bin eindeutig der Vernünftige von uns beiden. Yes!

»Dafür hast du sie morgen ganz für dich allein«, versuche ich ihn zu besänftigen. Dabei würde ich ihm gerade viel lieber meine Erkenntnis unter die Nase reiben und zwinge mich dazu, ruhig sitzenzubleiben. Auch weil Cleo den Schlaf braucht – obwohl der kurze Moment des Friedens wohl wichtiger ist.

CANVA STORIES
23
CANVA STORIES
23

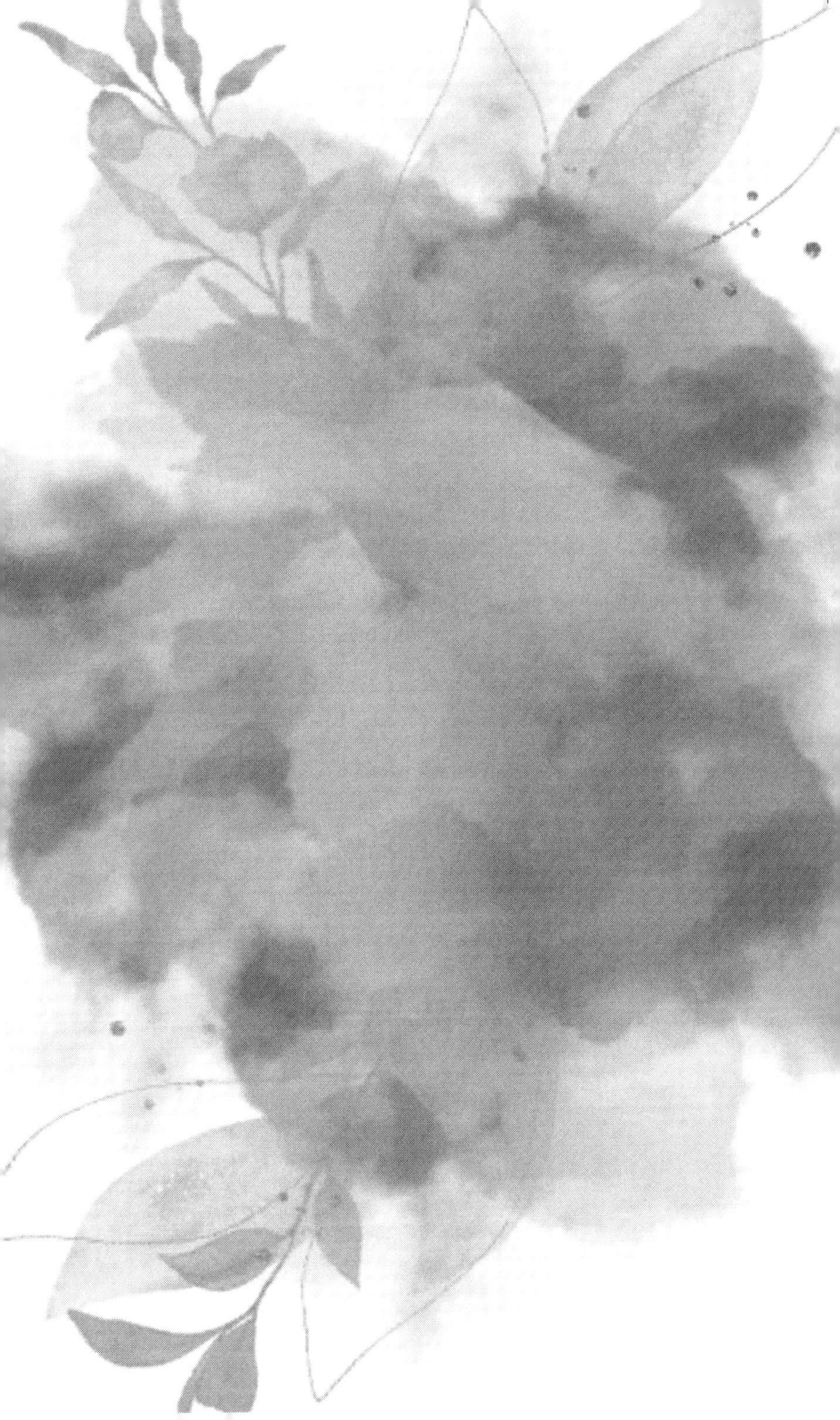

# Kian

## 24

Der Bass im Club dröhnt gefährlich. Die Nutte vor mir bläst mir einen, aber ich kann mich einfach nicht konzentrieren.

Ich habe mich für einen Club entschieden, in dem ich früher fast wöchentlich Gast war, nachdem ich hier mit Shawn die Geschäfte besprochen habe.

Mit dem vierten Cuba Libre sitze ich auf einer der schwarzen Ledergarnituren, mit Blick auf die Tanzfläche, auf der sich eine weitere Frau in rotem Spitzen-BH und passendem Slip an der Stange rekelt. Sie hat, genauso wie Stella, schwarze lange Haare. Ihren Körper bewegt sie verführerisch und scheint exakt zu wissen, wie sie auf Männer wie mich wirkt. Dabei wollte ich alles, nur nicht über die Frau nachdenken, die mir nicht mehr aus dem Kopf geht.

Trotzdem kann ich meinen Blick nicht von der Tänzerin vor mir lassen, die flüchtig zu mir herüberschaut. Gleichzeitig sehe ich immerzu Stellas blaue Augen vor mir.

Ich drücke die Nutte tiefer auf meinen Schwanz. Sie röchelt und ich sehe Stella vor mir, wie sie ihn, ohne zu murren oder sich zu wehren, bis zum Anschlag im Mund hatte und brav geschluckt hat.

Ich exe meinen Drink und zeige dem Kellner an, dass ich einen weiteren nehme. Gleichzeitig berühre ich die Frau vor mir an der Schulter. Sie stoppt und sieht auf.

»Du kannst gehen«, fordere ich sie auf, zücke aus meiner Hosentasche einen 50 Dollar-Schein und drücke ihn ihr in die Hand.

Ohne etwas zu mir zu sagen geht sie und ich kann die Stufe meiner momentanen Frustrationsschwelle nicht in Worte fassen. Ich ziehe die Hose hoch. Aus dem hinteren Teil des Clubs kommt ein Mann mit Samtanzug und Hut auf mich zu. Bernard, der Besitzer und einer meiner Geschäftspartner, fixiert mich mit seinem immer leicht amüsiert dreinblickendem Gesicht. Dabei gibt es nichts, was man so bezeichnen könnte. Immerhin geht es ihm genauso wie mir, nur dass er innerhalb der Stadt einige Clubs besitzt und auf andere Geschäftszweige nicht wirklich angewiesen ist.

Es war ja klar, dass mein Besuch nicht ungesehen bleibt. Aber für sinnlosen Smalltalk, oder die Frage, was denn los sei, habe ich gerade keinen Nerv.

Bernard bleibt vor mir stehen.

»Was hat dich denn hierher verschlagen?«, fragt er gewohnt lässig.

Ich trinke einen weiteren Schluck und wundere mich, dass er mich nicht fragt, wieso er über eine Woche nichts von mir gehört hat.

»Irgendwie ist viel los und ich wollte einfach den Kopf freikriegen«, bleibe ich kurz angebunden und kühl. Immer wieder zieht mich meine Aufmerksamkeit zu der brünetten Tänzerin, die sich gerade des BHs entledigt. Nur halten ihre Brüste nicht mit denen von Stella mit.

Bernard setzt sich auf den Stuhl an der anderen Seite des Tisches, der fest auf dem Boden vor mir verankert steht. »Weil dich Shawn aus seinem Unternehmen gedrängt hat?«, will er wissen. Mit unveränderter Miene sehe ich ihn an. »Du weißt es, aber hältst es nicht für nötig, dich bei mir zu melden, um die weiteren Schritte zu besprechen?«

Er zuckt mit den Schultern und zeigt dem Kellner ebenfalls an, dass er etwas trinken möchte.

»So wie du?«, raunt er. »Oder hast du dich erst mit Luke dazu absprechen müssen?«

Beleidigt schnaube ich. Der Kellner bringt Bernard eine Cola und mir stellt er einen neuen Cuba Libre auf den Tisch.

»Als ob ich auf Lukes Meinung Wert lege.« Ich nippe erneut am Glas und sehe zurück zu der Tänzerin. Auch Bernard sieht flüchtig über seine Schulter.

»Und was machen wir jetzt?«, fragt er. Darauf habe ich keine Antwort. Wenn alles nach Plan läuft, dann muss ich mir darüber keine Gedanken mehr machen.

Ich schlucke schwer, denn bisher habe ich diese Strategie als sinnvoll empfunden. Aber da hatte ich Stella auch noch nicht über meinem Schreibtisch gefesselt und diese tiefen Gefühle gespürt. Vielleicht will sie gar nicht zurück zu ihrem Vater. Vielleicht ist sie deswegen nicht abgehauen, als ich sie am Stall getroffen habe, und vielleicht ist sie deswegen nicht Richtung Stadt getürmt, sondern weiter ins Landesinnere. So beiläufig wie möglich raufe ich mir die Haare. Ja, das würde irgendwie alles Sinn machen. Bernard sieht mich immer noch auf eine Antwort wartend an.

»Ich weiß es noch nicht.«

Bernard nickt. »Vielleicht ist es ohnehin besser, wenn wir erst einmal die Füße stillhalten. In der Stadt geht es drunter und drüber.«

»Wieso denn das?« Mit dem Zeigefinger ziehe ich Kreise auf dem Rand des Glases, denn den Grund dafür habe ich zu Hause sitzen.

Auch Bernard lehnt sich zurück. »Ich glaube, dass Shawn die Doppelbelastung nicht lange guttun wird. Sofern ich das beurteilen kann, hat er besonders auf der Route, die du betreut hast, massive Probleme.«

»Das geschieht ihm ganz recht«, antworte ich zufrieden und kann mir mein Schmunzeln nicht verkneifen.

»Vielleicht kommt er ja doch wieder auf dich zu, damit du Ruhe reinbringst.«

Wenig begeistert von seinen Worten trinke ich auch dieses Glas aus. »Darauf kann er lange warten«, raune ich, will aufstehen und merke wie der Alkohol seine Wirkung entfaltet und sich das Bild vor meinen Augen dreht. Sofort setze ich mich wieder hin.

»Aber ist es nicht das, was du, nein wir, wollen?«

Was wir wollen? Ich weiß nicht, was ich noch will und was nicht. Aber feststeht, dass ich mehr von Stella will. Von ihrem alles-und-nichts-sagenden Blick. Von ihrer hart klingenden Stimme, obwohl ein weicher Kern dahintersteckt und verdammt noch so viel mehr von ihrem Körper. Am liebsten würde ich die Tänzerin gleich auf der Tanzfläche ficken. Aber auch das würde nichts daran ändern, dass es eine andere ist, die mir etwas gegeben hat, was ich längst verdrängt hatte.

»Gerade will ich nur eins, Bernard: nach Hause.« Erneut stehe ich auf. Bernard tut es mir gleich und drückt mich zurück auf die Couch.

»In deinem Zustand lasse ich dich nicht fahren. Also entweder du bleibst heute hier, oder ich fahre dich.«

»Dann bist du stundenlang weg. Das kann ich nicht von dir verlangen.«

»Ein paar Stunden Verschnaufpause von dem Wahnsinn wäre ich jetzt nicht so abgeneigt.«

Das Karussell, in dem ich sitze, wird immer schneller.

»Ich lasse dir auch noch etwas für die Fahrt mixen, wenn du willst.«

Eventuell bringt das ja endlich meine Gedanken zum Schweigen? Ich nicke. Eigentlich habe ich schon vergessen, weswegen ich hierhergekommen bin, denn ich glaube, ich werde es nicht finden.

Bernard geht zur Bar und ich warte darauf, dass mich seine Mischung erlösen wird und ich auf der Fahrt zurück nach Hause wenigstens ein paar Minuten Frieden finde.

CANVA STORIES

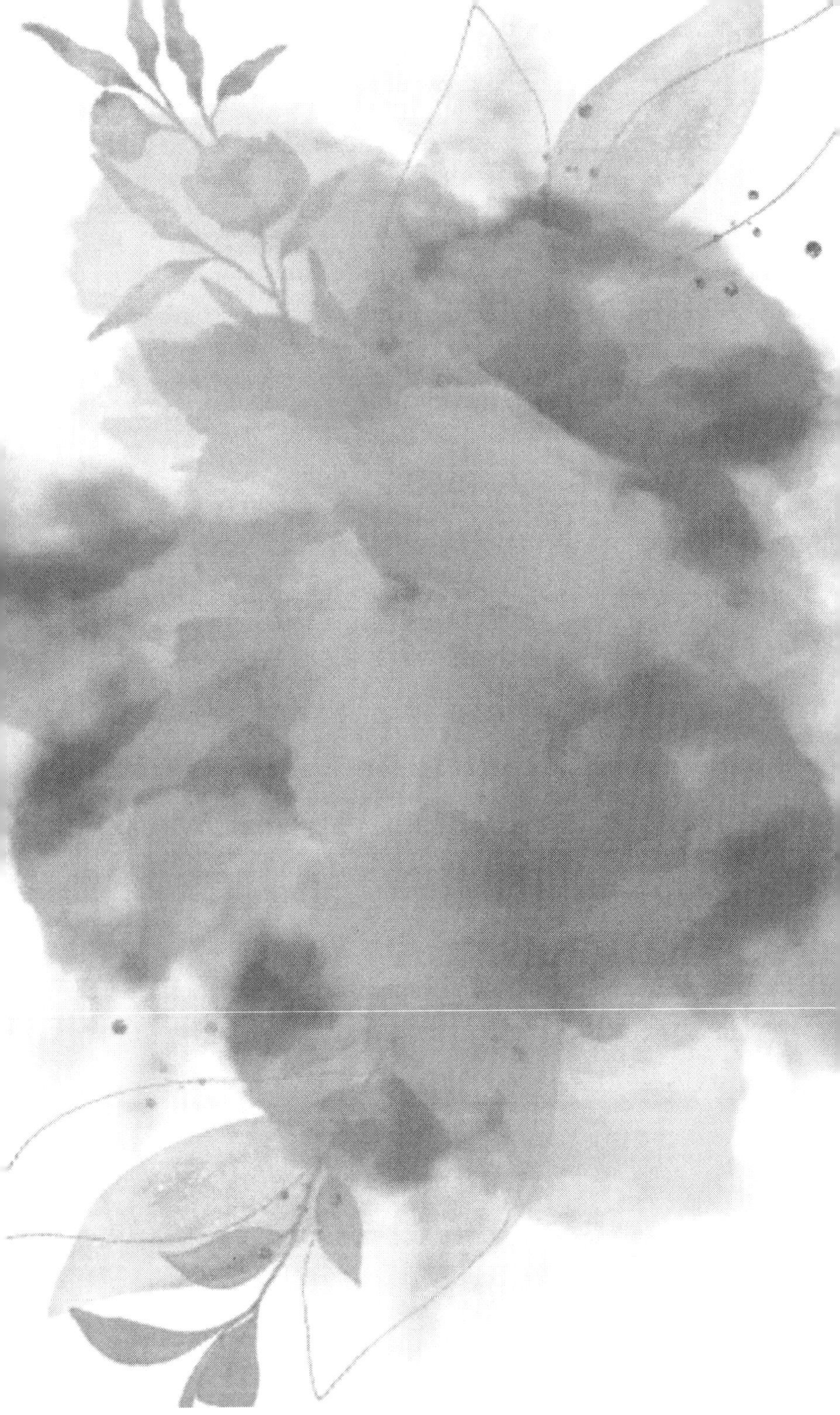

# Cleo

## 25

Fast schon mit wehmütigen Gedanken stehe ich von Ryans Bett auf und ziehe mir die Sachen, die mir Miriam hingelegt hat an.

Ich habe fast den ganzen Tag geschlafen und jetzt soll ich mit zu Seth ins Casino, weil er Angst hat, dass diese Nacht so endet, wie die letzte. Dabei weiß ich nicht, was er daran so schlimm findet. Er scheint auch fast täglich hier zu sein und erfreut sich an den Frauen. Wieso gönnt er es also nicht seinem Bruder?

Aber im Grunde kann mir das auch egal sein. Seth hat mich schon das Letzte mal fast *gehen lassen.* Dann schaffe ich das bei ihm auch ein zweites Mal.

Gerade richte ich die Träger des roten kurzen Kleides auf meinen Schultern aus. Miriam betritt den Raum. Sie setzt sich auf Ryans Bett, überkreuzt die Beine und lehnt sich weit nach hinten.

»Hat dir der gestrige Abend gefallen?«, fragt sie mit einem Blick, der genau ausdrückt, wie ich mich fühle.

Ich setze mich neben sie und tue es ihr gleich. »Sogar mehr als das. Es war ... anders, als das, was ich bei Shawn erlebe.«

»Warum bleibst du dann nicht hier bei uns, Cleo? Ryan weiß jetzt, wer du bist. Er kann das mit seinen Brüdern besprechen und dann ...«

Ich schüttle den Kopf. »Dann bleibt immer noch das Problem, Shawn. Er wird mich nicht freiwillig gehen lassen und er wird mit Sicherheit den Jungs dafür alles wegnehmen, was ihnen wichtig ist.« Ich sehe sie direkt an. »Dazu zählst auch du.« Bei diesen Worten werden ihre Wangen rot. Dass sie sich hier mehr als wohlfühlt, ist deutlich zu sehen. Und ich fange auch an, das hier zu genießen. Das darf nicht passieren.

Mein Blick flüchtet in die Ferne. »Weißt du, wieso ich es ihnen nicht sagen wollte und auch eigentlich immer noch nicht will?«, frage ich sie. »Dass ich nicht Stella, sondern Cleo bin?« Dabei sehe ich zu ihr zurück.

Sie schüttelt den Kopf.

»Ich wollte nicht, dass ich anfange, mich in diesen Ort zu verlieben, und keinen Grund mehr habe, wieder von hier wegzugehen, nachdem einmal die Gitterstäbe meines Gefängnisses offenstehen, in dem ich seit Jahren stecke.« Oder besser gesagt, mich neu verliebe in ein Leben, dass es für mich nicht mehr geben kann, weil alles um mich herum bereits zu Staub zerfallen ist.

Ihr Blick wird weich und glasig.

»Ich kann nicht hierbleiben, Miriam«, rede ich mit erstickter Stimme, in denen bereits meine Tränen mitschwingen. »Ich gefährde alle und das geht nicht. Dieser Ort muss so bleiben, wie er ist.«

Miriam nickt, schluckt schwer und greift nach meiner Hand. »Wenn du nachher bei Seth bist, wird er dich an irgendeinen Tisch setzen, von dem aus er dich gut beobachten kann. Das hat er mit uns allen schon gemacht. Und irgendeiner an dem Tisch, an dem du sitzt, ist irgendein hohes Tier aus den umliegenden Städten. Ein Abgeordneter, ein Mitglied irgendeiner Vereinigung oder sonst was. Verwickle ihn in ein Gespräch. Zeig dich zugänglich und ... du weißt schon.« Sie nickt mit dem Kopf und verdreht die Augen. Aber ich verstehe es auch, ohne dass sie es aussprechen muss.

»Wenn er dich dann kurz vor Schluss mit sich aus dem Raum bittet, dann gib ihm einen Grund, dich mitzunehmen.«

»Das klingt so, als hättest du es auch schon probiert.«

Sie schmunzelt. »Nein, nicht ich.«

Ich muss gar nicht darüber nachdenken, wen sie damit meint. »Luisa?«

Sie nickt. »Allerdings hatte sie sich im letzten Moment dagegen entschieden. Doch sie wäre von hier weggekommen.«

Egal, wo ich hinkomme. Luisa scheint allgegenwärtig und in fast jedem Kopf verankert zu sein.

Fast wie ein Reflex umarme ich Miriam. »Ich danke dir und hoffe, dass du das gefunden hast, was dich glücklich macht.«

Miriam erwidert die Geste. »Das habe ich.«

Kaum lasse ich sie los und wische mir eine Träne weg, geht erneut die Tür auf und Ryan betritt den Raum.

»Ladys«, sagt er wieder mit dieser Stimme, die deutlich macht, dass er seine Attitüde gewechselt hat. Schlendernd kommt er auf mich zu. Ich stehe auf und als würde sich sein Spiegelbild in meinem Blick spiegeln, fixiert er sie so intensiv, dass ich gern die letzte Nacht wiederholen würde.

»Bereit?«, fragt er, nachdem er zurück im Hier und Jetzt zu sein scheint.

»Habe ich denn eine andere Wahl?«, frage ich leicht trotzig, damit ich mich nicht verrate, dass dies endgültig die letzte Nacht sein wird, in der ich auf dieser Farm mittlerweile mehr Gast als Gefangene bin.

»Sieht schlecht aus.« Dann zeigt er mir an, an ihm vorbeizugehen. Ich sehe ein letztes Mal zurück zu Miriam, die mir zum Abschied winkt. Ryan bringt mich rüber zu Seth, dessen Haus hell beleuchtet dasteht und die Autos bereits wie gestern bei Ryans Club in einer Reihe davor parken. An den Ställen ist ebenfalls das Flutlicht an und Luke lädt etwas auf sein Auto, was ich von hier aus nicht richtig erkennen kann. So, wie ich das Gefühl habe, dass er zu mir herüberschaut, sehe ich weg.

»Schaltet ihr denn eigentlich euer Alarmsystem aus, wenn ihr eure Gäste begrüßt?«, will ich wissen. Ryan antwortet nicht sofort, sondern scheint über die Frage nachzudenken.

»Nein«, sagt er schließlich. »Aber es gibt einige wenige Punkte, bei denen das System nicht anschlägt. Aber dazu zählt nicht die Route, die du gewählt hattest.«

»Schade«, bekommt er von mir als Antwort. Dabei beschäftigt mich nun doch noch die andere Frage. »Wieso hast du Seth nicht gesagt, wer ich in Wirklichkeit bin?«

»Das soll er mal schön selbst herausfinden. Vielleicht hat er ja dann endlich eine Lösung parat, was er mit dir anstellt.«

»Was ist, wenn mich da drinnen jemand erkennt?«, frage ich mich weiter durch.

»Ich glaube, die Wahrscheinlichkeit dafür ist sehr gering, wenn bisher niemand so wirklich wusste, wer Stella und wer Cleo ist.«

»Hier draußen«, stelle ich es klar. »Bei Shawn weiß man schon, wer ich bin.«

»Richtig. Bei Shawn. Hierher verirrt sich niemand, der mit Shawn auf diese Weise Geschäfte macht.«

»Du kannst mich immer noch einfach gehen lassen«, versuche ich erneut einen anderen Weg der Flucht zu wählen. Doch wieder schüttelt er den Kopf.

»Ich habe dir doch schon erklärt, dass das mittlerweile keine Option mehr ist.«

Ryan öffnet die Tür. Auch hier drinnen sieht nichts mehr so aus, wie ich es kannte. Die Wände sind schwarz. Strahler erhellen die Decke und hüllen den Gang in ein angenehmes Licht. Vor der nächsten Tür steht ein Türsteher in schwarzem Anzug. Ohne Nachfrage öffnet er sie und bittet uns stillschweigend herein.

»Wir sehen uns dann bestimmt morgen«, sagt Ryan. Ich drehe mich um.

»Kommst du nicht mit rein?«

Er sieht an sich runter, wie er in seinem schwarzen Tanktop und der Jogginghose vor mir steht. »Ich bin nicht ausgehfertig. Außerdem glaube ich, dass Seth die Zeit mit dir allein genauso genießen wird, wie ich.«

»Was für eine Aussicht«, sage ich wenig begeistert, denn ich glaube nicht, dass momentan jemand toppen kann, was er mit mir angestellt hat, auch wenn das mit Kian eine ganz andere Ebene meiner Gefühle geflutet hat.

Leise lacht er auf, steckt die Hände in die Taschen seiner Hose und dreht sich um. »Sieh es positiv, Cleo, denn die Freiheit, egal in welcher Form, wird niemandem von uns geschenkt.« Dann geht er los und verschwindet in der Dunkelheit der Nacht und die Eingangstür schließt sich hinter ihm.

Ich atme durch, denn komischerweise werde ich mit jeder Sekunde, die ich der möglichen Freiheit näherkomme, nervöser. Vielleicht liegt es auch daran, dass ich mich dem nächsten Typen an den Hals schmeißen muss, um hier wegzukommen. Das rede ich mir wenigstens erfolgreich ein.

Mit so souveränen Schritten wie möglich trete ich in den hell erleuchteten Raum, in dem fast wahllos verteilt die verschiedenen Spieltische stehen. Seth selbst steht an der Bar am anderen Ende des Raums und trinkt einen Schluck grüne Flüssigkeit aus einem schmalen Glas.

Kaum sieht er mich, winkt er, stellt das Glas auf die Theke und kommt zu mir gelaufen.

»Stella«, begrüßt er mich wie so ein Gigolo in den Schicki Micki Filmen des 20. Jahrhunderts und breitet feierlich die Arme aus. Dabei sieht er in seinem schwarzen Anzug mit dem passenden Hemd ganz anders aus.

»Schön, dass du hier bist.«

Wenig begeistert sehe ich ihn an. »Es war dein Wunsch, dass ich hierherkomme. Sonst wäre ich bei Ryan geblieben.« Und das wäre ich wirklich sehr gern, denn bei ihm habe ich mich bisher am ehesten wie eine normale Frau gefühlt.

Fast schon mit fürsorglichem Blick mustert mich Seth, als hätte er Angst, dass mich Ryan noch kurz gegen die Holzwand im Flur gedrückt hätte, ehe er mich hier hereingelotst hat. Ich bin mir sicher, dass Seth es ärgert, dass Ryan schneller war als er. Dabei sollte das hier alles andere als ein Wettbewerb sein.

Nach einem weiteren flüchtigen Blick durch den Raum, in dem es für mich viel zu laut ist, sehe ich ihm direkt ins Gesicht. »Willst du mir dann gleich das Zimmer zeigen, in dem du dasselbe mit mir machst, wie Ryan?«, stichele ich ihn an.

Sofort mahlt er mit seinem Kiefer und holt anschließend tief Luft. »Ich habe andere Pläne mit dir«, raunt er nah an meinem Ohr.

»Wie meinst du das?«, frage ich nach und bin bis jetzt nicht schlauer, obwohl er das Thema gestern schon angeschnitten hat.

An uns drängen sich neue Gäste vorbei, die mit großen, erwartungsvollen Augen den Raum betreten und für einen kurzen Moment mit der Vielfalt an Möglichkeiten, um schnell viel Geld loszuwerden, überfordert scheinen.

»Das wirst du von ganz allein merken.« Mit diesen Worten streicht er sanft über meinen nackten Rücken, den das rote Kleid preisgibt, und bugsiert mich an einen der Tische im hinteren Teil des Raums.

»Hast du schon mal Black-Jack gespielt?«

»Nicht gespielt, aber ich kenne die Regeln.«

Ich setze mich auf den Platz, den er mir zuteilt. Um mich herum sitzen drei weitere Herren, die bereits ins Spiel vertieft sind. Der rechts neben mir zeigt der Dame, die die Bank darstellt, an, eine weitere Karte sehen zu wollen.

Seth stellt zwei Reihen Jetons vor mir hin und klopft mir auf die Schulter. »Ich muss erst einmal arbeiten. Hab viel Spaß und tu nichts, was ich nicht auch tun würde.«

So einfach macht er es sich also. Aber umso besser kann ich den Plan, den mir Miriam skizziert hat, umsetzen. Also zwinkere ich dem Mann zu, der sich gerade überreizt hat.

Farewell

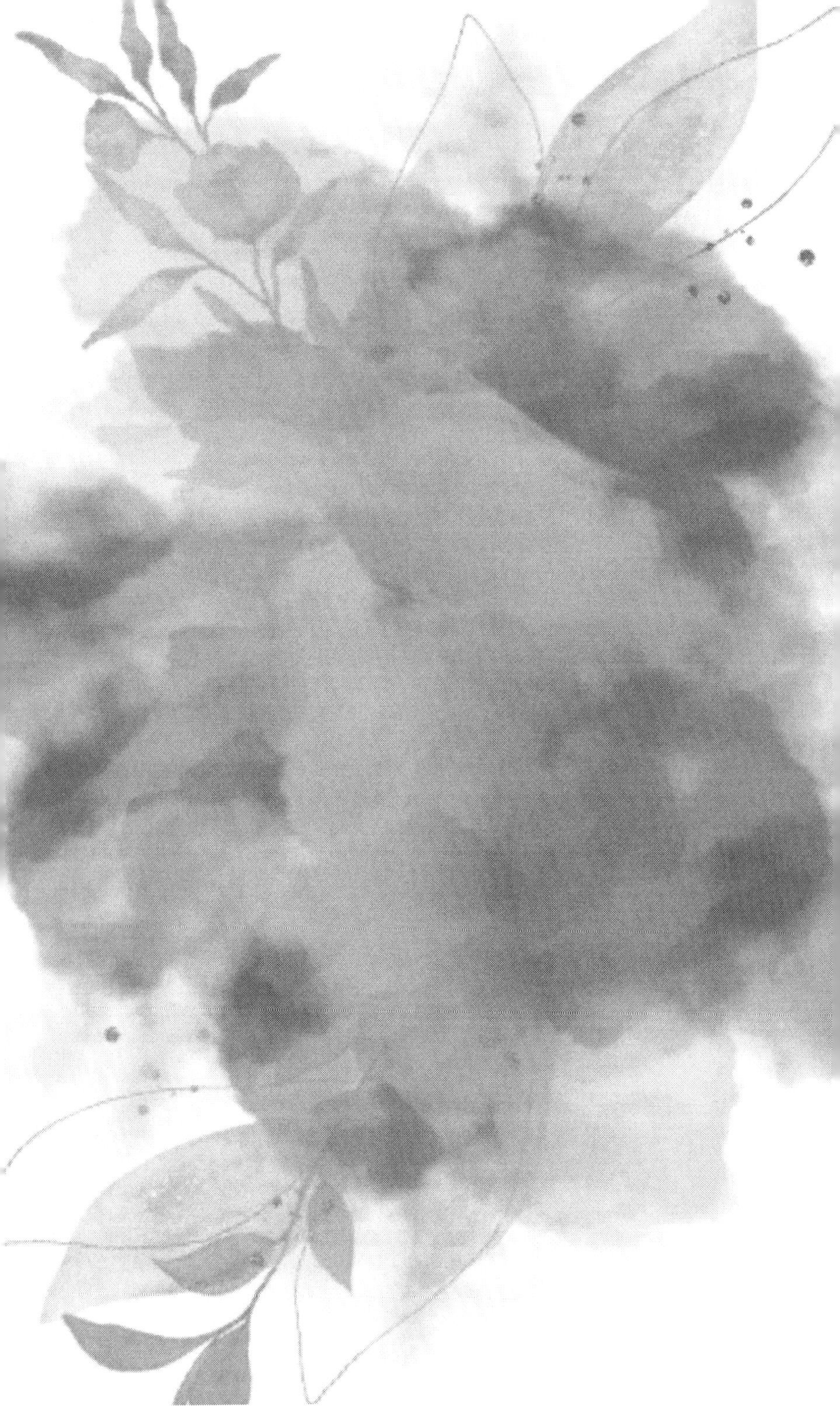

# Seth

## 26

In meinem Club ist die Hölle los. Haben alle Casinos in den umliegenden Städten geschlossen, dass sich heute irgendwie mehr Klientel hier versammelt, als es sonst der Fall ist? Auch viele neue Gesichter sind dabei und ich bin mir noch nicht wirklich sicher, was ich davon halten soll. Aber im Grunde kann es mir auch egal sein, wie ich mein Geld verdiene.

Trotzdem bin ich heute irgendwie nervöser, nein aufgedrehter als sonst und kippe den zweiten Green Tonic runter. Soll das an Stella liegen, die in ihrem sexy roten Kleid den Blick eines jeden Mannes in diesem Raum auf sich zieht?

Das war bestimmt Ryans Idee, der seinem, nur wenige Minuten jüngeren, Bruder eins auswischen wollte. Dafür muss er sich das nächste Mal wieder *Footlose* mit mir anschauen, dieser Idiot. Er hat genau gewusst, dass sie tabu ist, und hat sie trotzdem gefickt. Und das ohne mich. Dieser Punkt trifft mich sogar härter als der erste Vertrauensbruch. Deswegen bleibt sie jetzt schön bei mir, damit das nicht noch einmal passiert und Kian sich als strahlender Held in ihr Herz brennen kann, wenn er zurück ist – von wo auch immer er gerade ist und schmollt, oder besser gesagt, sich seinen Gefühlen bewusst wird.

Stellas lautes und mittlerweile beherztes Lachen flutet den Raum und zieht meine Aufmerksamkeit ein weiteres Mal auf sich. Sofort greife ich in meine Jacketttasche und lasse die Klinge aufspringen. Wem muss ich mit meinem Messer einen Stich mitten ins Herz verpassen, weil er es wagt, sie zum Lachen zu bringen?

Der schmierige Typ mit den gegelten Haaren und der Sonnenbrille auf dem Kopf, der sich gerade schon überreizt hat, lacht ebenfalls. Stella schiebt den nächsten Jetonhaufen in die Mitte. Dafür, dass sie so gewitzt wirkt, ist sie im Spiel echt eine Niete.

Neben mir scheppert es. Ich wende mich von Stella ab, und zu einem der Gäste, der gerade von einem anderen gegen die Bar geschubst wurde.

»Sag das nie wieder!«, keift er den am Boden liegenden an. Genervt verdrehe ich die Augen. Und dafür reiße ich mir jeden Tag wieder den Arsch auf. Ich kremple meine imaginären Ärmel nach oben. Am Jackett werde ich sie definitiv unten lassen, weil es einfach am coolsten aussieht, packe den Typen, der mit erhobenen Fäusten dasteht, am Kragen und schmeiße ihn zur Tür hinaus. Das Gleiche mache ich mit seinem Nicht-Freund, der am Boden liegt. Geteiltes Schicksal ist ja bekanntlich geteiltes Leid – oder so ähnlich.

Natürlich wollen sie, wie alle anderen Gäste, die ich rausschmeiße, nicht sofort gehen, also muss ich wohl deutlicher werden. Ich ziehe das Messer aus der Tasche und verpasse einem der beiden eine rote Linie quer über das Gesicht.

Seine schmerzerfüllten Schreie verhallen in der Nacht.

»Was soll das, du Schwein?«, ruft der andere und kommt auf mich zu gerannt. Gekonnt weiche ich aus und steche ihm auf Höhe der unteren Rippen mein Messer in die weiche Haut. Er geht zu Boden. Ich stelle mich vor ihn, ziehe meine Messer aus seiner Seite und zerre ihn an seinem Jackett wenige Zentimeter nach oben.

»Und jetzt verschwindet ihr von hier.« Ich lasse ihn fallen und sehe ihnen dabei zu, wie sie sich angeschlagen zu einer der schwarzen Limousinen bequemen.

Befreit atme ich die kühle Luft ein. Jetzt bin ich entspannt. So wie ich mich herumdrehe, um zurück in mein Casino zu gehen, blenden in der Ferne weitere Scheinwerfer auf, die entweder zu mir oder zu Ryan wollen. Aber egal wohin, sie werden ihre schwarz verdiente Kohle bei uns lassen.

Pfeifend gehe ich zurück in den Spielraum und zum Tresen, wo bereits der nächste Green Tonic für mich bereitsteht. Einen Schluck trinkend, drehe ich mich um. Irgendwie hat sich das Bild vor mir verändert. Bei einem weiteren Schluck überlege ich, was mich stört. Immerhin sind alle Tische gut gefüllt. Den nächsten Schluck spuke ich aus, denn der Hintern in dem roten Kleid sitzt nicht mehr dort, wo ich ihn platziert habe.

Ich stelle den Longdrink zurück, durchquere den Raum und bleibe neben Kly, der Frau, die den Tisch als Bank betreut, stehen.

»Wo ist die Frau, die ich hierhergesetzt habe?«

»Sie ist mit einem der Typen weggegangen«, antwortet sie tonlos und teilt eine weitere Runde Karten aus.

»Sie ist was?«

Doch Kly antwortet nicht weiter. Komischerweise fühle ich mich kaum nervös. Sie wird ja nicht so dumm sein und ein weiteres Mal versuchen abzuhauen. Erst recht nicht auf die gleiche Art, wie es ...

Mir entgleiten die Gesichtszüge. »Scheiße.« Sofort sprinte ich los.

CANVA STORIES
23
CANVA STORIES
23
CANVA STORIES
23

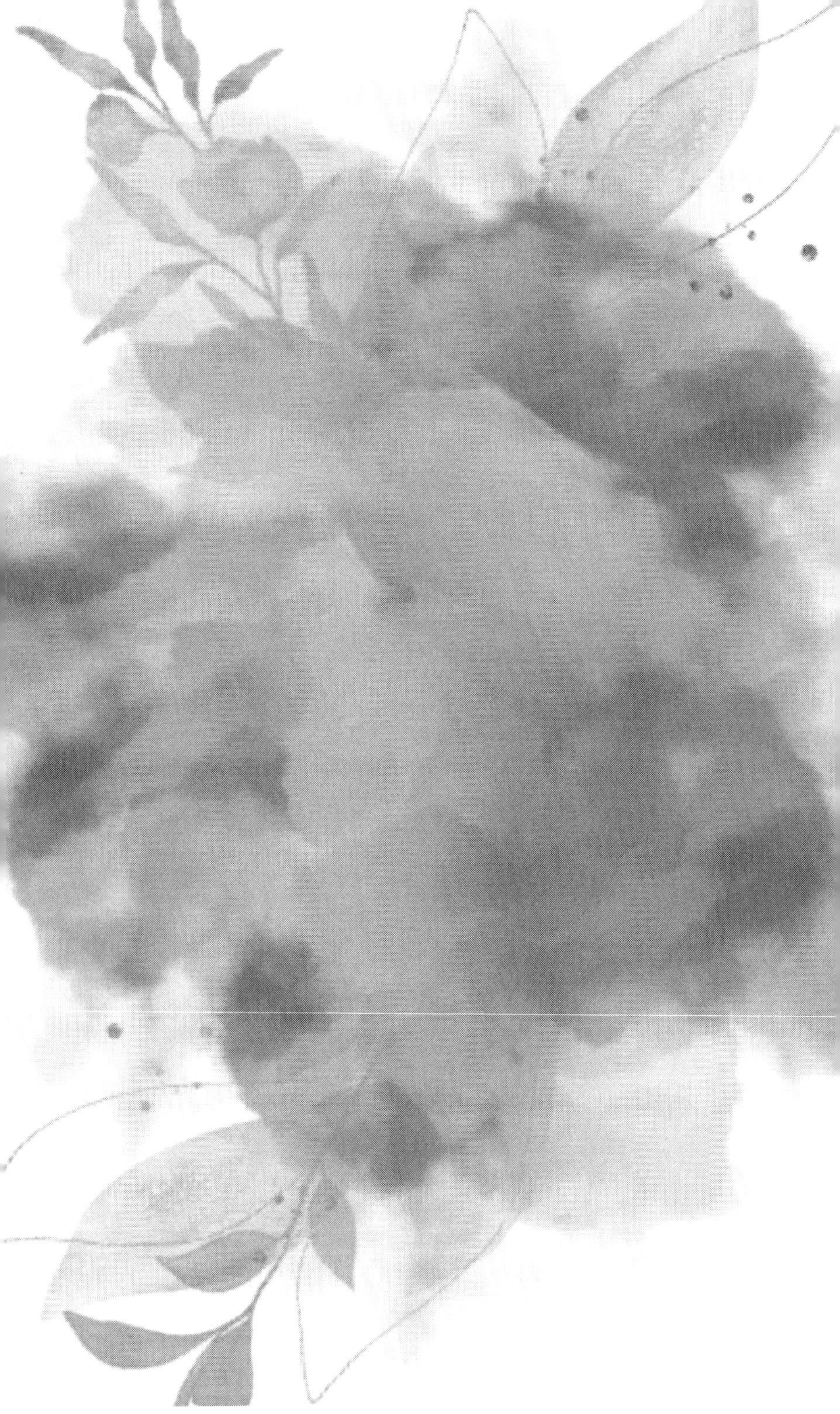

# Luke

## 27

Das Flutlicht auf dem Silo strahlt genau auf die Ladefläche meines Land Rovers. Ansonsten herrscht um mich herum fast komplette Dunkelheit und ich lade die Heuballen, die ich mit nach Brickmore zum Schafe scheren nehmen will, auf.

Wenn das Gebäude von Seth nicht wie ein Club in *Las Vegas* beleuchtet wäre, könnte ich es hier draußen fast genießen. Oder besser gesagt könnte ich versuchen, meine Gedanken einmal abzuschalten. Doch gerade diese Lichter ziehen meinen Blick ständig an, weil Stella da drin ist und ich mir auch nach einigen Tagen, die sie bei den Idioten verbringt, nicht sicher bin, ob es die richtige Entscheidung gewesen ist, sie ihnen auszuhändigen.

Ihr Blick, der jegliche Hoffnung verloren hat, hat sich in mein Gedächtnis gebrannt. Dazu ihre Worte, die sich mir einfach nicht erschließen. Sie ist die Tochter eines einflussreichen Drogenbosses. Die Welt steht ihr offen. Und doch scheint etwas in ihr zerbrochen zu sein, weil sie sich etwas gewünscht hat, dass es nicht gibt?

Und noch dazu mein Vater, der sich nach Jahren mal wieder meldet, sich fast schon einmischt und das Chaos in meinen Gedanken ist komplett.

Ich hebe den nächsten Ballen an und schiebe ihn auf der großen Ladefläche bis ganz nach hinten.

Brian, der am Rad des Autos liegt, knurrt. Ich halte inne und sehe zu ihm hinunter.

»Was?« Aus dem Knurren wird ein Wimmern, das in ein Fiepen übergeht.

»Nein, ich werde nicht nachsehen, ob es ihr gut geht. Sie ist bei mindestens einem erwachsenen Mann, der wohl wissen wird, wie man mit einer Geisel umgeht.«

*Mit zu viel Spielzeug in einem Sexclub und Seth` Leidenschaft für Messer …*

Ich schüttle den Kopf. »Nein, Brian, sie muss dir und vor allem mir egal sein. Ich kann nicht zurück. Das weißt du genauso gut wie ich.«

In der Ferne blitzen Scheinwerfer auf. Schnaufend lade ich den nächsten Heuballen auf. Das Licht wird größer, bis es so nah ist, dass es mir stärker in den Augen brennt als das Flutlicht. Laute Musik dröhnt bereits durch die verschlossenen Türen.

Als sie sich öffnen, habe ich das Gefühl, dass ich in der Mitte einer Tanzfläche stehe. Dabei will ich einfach nur die Ruhe um mich genießen, in der kein Schwein etwas von mir will.

Eine Hand legt sich auf den Rahmen, rutscht ab und im nächsten Moment liegt Kian in seiner schwarzen Lederjacke im Staub.

Ich halte inne und beobachte das Schauspiel, an dem ich nichts Gutes finden kann. Erstens geht es hier um Kian und zweitens ist er derjenige, der meine Ruhe stört und völlig besoffen zu sein scheint.

»Fuck«, raunt er und versucht, sich auf allen vieren, aus dem Dreck zu kämpfen.

Die Fahrertür geht auf und Bernard, einer der Großlieferanten und Partner von Kian, steigt ebenfalls aus.

»Bietest du jetzt auch Uber-Dienste an?«, knurre ich und nehme den nächsten Heuballen in meine Hände, ohne Kian weiter beachten zu wollen.

»Wenn dein kleiner Bruder meint, in Shawns Club zu randalieren, fand ich es eine gute Idee, mein Karmakonto aufzustocken.«

*In Shawns Club? Dieser Idiot!*

»Ich würde ja Danke sagen, aber das würde bedeuten, dass ich es gutheiße, dass du ihn vor seiner eigenen Dummheit gerettet hast.«

Kian richtet sich auf, schwankt und versucht sich die Jacke glattzuziehen. Taumelnd läuft er los. Ich halte inne und sehe ihm hinterher.

»Wo willst du hin?«

»Eendgültig ewas klären und Proleme aus disr verdmtn Welt schfen.«

Bernard, an der Wagentür gelehnt, lacht leise auf. »Was ist denn passiert, das ihn so sehr aus der Bahn wirft? Leider war er auf der Autofahrt zu allem ziemlich schweigsam.«

»Gute Frage«, antworte ich gedankenverloren und sehe ihm mit gemischten Gefühlen hinterher, während sich der Heuballen immer stärker in meine Handfläche schnürt, weil ich mal wieder keine Handschuhe trage.

»Aber na ja«, holt mich Bernard aus dem Kopf-Karussell zurück. »Diese kurze Auszeit tat auch mal gut.«

Damit lenkt er die Aufmerksamkeit wieder auf sich. »Kurze Auszeit?«, hake ich nach.

Er nickt. »Ich vergesse immer wieder, dass du von all dem Scheiß da draußen ja nichts mehr mitbekommst.«

Ich lege den Heuballen zu den anderen und lehne mich gegen meinen eigenen Wagen.

»Dann klär mich auf, wenn du Redebedarf hast.« Das mulmige Gefühl, das mich beschleicht, wird stärker.

»Gerade gehen eigentlich alle Shawn aus dem Weg.«

»Das ist doch nichts Neues«, kontere ich. »Alle gehen ihm aus dem Weg, aus Angst, dass er nickt und seine Affen ihm den Weg freischießen.«

»Ja.« Bernards Stimme wackelt. »Aber das geht auch noch etwas schärfer.«

*Wieso weiß ich nur wieso?*

»Seine Tochter hat vor ein paar Wochen Junggesellinnenabschied gefeiert. Es muss schon ein Akt gewesen sein, es überhaupt durchzusetzen, jedenfalls wenn man Stella so zuhört, die immer noch mit den Erinnerungen an diesen Abend kämpft.«

Ich bewege mich keinen Zentimeter. *Stella zuhört?*

»Aber es scheint doch tatsächlich jemand an diesem besagten Abend geschafft zu haben, Shawns Spielzeug zu entführen.«

Alle Alarmglocken springen gleichzeitig an. »Shawns Spielzeug? Hat er denn nur eins?«

»Nur eins, das ihm wichtiger ist als Frau, Tochter und wenn man den Weg an Leichen, die seine Suche schon gefordert hat, ansieht, fast wichtiger ist als sein Drogengeschäft.«

*Verdammte Scheiße!* In meinem Kopf explodiert es. Seth hat verflucht noch mal die Falsche entführt. Und mir fallen die ganzen Erklärungen für Stellas – oder wie sie auch immer heißt – merkwürdiges Verhalten wie Schuppen von den Augen. Warum sie nicht in die richtige Richtung geflüchtet ist. Ihre Andeutungen. Und wenn Kian das vorhat, was ich mir gerade denke, dann muss ich ihn aufhalten!

Doch noch zwinge ich mich dazu, mir nichts anmerken zu lassen. Stattdessen rede ich ruhig mit Bernard weiter.

»Und lass mich raten: Du hast Kian hergebracht, um abzuchecken, ob einer von uns so doof war und Shawns Spielzeug entführt hat?«

»Cleo«, fällt er mir ins Wort. Der Klang ihres richtigen Namens lässt mich kurz innehalten und füllt gleichzeitig eine merkwürdige Leere in mir.

»Und ja, nachdem Kian eine Abfuhr bekommen hat, ist das eigentlich die logischste Erklärung, wenn Shawn sie nicht in Geraldton findet.«

Cleo. Ja, dieser Name passt viel besser zu dieser eigensinnigen und unverwüstlichen Frau. Leise lache ich auf und fange an, weiter zu beladen.

»Nur in diesem Punkt sind sich Kian und ich mal einig. Etwas Besseres, als dass Shawn ihn aus dem Geschäft genommen hat, konnte ihm nicht passieren. Immerhin gibt es mehr als eine Kleinstadt, in der man seine Drogen verticken kann. Und vielleicht sollte Shawns auch einfach mal in seinen eigenen Reihen schauen, ehe er ins Landesinnere stiert und unlautere Anschuldigungen verteilt. Das wirkt fast so, als wolltest du mir sagen, dass ich die Waffen auspacken muss.«

Beschwichtigend erhebt er die Hände. »Nein, jedenfalls war das nicht meine Intention. Oder darf man seine alten Kumpels nicht mal aus der Reserve locken?«

»Nicht, wenn du mir durch den Lauf der geladenen Waffe erklärst, dass Unwahrheiten über meine Farm verbreitet werden.«

»Dann achte besser darauf, dass Kian keinen Stunk anfängt, wenn er in der Stadt ist und Shawn ihn dadurch erst recht im Visier hat.« Er lehnt sich weiter zu mir. »Und ich denke auch, dass es besser ist, Geraldton nicht wieder als primäre Anlaufstelle zu nehmen. Mitspracherecht ist aktuell keine Option.«

Irgendwie wirkt er mir zu abgeklärt. Hat Kian überhaupt mit ihm über die Beendigung der geschäftlichen Beziehungen gesprochen? Wenn ja, dann nimmt er es ziemlich locker. Ansonsten würde ich tippen, ist er übergelaufen. Ein weiterer Grund, ihn so schnell wie möglich loszuwerden.

»Also, Luke. Wir sehen uns hoffentlich nicht so schnell wieder.« Er nickt. Ich tue es ihm gleich und greife den nächsten Heuballen. Dann sitzt er im Auto, setzt zurück, dreht seine Karre und fährt los.

Erst nachdem ich seine Scheinwerfer nicht mehr sehe, lasse ich den Strohballen fallen.

»Komm«, fordere ich Brian auf, den ich zum Stall bringe und dort Platz machen lasse. Dann folge ich Kian, ehe er eine Dummheit begeht.

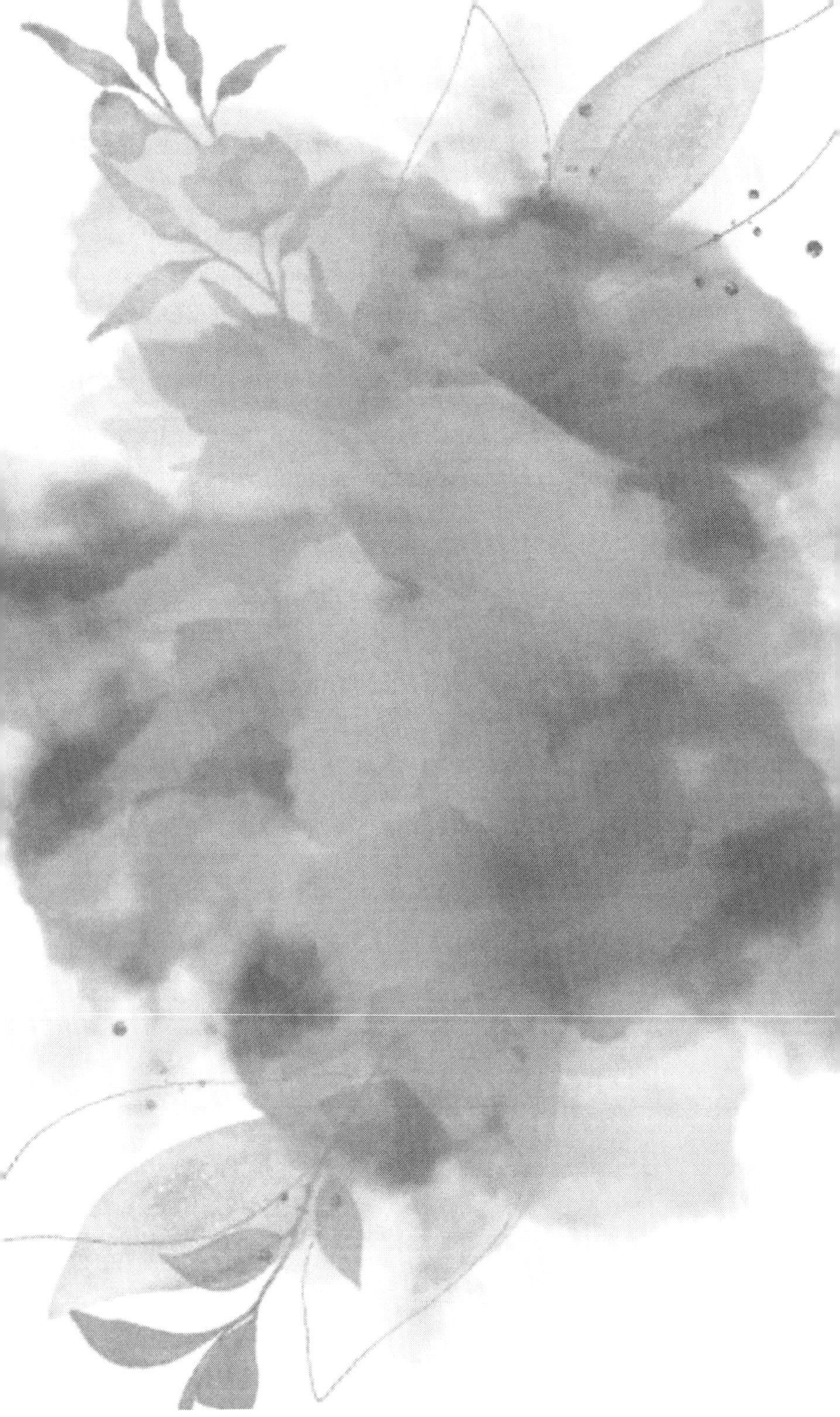

# Ryan

28

Breitbeinig sitze ich auf meiner Couch, habe eine Zigarette im Mund und versuche eigentlich der Neuen bei ihrem Poledance zuzusehen, ehe sie mir zeigen will, was sie mit ihrem Mund alles kann. Doch anstatt mich auf die Frau in Tanga und BH zu konzentrieren, klopfe ich mit den Fingern unruhig auf meinem Glastisch herum und stiere in die Ferne. Dabei höre ich Stacys zustimmenden Laute nur als weit entferntes Echo in meinen Ohren.

Cleo. Sie ist gerade die Einzige, auf die ich mich konzentrieren kann, denn sie hat etwas in meinen Erinnerungen geweckt, das ich tief vergraben hatte – genauso wie jeder andere von uns vieren. Und bis jetzt habe ich auch vehement versucht, alles, was ich mit diesem Namen verbinde, nicht an mich heranzulassen. Doch solange sie drüben bei Seth sitzt, drängen sich diese Vergangenheitsfetzen an die Oberfläche meiner eigentlich unerschütterlichen Seele.

Die Zigarette, die sich von allein raucht, weil ich bisher nur einmal an ihr gezogen habe, glimmt fast am Filter. Also ziehe ich wenigstens noch einmal daran, lasse die Luft so lange wie möglich in meiner Lunge zirkulieren und reibe mir beim Auspusten über die Stirn.

Eigentlich hätte ich es Seth sagen müssen. Eigentlich müsste ich es allen Dreien sagen, aber irgendwie würde ich ihnen dann den Spaß an der Freude nehmen, wenn sie realisieren, dass eine Auseinandersetzung mit Shawn unausweichlich werden wird, weil Stella – oder besser gesagt, Cleo, nicht zu ihm zurückgehen wird. Schon allein, weil ich das nicht zulassen werde. Dazu hat sie den Beschützermodus in mir viel zu gut getriggert und geweckt.

»Ryan?«, fragt Stacy. Ich blinzle mehrfach, schaue auf und sehe zu ihr und Julia, die mittlerweile neben der Stange steht und mich mit irritiertem Blick mustert.

»Ja?«

Stacy lächelt und stemmt die Hände in ihre nackte Taille. »Sag mal, wo bist du denn heute mit deinen Gedanken?«

Gute Frage.

Die Tür geht auf und Miriam läuft mit gesenktem Blick auf Stacy zu, wo sie sich neben sie setzt. Kein Hallo, kein verführerisches Raunen an meinem Ohr, weil sie sich nach meinem Schwanz sehnt.

Fast wie bei einem Zaubertrick zieht sich meine Augenbraue von ganz allein nach oben, denn hier stimmt etwas nicht.

Ich drücke die Zigarette im Aschenbecher aus und schlendere gemütlich zu ihr, während mich die anderen beiden beobachten. Doch bevor ich mich Miriam widme, drehe ich mich zu Julia.

»Das war perfekt, meine Liebe«, sage ich mit dem Anflug eines Lächelns auf den Lippen. Sie nickt verlegen und ich zeige Stacy an, dass die beiden gehen können, was sie auch tun. Miriam sieht mich auch weiterhin nicht an. Auch nicht, nachdem sie allein mit mir im Raum ist.

Ich hocke mich vor sie und lege meine Hand auf ihren Oberschenkel, den sie in eine schwarze Netzstrumpfhose gepackt hat.

»Was ist los?«

Mehrmals schiebt sie ihre Lippen hin und her und beißt sich auf der unteren herum. Eigentlich bin ich null geduldig. Aber für die Damen im Club vergesse ich das gern, wenn es so wirkt, als würde sie etwas bedrücken.

»I-ich glaube, es liegt einfach daran, dass Cleo nicht mehr hier ist.«

»Aber sie ist doch nur bei dem Spinner in unserer lustigen Runde«, versuche ich sie aufzubauen. Darauf sagt sie nichts und das merkwürdige Gefühl, was ich verspüre, verstärkt sich. »Miriam, was ist wirklich los?«, hake ich nach. Sie schüttelt den Kopf.

»S-sie wollte nicht hierbleiben, aber sie kann auch nicht zurück zu Shawn.« Mit glasigem Blick sieht sie mich an. »Und ich würde mir so sehr wünschen, dass sie nicht ein Leben wählen müsste, dass sie nicht glücklich machen kann.«

»Irgendwie sprichst du heute in Rätseln, Miriam. Sie muss nicht wählen, denn das habe ich für sie getan.«

Sie legt die Finger an meine Wange und lächelt schmerzlich. »Du bist so süß, wenn du Gefühle zeigst, Ryan. Aber diesen Kampf kannst du nicht gewinnen und dieses eine Leben nicht beschützen. Das kann sie nur selbst.«

Langsam bekomme ich eine Ahnung, in welche Richtung ihre Worte driften. Ich stehe auf. »Du willst sie mit einem dieser komischen Geschäftsmänner von der Farm lotsen?«

»Sie ist schon weg, Ryan. Und es ist für alle, und vor allem für sie, das Beste.«

Die letzten Worte höre ich nur noch in der Ferne, denn da stürme ich bereits los und bin schon auf dem Weg zu Seth.

SECRET
CANVA STORIES
CANVA STORIES

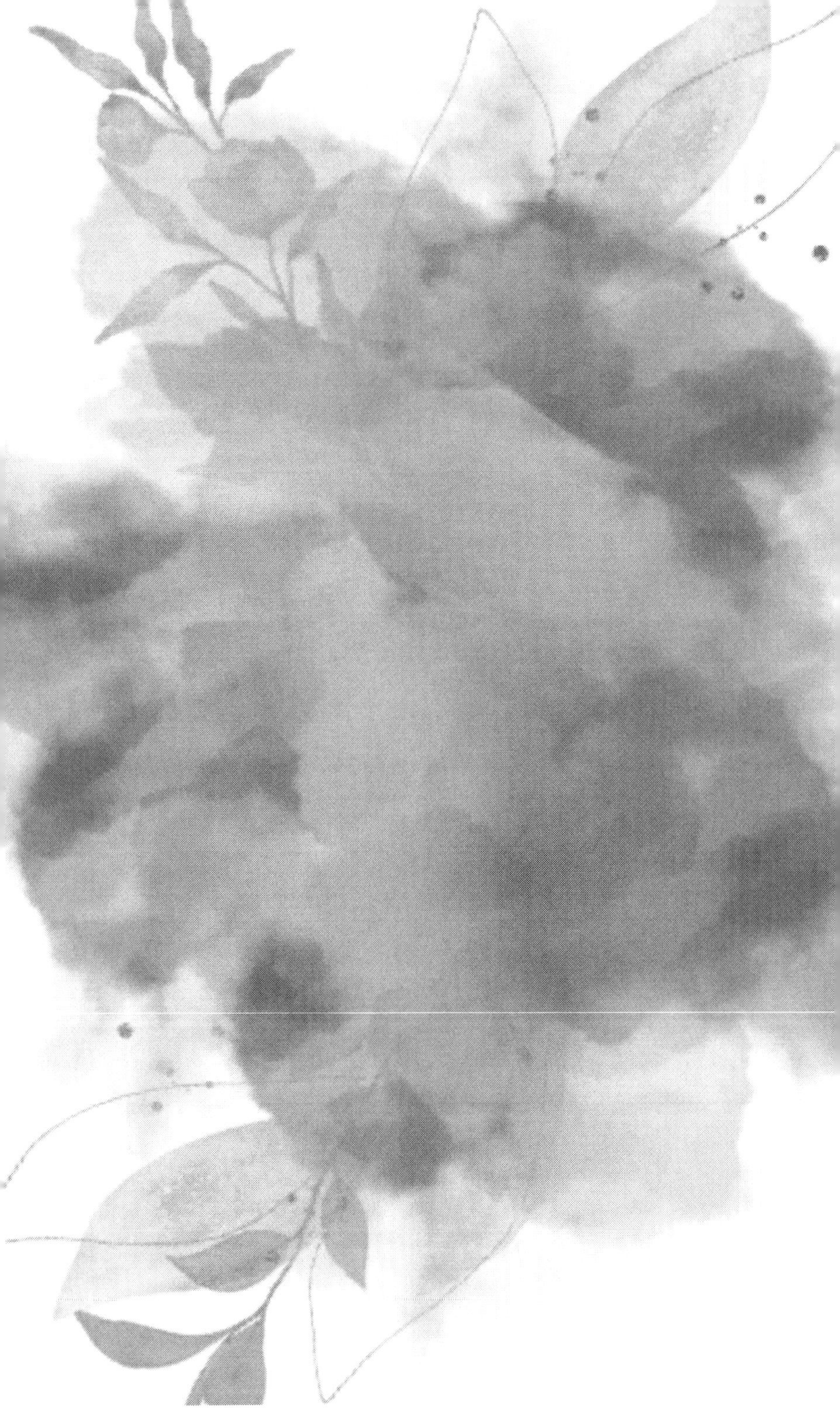

# 29

In der Zeit, in der Seth seine Gäste *hinausbegleitet*, habe ich Viktor, dem Typen, der neben mir saß, ein Angebot gemacht, dass er nur schlecht ablehnen konnte. Jetzt verlassen wir gerade den Raum. Immer wieder drehe ich den Kopf über die Schulter und schaue, ob Seth mir bereits folgt. Doch bisher kann ich nur meine und die Schritte von Viktor hören, den ich fast vor mir herschiebe.

»Nicht so eilig, Puppe, wir haben doch alle Zeit der Welt«, raunt er und schiebt seine Hand unter das rote Kleid. Wieso Miriam mich gerade in die Leuchtfarbe Nummer eins gekleidet hat, ist mir ein Rätsel. Trotzdem scheint es seine Wirkung nicht zu verfehlen.

Auf dem Flur habe ich Viktor gleich durch die gegenüberliegende Tür gelotst. Dort befanden sich früher ebenfalls die Räume der Farmarbeiter. Nacheinander betätige ich die einzelnen Klinken, doch bisher lässt sich keine Tür dazu öffnen.

»Du wirst mir doch etwas Privatsphäre gönnen«, säusele ich, betätige die nächste und endlich öffnet sich die Tür, die sich am anderen Ende des Flurs befindet.

Erneut sehe ich den dunklen Flur entlang und stoße Viktor in den Raum. Sofort folge ich ihm, schließe die Tür und drücke mich dagegen.

»So schnell war auch noch keine.« Dabei hantiert er schon am Gürtel seiner Hose herum.

»Hör zu«, sage ich mit klopfendem Herzen, weil meine Flucht dieses Mal klappen muss. Er hält inne.

»Ich bin keine Nutte und ich gehöre nicht auf diese Farm. Deswegen musst du mich mitnehmen.«

Verblüfft sieht er mich an, dann fängt er aus heiterem Himmel an zu lachen. »Okay, dann machen wir eben ein Rollenspiel daraus.«

»Das hier ist kein Rollenspiel. Das ist mein Ernst.« Doch das scheint ihn nicht zu überzeugen, weil er bereits den Gürtel geöffnet hat. Also muss ich deutlicher werden, laufe auf ihn zu und versuche, mich so groß wie möglich zu machen, damit er mich endlich für voll nimmt.

»Ich bin ...« Sofort halte ich inne. Verdammt! Ich kann nicht sagen, dass ich Shawns Tochter bin. Wenn er ihn kennt oder es publik macht, dann fällt es auch nur auf die Jungs zurück.

»Ich bin ...«

Die Tür wird aufgetreten. Sofort drehe ich mich herum und schaue in das grimmige Gesicht von Seth. Immer noch klopft mein Herz wie wild. Doch dieses Mal nicht vor Freude, wenn ich es überhaupt hätte so bezeichnen können, sondern vor Nervosität.

Seth sieht zu Viktor und nickt über die Schulter. »Raus«, knurrt er bedrohlich. Viktor nickt flüchtig, hastet hinaus und lässt mich mit dem vermeintlichen Löwen des Casinokönigreiches allein.

Tief holt er Luft und beginnt sein Jackett auszuziehen.

»Weißt du«, beginnt er und hängt es über den mit einer dünnen Staubschicht bedeckten Stuhl, weil wir uns hier in einer Art Lager befinden müssen. Mit den Augen, sonst vollkommen reglos, folge ich seinen Bewegungen.

»Eigentlich habe ich das bis jetzt mehr als Spiel gesehen. Ja, ich gebe zu, dich zu entführen war jetzt nicht die Gentlementour, die sich eine Prinzessin wie du wünscht oder erwartet. Aber Respekt.« Jetzt krempelt er auch noch die Ärmel des schwarzen Hemds hoch und ich schlucke schwer. »Mit Respekt ist das so ´ne Sache. Ich meine, du lässt dich von Luke einfangen. Kian darf dich mit zu seinem Spielschreibtisch nehmen und mit Ryan teilst du sämtliches Lederspielzeug.« Er zieht ein Klappmesser aus seiner Hosentasche und lässt die Klinge hervorspringen. Sofort weiche ich zurück, bis ich die kalte Wand im Rücken spüre.

Langsam kommt er auf mich zu. »Und ich bin der, der auf eine sehr zuvorkommende Art und Weise versucht, das Richtige zu tun.«

Geknickter Stolz spricht aus jedem seiner Worte. Warte mal. Ist er gerade einfach nur beleidigt?

Er bleibt nah bei mir stehen und legt die Klinge an meine Kehle. Wenn er es jetzt einfach durchzieht, ist dieser Spuk vorbei.

»Der, der versucht, alles in die Bahnen zu lenken, die für uns alle ein Happy End bedeuten könnten. Und dabei habe ich noch nicht einmal das gefordert, was die anderen bekommen haben.«

Gerade weiß ich nicht, ob ich lachen soll, denn diese enttäuschte Bruderschiene kann ich nicht wirklich ernst nehmen. Dabei ist er derjenige, der mein Leben gerade sofort beenden könnte. Die Klinge drückt sich in meine Haut und es beginnt schmerzlich zu brennen.

»Weißt du, seit Tagen überlege ich, wie ich das hier alles kläre, damit wir alle gewinnen.«

»Wir alle gewinnen?«, wiederhole ich. Er fährt mit dem Messer tiefer und verharrt an meinem Schlüsselbein. Abrupt nimmt er es weg und fängt an, wild damit herum zu gestikulieren.

»Ich meine, ich schaue Filme mit dir. Sogar zusammen mit meinem Bruder und sobald ich es Kian und Luke sage, dass du gern Filme siehst, werden sie sich auch wieder mit zu uns setzen und die Welt ist wieder rosarot und plüschig.«

Ich reiße die Augen weit auf. »Was?«

Das Fuchteln hört auf und er sieht wieder zu mir. »Das kannst du nicht verstehen. Und ich weiß auch nicht, ob du das überhaupt jemals kannst.« Er sieht zu meinem Hals hinab, an dem es weiterhin brennt. Nicht mit dem Messer, aber mit den Fingern drückt er auf den Schnitt. »Und vielleicht sollte ich endlich aufhören etwas haben zu wollen, was es nicht mehr gibt und das nehmen, was ich vor mir habe.« Die Verletzlichkeit, die er sonst hinter seiner lockeren Art versteckt, schwingt endgültig in jedem Wort mit. Ich habe keine Ahnung, was bei den Vieren wirklich los ist. Was sie bedrückt oder wieso es so wirkt, als wären teilweise die Fronten verhärtet.

Mit dem Blut an meinem Finger streicht er sich über die Lippe, leckt es ab und nimmt danach seine Finger in den Mund. »Aber das scheint ein guter Anfang zu werden.«

Ich verstehe die Welt nicht mehr. Gerade schüttet er mir sein Herz aus und im nächsten Moment schaltet er in den Geil-Modus. Ruckartig ziehe ich die Hände zu mir und drücke ihn von mir weg. Irritiert schwankt er und kommt wenige Schritte vor der Tür zum Stehen.

»Verdammt, was stimmt nicht mit dir?«

Kurz hält er inne. »Wie, was nicht mit mir stimmt?«

Ich zeige auf meinen Hals. »Gerade erzählst du mir, was du dir wünschst und dann hast du nichts Besseres zu tun, als wie ein Vampir mein Blut zu kosten?«

Ein schelmisches Grinsen bildet sich auf seinen Lippen. »Vielleicht wirst du ja jetzt unsterblich, weilmeine Magie andersherum wirkt.«

Den Tränen nahe, sehe ich ihn wütend an. »Das Letzte, was ich will, wäre die Unsterblichkeit.«

Erneut kommt er zu mir. »Wieso, Prinzessin? Hättest du Angst, für immer auf dem Thron zu sitzen, den dir dein Daddy erschafft?«

Ich blicke zu ihm hoch und muss mich an der Wand abstützen, weil meine Beine zittern. »Ja«, hauche ich. Denn es stimmt. Wenn Shawn könnte, wie er wollte, würde er seine Frau abstechen und ich müsste all diese sinnlosen Termine in der Öffentlichkeit ertragen. Hübsch vorgeführt und in dem Wissen aller, dass ich die Puppe bin, die man all die Jahre nur striegelt und hübsch macht, ohne dass mich jemand wirklich liebt, nur begehrt. Dabei ist das, was mich erwartet, sobald Shawn mich findet, weil ich einfach nicht von hier wegkomme, viel schlimmer – für alle.

Meine Hand mit der Narbe sticht. Ich hätte es noch einmal versuchen sollen.

»Es gibt Schlimmeres als die Ewigkeit, Prinzessin«, sagt Seth, legt die Hand unter mein Kinn und küsst mich. Der eisenhaltige Geschmack meines Blutes liegt auf seiner Zunge, die ich mit meiner Suche.

Es ist ohnehin alles aus. Irgendwann wird er hier stehen, mich mit sich ziehen und foltern. Also kann ich jetzt einfach noch das mitnehmen, was ich bekommen kann.

Meine Hand streicht über seinen Oberkörper unter das Hemd, unter dem die Muskeln seines Körpers deutlich angespannt hervortreten. Er steckt das Messer weg, greift nach meinen Armen und drückt sie hart gegen die Wand.

»Du bist echt komisch«, sagt er und sieht mich mit einer hochgezogenen Augenbraue an.

»Wieso?«

»Weil du selbst nicht weiß, was du willst.«

Ich schlucke laut. »Doch das weiß ich. Aber das kannst du mir nicht geben. Das kann keiner von euch.«

»So anspruchsvoll, Prinzessin?«

»Ist der Tod ein Anspruch?« Ich löse mich aus seinem Griff, ziehe seinen Kopf zurück und beiße in seinen Hals.

»Nein«, raunt er und die Vibration seiner Stimme kribbelt an meinen Lippen.

Ruckartig dreht mich Seth herum, zieht seine Hose herunter, ich meinen Slip und er dringt in mich ein. »Ich mache hier keine Sonderregeln für dich, Prinzessin. Aber du bist echt eine ziemliche Versuchung. So unantastbar und gleichzeitig so nah.«

»Was? Hast du gar kein Filmzitat parat?«, japse ich unter seinen Stößen.

Er wird schneller. Ich will mich fallen lassen und lege den Kopf in den Nacken.

»Was soll ich jetzt fragen? Wieso hier Stroh liegt?«

Ich lache. Die Tür öffnet sich ein weiteres Mal, ohne dass Seth stoppt. Kurz darauf steht Ryan neben uns und sieht dabei zu, wie Seth mich fickt.

»Das hättest du auch drüben machen können«, sagt Ryan entspannt, steckt sich eine Zigarette an und pustet den ersten Schwall aus.

»Das hier mache ich nicht aus Vergnügen.«

Ryan sieht fragend zu Seth. »Und als was würdest du es dann bezeichnen?«

»Als Strafe.« Dabei greift er um meinen Hals und presst mich eng an sich.

»Weil sie deine Jetons verspielt hat?«

»Nein«, haucht er mir ins Ohr und das Kribbeln, das sich von meiner Mitte gleichmäßig in meinem Körper verteilt, wird immer stärker. »Weil sie meinte, sich mit irgendeinem Idioten verpissen zu wollen.«

»Na da bin ich ja gerade noch rechtzeitig gekommen«, stellt Ryan fest, greift zwischen meine Beine und drückt gezielt meine Perle. Unter der Berührung wollen meine Beine einknicken, was Seth` fester Griff nicht zulässt.

»Schön hiergeblieben, Prinzessin.«

Auch Ryan schüttelt den Kopf, kreist gleichmäßig um den Punkt, der mich viel zu schnell der Ekstase näherbringt und zieht dabei genüsslich an seiner verfluchten Kippe.

Die Tür springt schon wieder auf. Dieses Mal stoppt Seth, genauso wie Ryan und zu dritt sehen wir zum anderen Ende des Zimmers, in das Kian halb schwankend eintritt und man in seinem Gesicht deutlich alle Emotionen sehen kann, die er gerade durchlebt.

»Ws soll das?«, fragt er leicht verwaschen.

»Wir ... bestrafen ... sie?«, sagt Seth.

»Wofür?«

»Weil die Prinzessin fliegen lernen wollte.«

Kian kommt auf uns zu, schiebt Ryan beiseite und übernimmt seinen Part bei dem Weg zu meiner Befriedigung – oder wie sie es bezeichnen wollen – Bestrafung.

»Das mit dem Bestrafen ist meine Aufgabe«, raunt Kian weiter. Mit den Fingern gleitet er über meinen Oberschenkel und langsam zu meiner Mitte, die bereits so stark kribbelt, dass ich am liebsten die Beine zusammendrücken möchte, um endlich Erlösung zu finden.

»Und wieso hast du die Ehre?«, will Seth wissen.

Kian lässt mich keine Minute aus den Augen. »Weil sie einfach nicht fair spielt.« Den Druck, den er ausübt, ist ein ganz anderer. Er ist fordernd, er ist erbarmungslos und ...

»Denn du löst etas inmir aus, wases nicht mehr gebn sollte.«

Alles in mir spannt sich an. Meine Hände ballen sich zu Fäusten und ich komme. Kian genießt den Blick in meine Augen, in denen das Feuerwerk, das immer noch durch meine Gedanken schießt, in vollen Zügen tanzt. Ich bin vollkommen verwirrt. Erst versucht er, mich zu retten. Dann gibt er mich wie ein ungeliebtes Haustier bei seinem Bruder ab, nur um mir jetzt zu sagen, dass da mehr für ihn ist, als der Hass, der bisher in seinen Augen zu sehen war.

Seth bewegt sich nicht. »Du schuldest mir 20 Dollar.«

»Wofür?«, will Ryan wissen.

Kian küsst mich. Zärtlich, intensiv und auf eine Art, nach der ich mich mein halbes Leben gesehnt habe.

CANVA STORIES

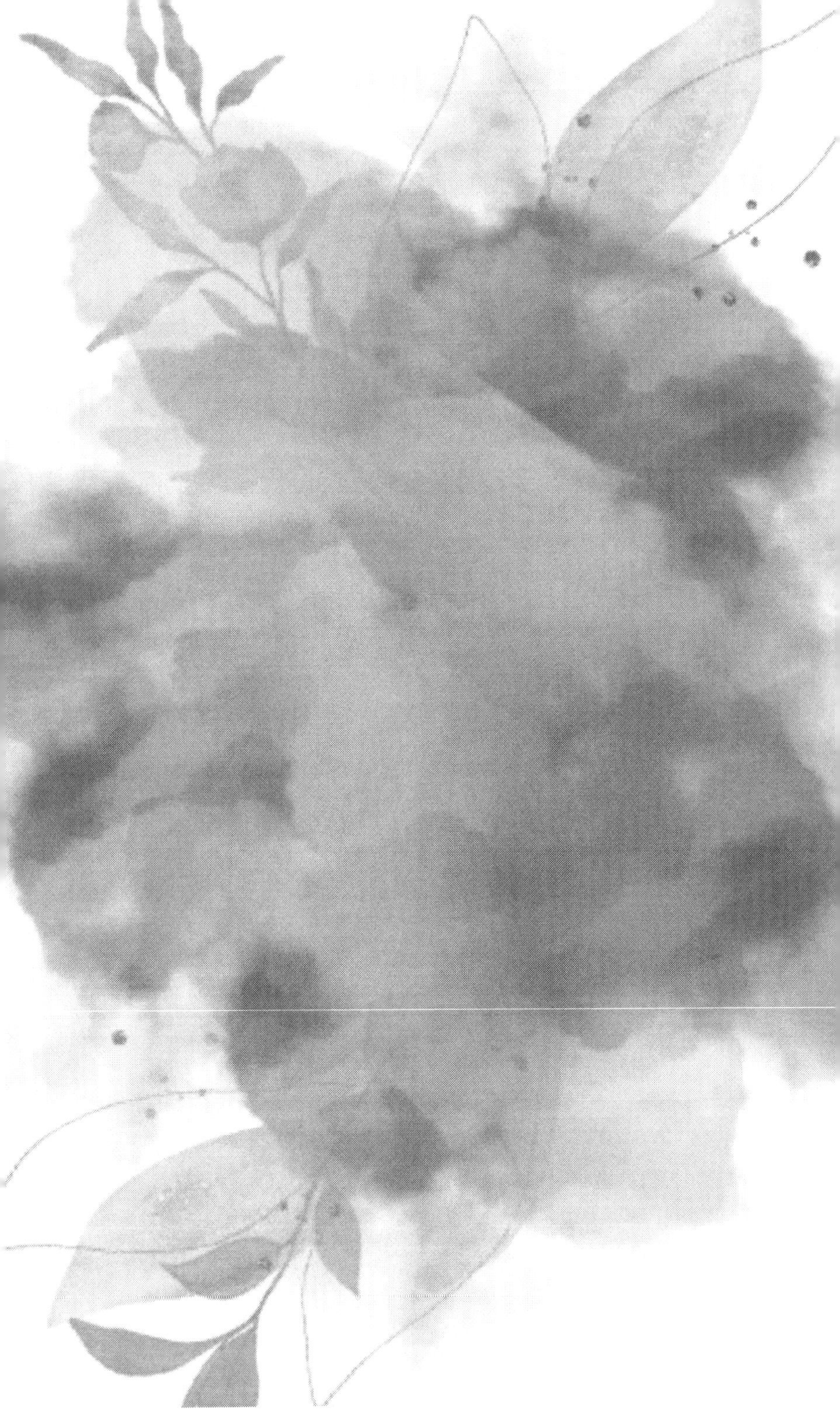

# Luke

## 30

Ryan hat Stella – nein Cleo – vorhin zu Seth gebracht. Mein Weg dorthin führt mich an Ryans Sexclub vorbei, wo eines seiner Mädels auf der Veranda steht und raucht.

»Hey Luke.«

Ich nicke ihr zu. »Wo finde ich Ryan?«, frage ich leicht angespannt und versuche, nicht wie ein aufgeschrecktes Huhn herumzuspringen.

»Er ist bei Seth. Er wollte sich von irgendetwas überzeugen und ist gleich weiter.«

Abermals nicke ich und gehe weiter zum Nachbargebäude. *Sich von etwas überzeugen?* Wovon muss er sich überzeugen? Ob Seth sie schon abgestochen hat, weil sie ihn auf die Palme bringt? Ob er schon Plan Nummer drei umsetzt, weil er seinem eigenen Schwanz kein Paroli bieten kann?

Mein Kopf dreht sich. Verdammt! Ich hätte es nicht zulassen und sie nicht bei ihnen lassen sollen. Wieso hat sie nicht einfach die Wahrheit gesagt? Vielleicht hätte ich uns dann allen Leid und Probleme ersparen können.

Ich betrete den Flur des Casinos, in dem die Lautstärke an den Krach von Bernards Autoradio herankommt. Gerade kommt einer von Seths Securitymännern aus dem Raum und stellt sich vor die Tür mit den Spieltischen. Auf der anderen Seite befindet sich der Gang mit Seths ungefähr tausend Räumen, in denen er seine, wie er es selbst nennt, Reichtümer lagert, die am Ende nur den Plunder darstellen, bei dem er zu faul ist, es wegzuschmeißen. Irgendwie zieht es mich automatisch dorthin. Ich laufe los, doch der Türsteher sieht mich grimmig an und versperrt mir den Weg.

»Der Chef ist beschäftigt.«

»Der Chef kann auch gern deine Kündigung in Form einer aufgeschlitzten Kehle entgegennehmen«, raune ich und balle bereits die Hände zu Fäusten. »Also mach Platz.«

Kurz wägt er ab und scheint mich endlich zu erkennen, denn er geht zur Seite. Ich hasse diese Typen, die immer nur für die Wochenenden hierherkommen und meinen, den Macker heraushängen lassen zu können, weil sie in ihrem normalen Job unzufrieden sind oder hier ihre Erfüllung oder Passion finden.

Ich reiße die Tür auf, gehe den Flur entlang und lausche, denn ich bin mir sicher, dass ich irgendwo Seth seine penetrante Stimme hören werde. Doch es ist Ryans Stimme, die unheilvoll in meinen Ohren schrillt.

»Das habe ich jetzt nicht kommen sehen, aber wieso nicht.«

Was hat er nicht kommen sehen? Ich gehe weiter und bleibe vor der letzten Tür stehen, die ich langsam aufschiebe und die dabei perfekt durch ihr Quietschen verkündet, dass ich jetzt da bin. Sofort scheint der Film vor mir stehenzubleiben. Seth, der Cleo gegen die Wand presst und mit seinem Schwanz in ihr steckt. Ryan, der mit seiner Kippe danebensteht und zusieht und Kian, der seine Finger zwischen ihren Beinen hat und gerade seine Lippen von ihren löst.

»Was soll das?«, frage ich ruhiger, als ich mich fühle.

Seth sieht Ryan an. »Na, wir bestrafen sie.«

»Wofür?«

»Sie wollte abhauen.«

Eigentlich interessiert mich der Grund nicht. In mir setzt alles aus. Hat diese Frau nicht schon genug über sich ergehen lassen müssen, weil Shawn sie mit Sicherheit nicht nur mit Samthandschuhen angefasst hat? Dafür hat doch besonders Ryan die besten Beispiele bei sich im Club sitzen. Müssen wir uns genauso unmöglich benehmen wie Shawn?

Ich habe mich noch nie in meinem Leben so sehr geschämt. Überhaupt dieses Wort zu verwenden, das in meinem Wortschatz nichts zu suchen hat, zeigt, wie verfahren diese Situation ist.

Unkontrolliert stürme ich los, reiße Kian von Cleo, die genauso perplex aussieht, wie ich mich fühle, ziehe mein Hemd aus und lege es ihr, trotz, dass sie dieses Statementkleid trägt, über die Schultern. Die Zerrissenheit in ihrem Blick schmerzt bis tief in meine Seele. Dass ihr gefällt, was die Jungs mit ihr machen, lässt sich wohl nicht abstreiten. Aber bei ihrer Vergangenheit, in der sie mit Sicherheit weniger Spaß an solchen Dingen hatte, kann ich es ihr nicht verübeln. Aber bevor ihr das Gehirn heraus gevögelt wird, muss sie sich erst klar darüber werden, was sie will.

»Ich weiß langsam nicht mehr, was ich sagen soll«, spreche ich in die Runde und weiche dabei Cleos Blick aus. »Ihr hattet *Pläne* und jetzt scheint sich in jedem eurer Köpfe eine andere idiotische Idee aufzutun.«

»Was hast du jetzt vor?«, nuschelt Kian.

»Das einzig Sinnvolle. Ich nehme sie mit nach Brickmore«, raune ich. Damit fällt wohl die bequeme Fahrt mit dem Land Rover aus und ich steige auf meine Pferde um. Es ist besser, wenn sie eine längere Auszeit von den Spinnern bekommt, in denen ich auch mehr über sie erfahren und diese ganze Situation vollends erfassen kann.

Bevor irgendeiner etwas sagen kann, greife ich nach Cleos Hand. »Und du kommst jetzt mit mir mit, verstanden.« Dann laufe ich einfach los und zerre sie hinter mir her.

»Lass mich los«, knurrt sie. Doch ich ignoriere ihre Gegenwehr. Wir verlassen das Casino, laufen zu Ryans Club und dort steuere ich gezielt Miriams Zimmer an. Ich klopfe nicht einmal, sondern öffne die Tür. Miriam trinkt gerade ein Schluck und ist allein.

»W-was macht ihr denn hier?«, fragt sie leicht perplex und stellt den Tee hin. Dabei lässt sie Cleo nicht aus den Augen. Erst jetzt lasse ich Cleo los. Wie erwartet, rennt sie zur Tür. Also fange ich sie ein weiteres Mal ein. Es ist ja nicht so, dass ich darin nicht langsam Erfahrung hätte.

»Lass mich los, Luke!«

»Kannst du ihr etwas Einfaches zum Anziehen geben?«, frage ich Miriam, ohne auf Cleos Gezeter zu achten, die versucht sich von mir zu lösen.

»Etwas Einfaches?«, fragt Miriam nach.

»Irgendetwas, mit dem ich sie mit nach Brickmore nehmen kann. Jeans und ein Hemd reichen vollkommen aus.«

»Fragst du auch mich, was ich davon halte?«, zischelt Cleo, die ich auch weiterhin nicht loslasse.

Miriam geht zum Schrank, zieht die verlangten Kleidungsstücke hervor und bringt sie zu uns.

Ich sehe zu Cleo. »Zieh dich an«, fordere ich immer noch angespannt.

»Und wenn ich das nicht will?«

»O Kleines, das willst du«, knurre ich. »Oder reagierst du nur noch auf Prinzessin? Da kannst du lange warten.«

Doch sie rührt sich nicht. Langsam reicht es.

Ohne Miriam zu beachten, streife ich mein eigenes Shirt von ihren Schultern und ziehe das Kleid trotz ihrer Gegenwehr über ihren Kopf. Dann steht sie nackt vor mir. Immer noch mit starkem Blick und ohne Anstalten zu machen, sich verdecken zu wollen. Ich verstehe nur zu gut, was die Jungs an ihr finden. Aber das hat hier gerade keinen Platz.

Ich greife nach dem BH und halte ihn ihr vor die Nase. Weiterhin spielt sie die Zicke. Also spiele ich, was auch immer, fädele ihre Arme durch die Träger, packe etwas ungeschickt ihre Brüste in die Körbchen und schließe ihn auf ihrem Rücken. Das gleiche Spiel spielen wir mit dem roten Karomusterhemd. Da ich mir vorstellen kann, was passiert, wenn ich ihr den Slip anziehen will, schubse ich sie einfach. Damit hat sie nicht gerechnet, rudert mit den Armen und fällt auf Miriams Bett. Die Verwunderung nutze ich und ziehe ihr einen Slip an.

Ich mache einfach weiter, schweige sie an und kann nicht abstreiten, dass mich der Blick, der diese Zerrissenheit, in dem sich eine Mischung aus Verunsicherung und positiver Wut legt, gefällt. Eine Wut, die ich schon seit Jahren nicht mehr gesehen habe.

Immer noch fuchtelt sie mit ihren Füßen herum. Trotzdem streife ich ihr die Hose über, ziehe sie hoch und schließe sie.

»Kannst du auch selbstständig reiten?«, frage ich unverblümt und sehe schon den Hut auf ihrem Kopf, der ihr in dieser Aufmachung wie auf den Körper geschneidert zu sein scheint.

»R-Reiten?«

Ich nicke, muss kurz darüber nachdenken. »Auf einem Pferd. So wie als ich dich eingefangen habe, nur allein auf einem Pferd«, führe ich meine Frage aus.

Die Anspannung in ihrem Gesicht löst sich.

»J-ja.«

»Gut, dann wirst du mich jetzt begleiten. Und entweder du läufst jetzt los oder ich wiederhole die Prinzengeste. Deine Wahl.«

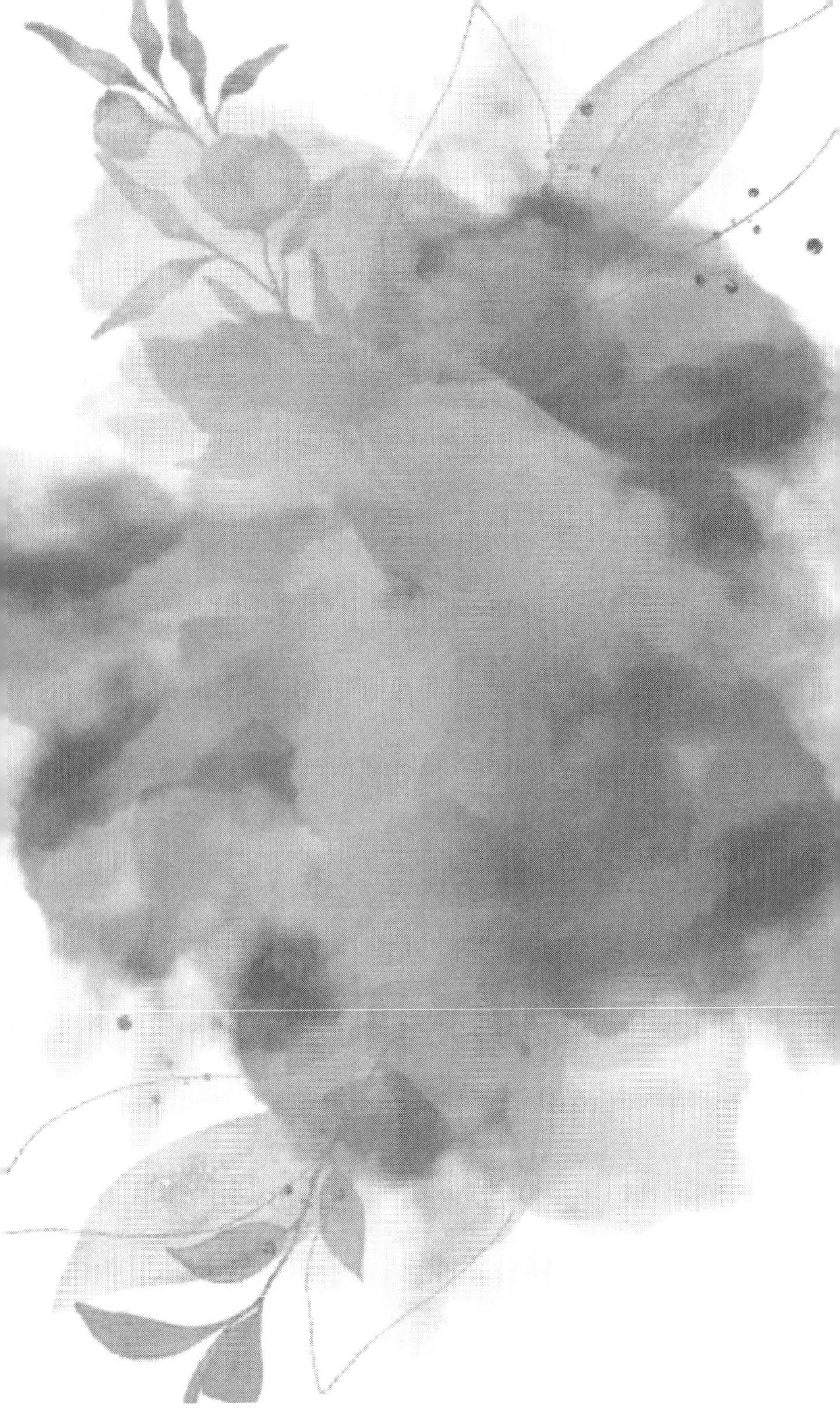

# Kian

## 31

Ich schwanke immer noch und bekomme kaum mehr die Augen auf. Ehe ich Luke aufhalten kann, ist er schon mit Cleo aus dem Raum hinausgestürmt und lässt mich mit meinem harten, unbefriedigten Schwanz zurück.

»Lueke«, gröle ich ihm immer noch verwaschen klingend nach und kippe dabei um.

Seth und Ryan, die neben mir stehen und ebenfalls zur Tür schauen, sehe ich nur verschwommen.

»Wahnsinn, dass du überhaupt noch stehen konntest«, raunt Seth, der sich gerade die Hose anzieht und auf dem Boden irgendetwas zu suchen scheint.

»W-wilst du den beden nicht nch?«

Er hält inne und scheint zu mir zu sehen. »Ihr nach? Du bist doch verrückt. Luke steckt hier gerade sein Gebiet ab. Da werde ich den Teufel tun und eingreifen.« Er sieht zu Ryan. »Meinst du, Miriam hätte noch Zeit für mich?«

Dieser zuckt mit den Schultern und tritt die Zigarette auf dem Boden aus. »Einen Versuch ist es wert.«

In meinem Kopf dröhnen Seth` Worte nach. Sein Gebiet abstecken? Alles in mir zieht sich zusammen.

Das kann er vergessen. Erneut versuche ich aufzustehen, falle wieder um und das Kopfkreiseln wird so schlimm, dass aus dem Magen zusammenziehen ein Würgereiz wird und ich die letzten drei Cuba Libre auf dem Boden verteile.

»Bäh«, ist es Seth, der sich wieder zu Wort meldet. »Muss das sein?«

Aber ich antworte gar nicht mehr, weil ich kaum das Bild vor den Augen halten kann, bis ich in die Dunkelheit wegdrifte.

*»Was heißt, sie ist weg?«, fragt mein Vater ungehalten und sieht Francine, unser Au-pair-Mädchen, mit hartem Blick an.*

*»Ich ... sie war da ... es hat jemand gerufen und ... als ich mich umgedreht habe, war sie weg. Wir sind sofort hergekommen.«*

*»Du gehst sofort zurück und suchst die komplette Umgebung ab.« Ohne mich eines Blickes zu würdigen, zückt er sein Handy und tippt wie wild darauf herum. Kaum nimmt er es ans Ohr, spricht er schon los.*

*»Riegelt die Stadt ab, kontrolliert jeden Wagen, der die Stadtgrenze überschreiten will. Ich schicke dir ein Bild, nach wem ihr suchen sollt.«*

*Kurz verharrt er still, ehe er weiterspricht.*

*»Nein, Francine hat sie auf dem Spielplatz, nahe dem Centennial Park, verloren. Sie kann sich auch einfach nur die Umgebung ansehen. Ich habe Francine gerade schon zurückgeschickt. Aber ich möchte kein Risiko eingehen.«*

*Ich sehe meinem Vater nach, wie er in sein Arbeitszimmer in der ersten Etage unserer Villa läuft. Damals war ich fünf. Danach hat sich alles verändert.*

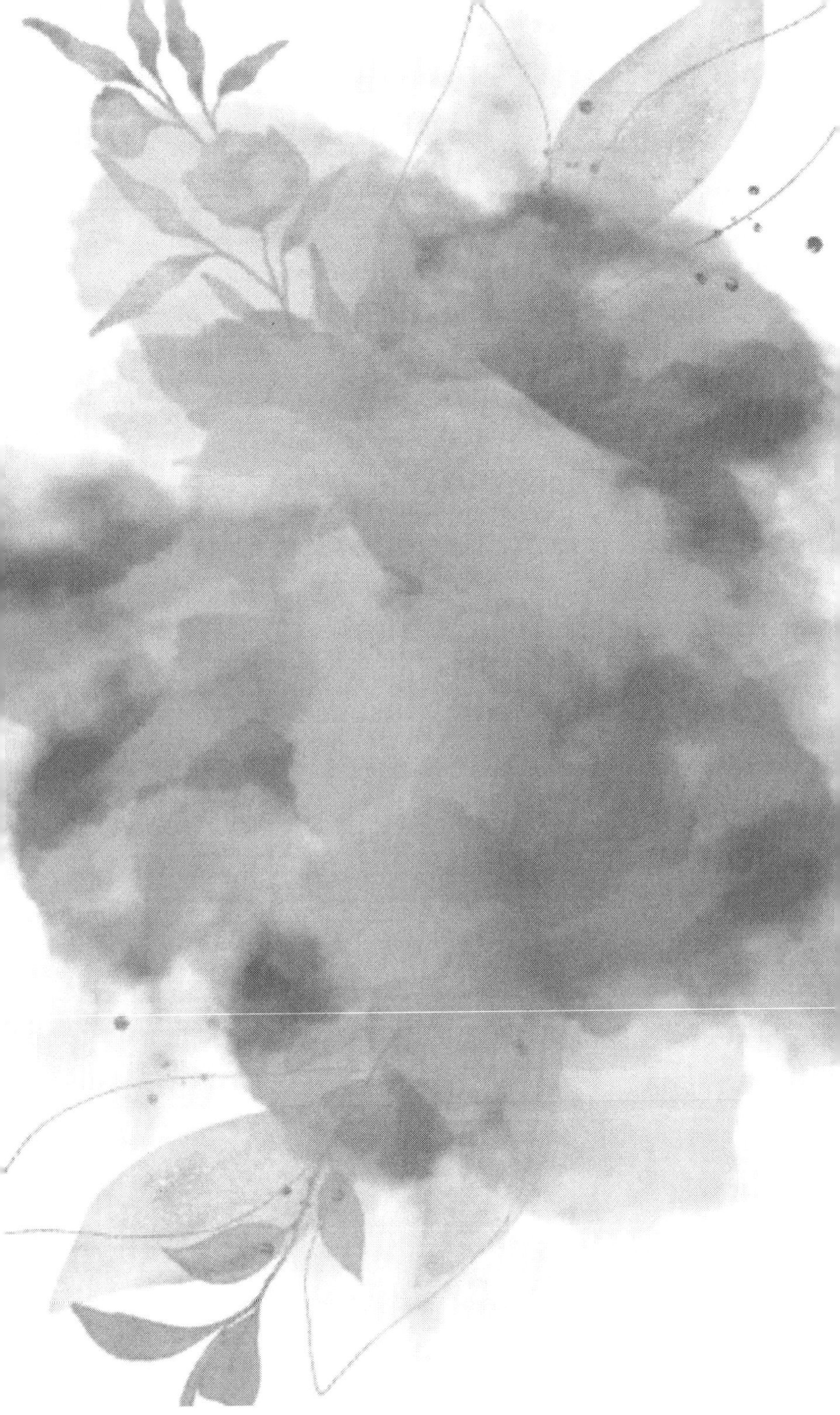

## 32

Ich sehe Luke dabei zu, wie er das gescheckte Pferd, mit dem er mich bereits kurz vor der Richmore-Farm abgefangen hat, sattelt. Ein weiteres steht bereits fertig vor dem Stall und wird von Brian bewacht.

»Luke, verdammt, was soll das?«

Als wäre er gerade in Trance, reagiert er nicht.

»Luke«, werde ich deutlich lauter. Er hält inne und dreht sich zu mir um.

»Macht es dir Spaß, mit dem Feuer zu spielen? Reicht es dir nicht, den Stempel, den du durch die Tatsache, dass du Shawns Tochter bist, dick auf deiner Stirn zu tragen?«

Ich weiß gar nicht, was ich so schnell darauf antworten soll. Ehe ich mich fange, hat er den Sattel festgezurrt.

»Aufsteigen.«

Völlig irritiert stehe ich neben ihm.

»Ich frage noch einmal, Luke«, betone ich seinen Namen hart, um mir nicht anmerken zu lassen, dass ich gerade vollkommen neben mir stehe. »Was soll das?«

Fragend zieht er eine Augenbraue nach oben.

»Vor ein paar Tagen wolltest du nichts mehr von mir wissen. Dann hast du mich halb vom Pferd geschmissen und verlangt, dass ich zu deinen Brüdern gehe, ohne dass du dir darüber Gedanken gemacht zu haben scheinst, was sie mit mir anstellen könnten. Und jetzt regst du dich auf, dass sie mich ficken, und willst jetzt was? Mich auf ein Pferd setzen, damit ich endlich von hier abhauen kann?«

Er scheint nicht einmal über mein Gesagtes nachzudenken. Stattdessen bäumt er sich vor mir auf. »Du wirst deinen Hintern, der auf meine Brüder viel zu verführerisch zu wirken scheint, jetzt auf dieses Pferd setzen und mit mir nach Brickmore kommen. Hier werden sich die Gemüter beruhigen und dann sehen wir weiter.«

»Nein«, sage ich übereilt. »Dieses Hin und Her nervt mich langsam nur noch. Keiner macht eine Ansage. Keiner stellt sich der Verantwortung, die früher oder später hier verlangt werden wird, wenn Sh... mein Vater Konsequenzen fordern wird.«

Sein Auge zuckt, genau wie meins, weil mir sein Blick nicht gefällt und ich schon wieder den Schmerz des Schlags auf meiner Wange spüre. Dabei weiß ich genau, dass Luke so etwas nicht machen würde.

Ich weiß, er lässt mir keine Wahl. Ich bin mir irgendwie sicher, dass es gut ist, wenn ich von hier wegkomme, und vielleicht wird das mein Weg, um von der Farm loszukommen. Aber wieso verflucht, wünsche ich mir, dass er mich genauso sehen würde, wie es seine Brüder tun? Wieso ist er der Einzige, der mir andauernd die kalte Schulter zeigt, obwohl er bereits seine Lippen auf meine gedrückt hat?

»Luke, ich ...«

Ohne Vorwarnung greift er um meine Taille. Ich verliere den Kontakt zum Boden und im nächsten Moment sitze ich auf dem weiß-braun gescheckten Pferd. Erneut durchströmt mich dieses lang vermisste Gefühl und alle Gedanken verstummen.

Er ergreift die Trense, das Pferd setzt sich in Bewegung und der gleichmäßige Schritt legt sich wie Balsam auf meine Seele. Reiten ist wie Fahrradfahren. Man verlernt es nie. Es ist etwas, das einem ins Blut übergeht und irgendwann zur eigenen DNA gehört.

Luke in seinem engen Hemd vor mir und seine sich immer wieder anspannenden Rückenmuskeln ergänzen das Bild, das mir gar nicht gefallen sollte, es aber tut.

Vor dem Stall bleiben wir stehen und Luke sieht dem Pferd tief in das dunkle Auge.

»Das ist Shelly. Sie ist das erste Pferd, das ich damals für diese Farm geholt habe. Sie wird nicht buckeln oder dich runterschmeißen.«

Luke lässt das Pferd los. Sofort wiehert es, schnaubt und bewegt den Kopf, was mich für einen kurzen Moment verunsichert, ehe ich die Zügel ergreife und sie straffe. Die unkontrolliert wirkenden Bewegungen von Shelly sorgen dafür, dass ich anfange zu grinsen, und es mir sofort wieder verbiete. Luke geht bis zum Ende des Stalls und zieht aus dem Schrank an der Wand ein Stiefelpaar heraus, mit denen er zurückkommt. Ohne mir direkt in die Augen zu sehen, greift er nach meinem Bein und zieht mir den ersten Schuh an, damit ich in den Steigbügeln einen besseren Halt finde.

Dasselbe macht er auf der anderen Seite. Die Gänsehaut, die er verursacht, ignoriere ich und sehe demonstrativ weg. Gleichzeitig legt er mir einen Cowboyhut in den Schoß. Ich sehe den Hut an. Einfach gehalten, ohne irgendwelche Verzierungen, in einer Farbe, die an Stroh erinnert.

Den Tränen nahe, setze ich ihn auf und bin wieder 18. In meinem Kopf reite ich mit Fiore über den staubigen Boden des Outbacks, springe über die im Weg liegenden Baumstämme und lache aus vollem Herzen, weil es nichts Schöneres gibt.

Luke verstaut hinter seinem Sattel zusammengerollte Decken und einen Rucksack. Dann steckt er sich ein Messer in den rechten Stiefel und nachdem er sich ebenfalls einen Hut aufgesetzt hat, steigt er auf seinen schwarzen Hengst, kommt zu mir getrabt und ergreift meine Zügel.

»Ich bin schneller als du, also versuch erst gar nicht, dein Ding allein durchziehen zu wollen.«

Auch darauf reagiere ich nicht, weil ich im Moment einfach nur das genießen möchte, das durch meinen Körper jagt. Das Gefühl von Freiheit. Luke gibt dem Pferd das Zeichen zum Loslaufen und zieht mein Pferd und mich mit sich. Brian neben uns, der vor Freude mit dem Schwanz wedelt und schon das Abenteuer zu riechen scheint, von dem ich noch nicht weiß, ob es mich glücklich machen oder vollkommen zerstören wird.

# Shawn

## 33

Ich stehe im Keller und sehe Franco dabei zu, wie er auf dem Klemmbrett Häkchen setzt, nachdem er die Frauen, die heute aus Singapur zu uns gekommen sind, gezählt hat.

Gemächlich geht er an ihnen vorbei, mustert sie und entscheidet, in welche Clubs sie geschickt werden sollen.

Eigentlich ist es die Aufgabe von mir, die Ware zu begutachten. Aber nicht heute und auch nicht morgen, solange Cleo nicht endlich wieder hier ist, um den Papierkram für mich zu erledigen, für den Stella, die an der Treppe steht und versucht so unauffällig wie möglich zu sein, zu unfähig ist.

Franco kommt zu mir, bleibt neben mir stehen und sieht auf den Zettel. »Also dieses Mal ist die Ware echt nicht gut.«

»Und wer hat Schuld daran?«, frage ich tonlos und stecke mir eine Zigarette an.

»Aktuell glaube ich, dass es Probleme auf der anderen Seite der Lieferkette gibt. Ich werde mich darum kümmern.«

Ich nicke. »Gut, dann gib sie einfach irgendwo hin.« Ohne einen Blick auf die Frauen gehe ich zur Treppe und laufe hinauf. Stella folgt mir. Wenigstens das hat sie mittlerweile verstanden.

Kaum sind wir oben, klingelt mein Telefon. Bernards Name steht darauf und ich gehe sofort ran.

»Ja?«

»Ich glaube, ich habe die Spur, die du gesucht hast«, sagt er selbstbewusst und scheint in seinem Wagen zu sitzen, weil das Rauschen im Hintergrund an meinem Trommelfell kratzt.

»Und die wäre?«

»Kian ist in meinem Club aufgetaucht, hat sich besoffen und hat eine meiner Tänzerinnen nicht aus den Augen gelassen, die Ähnlichkeit mit Cleo hat.«

»Und das soll jetzt genau bedeuten?«, frage ich genervt, weil das keine Aussage hat. Immerhin war er bisher nie wählerisch, wenn wir zusammen aus waren.

»Ich habe ihn dann zurück zu seinen Brüdern gefahren. Auf der Autofahrt hat er ständig etwas davon gefaselt, dass er endlich etwas zu Ende bringen muss. Besser gesagt, dass er sein Leben ungerecht findet und jetzt noch eine Schippe draufgepackt wurde.«

»Kommst du irgendwann zum springenden Punkt?«

»Ich habe mich dann mit Luke unterhalten. Ihm einige Bröckchen hingeschmissen und bin so weit weggefahren, dass ihr Sicherheitssystem nicht meckert. Er ist dann einige Minuten später mit einer brünetten Frau aus dem Club von Seth gestürmt. Hat sie auf ein Pferd gesetzt und ist mit ihr weggeritten.«

»Luke mit einer Frau?«, hake ich nach. »Aber du hast sie nicht erkannt?«

»Nein, aber sie hat sich bis zum Stall gegen ihn gewehrt. Und als er sie mitgenommen hat, hat er rigoros ihre Zügel festgehalten, fast so als hätte er Angst, dass sie abhaut.«

Ich bleibe still, denn ganz bin ich noch nicht überzeugt. Besser gesagt weiß ich nicht, ob es der Strohhalm sein soll, der mir endlich mein Eigentum zurückbringt. Aber am Ende ist es egal.

»Und wo soll er mit ihr hin sein?«

»Soweit ich weiß, ist er zu dieser Zeit immer seine Schafe in Brickmore scheren und ist meistens drei bis vier Tage unterwegs. So hat es Kian mir mal erklärt.«

*Drei bis vier Tage?* »Gut, lassen wir es darauf ankommen«, sage ich bestimmt. »Sollte deine Aussage stimmen, reden wir weiter über das Geschäftliche. Sollte ich umsonst in die Einöde fahren, wirst du auch darüber mit mir sprechen. Haben wir uns verstanden?«

»Natürlich«, sagt er, ohne darüber nachzudenken. So selbstsicher. Mal sehen, ob es ihm auf die Füße fällt. Ich lege auf, drehe mich zu Stella um, die so tut, als würde sie sich ihre frisch lackierten Nägel näher anschauen und drücke ihr mein Telefon in die Hand.

»Bring das in mein Büro und dann ruf Maise an.«

Verdutzt sieht sie mich an. »Und was soll ich ihm sagen?«

»Dass er seinen Arsch samt Arztkoffer und Erste-Hilfe-Set herzubewegen hat.«

Ehe Stella erneut eine sinnlose Frage stellen kann, bin ich schon wieder im Keller, um die kommenden Tage mit Franco und den anderen zu besprechen.

CANVA STORIES

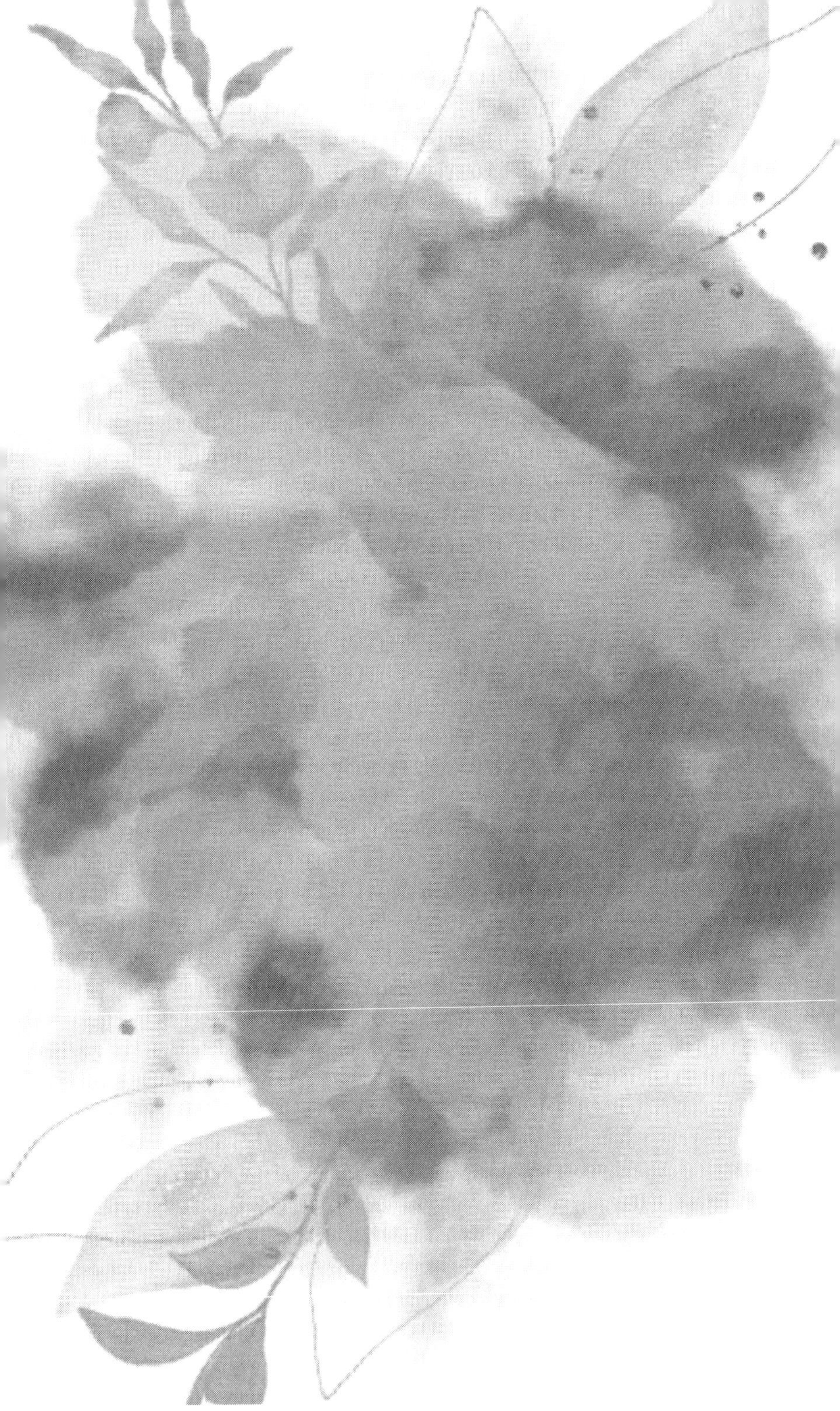

# Cleo

## 34

Luke ist fast den ganzen Tag vorgeprescht und trabt auf seinem schwarzen Hengst, den er Flash nennt, immer einige Schritte vor mir, als würde er mir aus dem Weg gehen. Dabei könnte ich einfach zur Seite weg traben, in den Galopp wechseln und erneut fliehen. Doch ich bin mir sicher, dass er schneller ist als ich.

Shelly ist wirklich ein sehr entspanntes Pferd, das sich von meinen etwas steifen Befehlen, weil ich sie viel zu lange nicht mehr geübt habe, nicht aus der Ruhe bringen lässt.

Am Horizont hinter uns wird es bereits dunkel.

»Luke«, rufe ich nach vorn.

Luke dreht den Kopf über die Schulter, während sich der Rest seines Körpers perfekt auf dem Rücken des Pferdes mitbewegt. »Mh-hm?«

»Es dämmert.«

»Ja und?«

Eigentlich möchte ich ihm gar keine weiteren Brotkrumen hinwerfen, aber ... »Willst du die ganze Nacht durchreiten?«

»Wieso?«, will er wissen und ich frage mich, wieso er so ruhig bleibt. Immerhin war Fragen beantworten bisher nicht seine Lieblingsaufgabe.

»Weil ... Brickmore nicht einfach am Horizont auftaucht. Dafür ist es zu weit weg und ich bin müde.« Was wirklich stimmt, denn auch wenn ich bei Ryan länger und erholsamer geschlafen habe als gedacht, merke ich einfach, wie wenig Kondition ich habe.

Luke bleibt still, bis er plötzlich anhält und Shelly sich einfach nach ihm richtet und es ebenfalls tut. Sogar Brian, der fast wie ein Schatten neben uns herläuft, sitzt plötzlich neben Luke`s schwarzem Hengst.

»Du hast recht.« Mehr sagt er nicht, steigt ab und bindet seinen Hengst an einen der kargen Bäume. Ich sehe mich um. Okay, so genau sollte er es nicht nehmen. Mehr Schutz als diesen kleinen Baum gibt es nicht. Aber ich will auch nicht schon wieder zeigen, dass ich mehr von dem Leben im Outback verstehe, als es vermuten lässt. Also steige ich ebenfalls ab, streiche Shelly am Hals entlang und binde sie ebenfalls an.

Luke selbst nimmt die Decken und den Rucksack, aus dem er mir eine Wasserflasche zugeteilt hatte, ab.

»Sammelst du ein paar Stöcke?«, fragt er und breitet die erste der zwei Decken aus.

Ich sehe mich um. Die Dunkelheit kommt hier so schnell, dass es nicht mehr lange dauern wird, bis es stockfinster sein wird. Ich nicke und laufe einen kleinen Radius ab, bei dem ich alles einsammle, was brennbar aussieht.

Kaum bin ich zurück, schmeiße ich alle Stöcke auf einen Haufen, knie mich hin und lege die ersten zu einer Art Zelt aneinander. Luke zückt ein Sturmfeuerzeug, nimmt etwas trockenes Gras, das er anzündet und in die Mitte legt. Sofort steckt es den Rest in Flammen und das angenehme Knistern, gefolgt von kleinen Funken, die in den Nachthimmel steigen, folgen. Erst jetzt, bei der Wärme des Feuers, merke ich, dass ich friere. Luke macht es sich auf seiner Decke bequem. Aus dem Rucksack zieht er eine weitere Wasserflasche und einen Müsliriegel. Ach ja, die Müsliriegel. Schon bin ich wieder oben in meinem alten Zimmer und trete auf die leere Verpackung, während ich denke, dass ich Seth entkomme. Langsam glaube ich nicht einmal, dass er wirklich geschlafen hat, sondern nur testen wollte, ob ich abhaue.

Beides reicht er mir und ich gehe zu der Decke, die zwischen ihm und dem Feuer liegt. Brian hat es sich auf ihr bereits bequem gemacht und sieht mir dabei zu, wie ich mich neben ihn setze und den Hut abnehme. Ich mache ihn auf und sehe zu Luke, der sich selbst ein Bier geöffnet hat und gedankenverloren in die Flamme stiert.

»Du bist so schweigsam«, merke ich an und beiße dabei das erste Mal ab.

Ohne seinen Blick zu lösen, trinkt er einen Schluck. »Was soll ich denn sonst sein?«

»Vielleicht mit mir reden, wenn du mich schon ein weiteres Mal entführst.«

Leise lacht er auf, wechselt die Position und lehnt sich auf den Arm seiner anderen Seite.

»Immerhin muss es ja einen Grund geben, wieso ich jetzt hier bin.«

»Kannst du dir den nicht denken?«

»Was?«, frage ich herausfordernd, beiße ein weiteres Mal von dem Riegel ab und öffne die Wasserflasche. »Soll es echt nur sein, weil du nicht willst, dass mich deine Brüder ficken?«

»Nein, weil ich nicht will, dass irgendeiner von euch Gefallen daran findet, wo ihr doch alle wisst, dass dies niemals das Ende eurer Geschichte sein kann, weil du nicht hierhergehörst.«

Das Ende dieser Geschichte? Was für eine durchaus schöne Vorstellung. *Es sollte nur das Ende meiner Geschichte sein, ohne, dass ein anderer in Gefahr gerät.* »Du musst doch nur meinen Vater anrufen, dann ist das hier alles vorbei. Aber dazu scheint sich keiner von euch durchringen zu können.«

»Richtig, weil es für meine Brüder und mich und auch für meine Farm nicht gut enden würde.«

»Und umbringen wollt ihr mich auch nicht.«

Luke nickt.

»Und Sex haben darf auch niemand.«

»Zumindest nicht mit dir«, räumt er ein.

»Weil du mich nicht willst?«, rutscht es mir heraus, ohne dass es mir peinlich ist.

Ein weiteres Mal lacht er auf. »Mittlerweile solltest du wissen, wie du auf uns alle wirkst.«

»Was ist dann dein verdammtes Problem, Luke?«

Er sieht mir direkt in die Augen. »Vielleicht habe ich einfach das Gefühl, dass du nicht ehrlich bist, Stella.«

Leicht perplex verharre ich still. Wie meint er das? Hat er an Ryans Tür gelauscht und weiß, wer ich bin? Oder blufft er nur und versucht, mich in irgendeiner Form aus der Reserve zu locken? Aber ich gehe kein Risiko ein. Ich fahre über Brians leicht warmes Fell, das die Wärme des Feuers speichert.

»Womit soll ich denn nicht ehrlich sein?« Wieder beiße ich vom Riegel ab. »Erstens müsste man mir dazu private Fragen stellen, und dann müsste man auch wissen, wie ich lebe, damit man einschätzen kann, ob ich die Wahrheit sage. Bei Ersterem kann ich nur sagen, dass du bisher nichts erfragt hast oder wissen wolltest und bei dem zweiten Punkt wirst du wohl mit zu meinem Vater kommen müssen, um dich von der Richtigkeit zu überzeugen.«

Luke fixiert mich weiterhin und ich hoffe, dass meine pampige Antwort ausreicht, damit er lockerlässt.

# Luke

## 35

Gemütlich kaut sie auf dem Müsliriegel herum, streichelt Brian und hat doch tatsächlich eine passende Antwort parat, die mich in die Schranken weist, weil sie recht hat. Ich kann ihr doch nicht an den Kopf knallen, dass sie mich belügt, obwohl ich nichts gefragt habe, was das belegt. Man merkt, dass ich schon ziemlich lange alleine lebe – wenn man sich meine Brüder einfach wegdenkt.

Also trinke ich einen Schluck, um mir die Blöße, die ich mir selbst zuzuschreiben habe, nicht anmerken zu lassen.

»Aber …«, gedankenverloren stiert sie auf die leere Verpackung, »ich lasse mich gern auf ein Spiel ein. Du fragst und ich antworte ehrlich und danach darf ich dasselbe tun und von dir erwarten.«

Ich wäge ihre Frage ab. Jetzt wäre es so leicht, dass sie sich erklären muss. Aber ich habe das Gefühl, dass sie noch nicht bereit dafür ist, es mir zu sagen. Ich weiß nicht wieso, aber ich würde mir wünschen, dass sie es von allein erzählt.

»Deal.«

Sie sieht auf und ich erkenne einen Anflug von Panik und Angst in ihren Augen, was mir bestätigt, dass jetzt noch nicht die Zeit dafür ist. Wir sind noch drei Tage zusammen. Der passende Moment wird kommen.

»Bist du bei deinem Vater glücklich?«

Zuerst antwortet sie nicht und wirkt, als würde ich sie mit dieser Frage vollkommen aus dem Konzept bringen, weil sie etwas anderes erwartet hätte. Dann legt sie die leere Verpackung auf die Decke, zieht die Knie zum Körper und schlingt die Arme darum.

»Was für eine Antwort erwartest du bei dieser Frage?«

»Die Wahrheit, Stella. Damit ich dich endlich besser einschätzen kann.«

Sie sieht ins Feuer. »Mein Vater hat sich auf seine eigene Kappe geschrieben, dass er der mächtigste Mann der Westküste werden will, und kommt diesem Ziel jeden Tag näher. Kann man bei so einem Menschen davon reden, glücklich zu sein?«

»Wieso gehst du dann nicht? Du bist alt genug und kannst dein Leben fernab von ihm aufbauen.«

Resigniert lacht sie auf. »Ist das so einfach?«, fragt sie mehr rhetorisch. »Meinst du wirklich, dass ich einfach zu ihm gehen und sagen kann, dass ich jetzt mein eigenes Leben lebe? So einfach ist das in meiner Welt nicht.« Aus jedem ihrer Worte spricht tiefe Verletztheit und das Leid, das sie über all die Jahre mit sich schleppt. Ich vergesse immer wieder, was es für ein Kampf war, aus Sydney wegzukommen. Aber wir waren zu viert und sie ist allein. Eine Frau, die mit Sicherheit schon mehrfach versucht hat, vor dem Monster in Geraldton abzuhauen und gescheitert ist, denn Shawn ist alles andere, nur nicht weich oder einsichtig.

»Und ...?«

»Das ist schon mehr als eine Frage, Luke«, fällt sie mir ins Wort. Ich nicke, trinke einen weiteren Schluck und warte auf ihre.

»Wer war Luisa und was hat sie mit euch zu tun gehabt?«

Äußerlich bin ich ruhig, aber in mir wirbelt der Sturm los, den diese Frage verursacht.

»Du kennst den Zeitungsartikel?«

»Ja.«

»Bist du deswegen so schnell weggerannt?«

Sie schmunzelt. »Das sind schon wieder ziemlich viele Fragen, Luke. Aber, ja.«

Bisher habe ich es geschafft, nach wenigen Bruchstücken, die Erinnerungen zu verdrängen, was jetzt nicht möglich sein wird.

»Luisa ist völlig ungeplant in unser Leben geplatzt. Sie war mit einem Fahrrad unterwegs und wollte von Curtis weiter ins Landesinnere.« Es ist, als wäre es gestern gewesen, so wie sich der Film vor meinem inneren Auge abspielt. »Kian hat sie einige Kilometer vor der Farm aufgegabelt. Dabei ist sie in einen Graben gerutscht. Sie war wie eine Furie, vollkommen blutüberströmt und die Zicke pur.« Tief hole ich Luft. Cleo sitzt weiterhin ruhig da und hört mir zu.

»Eigentlich wollte sie nicht bei uns bleiben. Sie kam damals aus Curtis, nachdem sie deinem Vater entkommen sein muss. Sie meinte, sie war in einem Club an der Stadtgrenze und hat ihre Chance genutzt. Aber nachdem sie die Mädels bei Ryan wiedererkannt hat, die ihr Schicksal geteilt hatten, wollte sie doch dableiben.« Der Blick, den sie mir zugeworfen hat, als ich ihr das Zimmer eingerichtet habe, geht mir ein weiteres Mal durch Mark und Bein. Ich stelle die Flasche ab und setzte mich gerade hin, um die Emotionen in meinem Körper neu zu verteilen, ehe sie mich übermannen. »Kian hat sie keine Minute aus den Augen gelassen und mir ging es nicht anders.«

»Ihr habt sie beide geliebt?«, fragt Cleo.

»Ja, und sie uns auch. Mit Seth und Ryan war sie lediglich gut befreundet und sie hat wohl dort am meisten genossen, dass sie sich nicht ständig ihretwegen in den Haaren hatten.«

»Warum war es für euch ein Konkurrenzkampf?«

Ich sehe in den Sternenhimmel. »Gute Frage. Kian und ich waren schon immer sehr hitzköpfig und streitsüchtig, was wohl auch daran liegt, dass ich ihm damals bei dieser Farm keine

Wahl gelassen habe und er einfach zu einem Teil davon werden musste. Und nachdem Luisa uns in ihren Bann gezogen hat, wurde es nur immer schlimmer.« Meine Finger zittern. »Als sie dann schwanger war, hat sie die richtige Entscheidung getroffen und sich für einen von uns beiden entschieden. Und das war Kian.«

Ich schaue zurück zu Cleo, deren Blick glasig wird.

»Und dieses merkwürdige Konstrukt fand mit dem Autounfall, bei dem nur Kian überlebt hat, seinen Abschluss. An diesem Tag endete dann alles, was wir uns aufgebaut hatten, endgültig, weil wir uns nicht mehr in die Augen sehen konnten. Danach habe ich mich nicht mehr um die Drogen, sondern nur noch um die Farm gekümmert.«

»Aber er hatte doch keine Schuld.«

Jetzt muss ich auch noch gegen die Wut ankämpfen, die zurück an die Oberfläche ploppt.

»Er ist damals einfach abgehauen. Es hat Wochen gedauert, bis er endlich wiedergekommen ist, während ich die Beerdigung geplant und versucht habe, irgendwie weiterzumachen. Und der Dank war, dass er mich danach wie Luft behandelt hat. Glaub mir, so etwas macht man nicht, wenn man keine Schuld am Tod von geliebten Menschen hat.«

Mein gesamter Körper steht unter Spannung. Ich kann nicht mehr. Dieses Thema bringt die Mauer, die ich versuche, mühsam aufrechtzuerhalten, gefährlich ins Wanken.

»Luke ...«

»Ich glaube, es reicht heute mit diesem Frage-Antwortspiel«, raune ich und sehe zu Brian, der lieber bei einer fremden Frau schläft, anstatt bei mir, seinem Besitzer und treuen Begleiter. Dabei verletzt es mich eigentlich nur, dass er alles ist, was mir von Luisa geblieben ist und er gerade nicht mir zur Seite steht. »Du solltest jetzt schlafen.« Ich drehe mich um, lege mich hin und stiere in die Dunkelheit, während ich das Gefühl habe, dass Cleos Blick immer noch auf mir ruht. Das lief irgendwie nicht, wie ich es geplant habe. Anstatt, dass ich Cleo aus der Reserve locke, blutet mein Herz erneut, als wäre Luisa gerade erst gestorben und der Anruf über das ausgebrannte Auto mit den zwei Leichen zieht mir abermals den Boden unter den Füßen weg.

My Story
CANVA STORIES

# Kian

## 36

Mir dröhnt der Schädel. Als würden meine Augenlider Gewichte stemmen, versuche ich sie irgendwie zu öffnen, aber scheitere immer wieder, weil sie keine Kraft haben und zufallen. Dafür ist der Traum immer noch präsent. Obwohl es eher ein Albtraum war, weil ich schon seit Jahren nicht mehr von dem Leben in Sydney geträumt habe. Und erst recht nicht von diesem Tag, an dem sich irgendwie alles geändert hat und unser Vater nicht mehr der Gleiche gewesen ist.

Ich starte einen neuen Versuch, blinzle und langsam stellt sich das Bild so scharf, wie es gerade möglich ist. Ich liege auf verstaubten Holzdielen. Das Licht wird von den schmutzigen Fensterscheiben verschluckt und ich bin mir sicher, dass ich immer noch in dem Lagerraum in Seths Haus liege. Vom letzten Abend sind nur Bruchstücke vorhanden. Aber ich weiß noch, dass auch Stella hier gewesen ist und ich ihr in die Augen gesehen habe, während sie gekommen ist. Und dann kam …

Luke. Er ist einfach hier aufgetaucht und hat sie mir entrissen. Genauso wie er es damals mit Luisa versucht hat, aber kläglich gescheitert ist.

Ich raffe mich auf. Mein schwarzer Anzug ist vom Staub grau. Nicht einmal beim Abklopfen löst er sich komplett. So taumele ich aus dem Raum, den Flur entlang und stehe wenige Minuten später in der Tür des Casinos gelehnt, in dem nichts los ist.

Dann brauche ich Seth auch nicht mehr hier zu suchen, sondern gehe gleich rüber zu Ryan, den Flur nach oben und an den offenen Räumen vorbei, wo fast alle schlafen.

Ohne zu klopfen, öffne ich die Tür. Ryan liegt mit Miriam im Arm auf dem Bett und streicht ihr über den Rücken. Sie selbst liegt friedlich da und scheint zumindest zu dösen. Seth wiederum liegt bäuchlings und mit einem Arm gen Boden hängend auf der Couch und schnarcht leise vor sich hin.

Ryan zeigt auf seine Kippenpackung. Ich komme der stillen Bitte nach, gehe zum Glastisch, ziehe eine Kippe heraus und zünde sie gleich noch an. Der tiefe Zug, den ich selbst davon nehme, lässt meinen Kopf gleich ein weiteres Mal drehen. Leicht schwankend gehe ich zu Ryan, setze mich auf die Bettkante auf der gegenüberliegenden Seite von Miriam und reiche sie ihm.

Ryan nimmt ebenfalls einen Zug. »Hast du in Geraldton gefunden, wonach du gesucht hast?«, fragt er beim Ausstoßen der Luft.

*Ob ich gefunden habe, wonach ich suche?* Ich seufze und lege mich neben ihn. »Nein.«

Ryan nimmt den nächsten Zug und zieht Miriam enger an sich heran. »Weil das, was du willst, hier ist«, bemerkt er. »Immerhin hast du das die letzte Nacht ziemlich deutlich formuliert.«

Mit verschränkten Armen hinter dem Kopf sehe ich zur Decke. »Ach ja?«

»Ich glaube, du wärst sogar Luke an die Kehle gesprungen, wenn du nicht völlig dicht gewesen wärst. Überhaupt ist es ein Wunder, dass du schon wieder stehen kannst.«

»Er hätte sie nicht mitnehmen dürfen«, knurre ich.

»Du kannst jederzeit hinterher reiten oder fahren. Dann kommt zwar keiner zum Schafe scheren, aber der Fight, der wohl unausweichlich ist, wird bestimmt lustig.«

Bei diesen Worten wird meine Kehle trocken. »War es denn lustig, als Luisa noch hier war?«, will ich wissen und unterdrücke den Groll in meiner Stimme, weil ich endlich will, dass dieses Kopfkino verstummt.

»Nein, und ich hoffe, ihr beide habt einfach daraus gelernt und macht dieselben Fehler nicht noch einmal.«

»Ja, das habe ich, denn ich werde hier gar nichts zulassen. Stella wird wieder gehen und wir ...« Meine Gedanken stoppen. Dass unser Vater, früher oder später hier auftauchen wird, hatte ich schon ganz verdrängt. Dabei hatte ich ihn erst vor wenigen Tagen angerufen. Irgendwie beschleicht mich langsam das ungute Gefühl, dass ich einen Fehler begangen habe. Doch ich darf mich von den Gefühlen, die ich irgendwo für Stella zu entwickeln scheine, nicht von meinem Ziel abbringen lassen. Ich will und muss hier weg. Das zwischen Luke und mir wird nie wieder besser werden. Eine bessere Möglichkeit, einen Cut zu machen, wird es nicht so schnell wieder geben.

Ein dumpfer Knall unterbricht meine Gedanken. Ich schaue zur Couch, die jetzt leer ist, während Seth einfach am Boden weiterschläft.

»Habt ihr wieder die ganze Nacht herumgehurt?«

Ryan grinst. »Könnte man so nennen.«

Manchmal beneide ich die beiden dafür, hier einfach in den Tag hineinleben zu können. Sich um nichts wirklich einen Kopf machen zu müssen.

»Kian?«

Ich drehe den Kopf zu Ryan um.

»Ist es wirklich das, was du willst? Sie könnte auch einfach hierbleiben. Mit Shawn würden wir schon irgendwie fertig werden.«

Ich schaue ihm für einen kurzen Moment dabei zu, wie er über Miriams weiche Haut streicht.

»Würdest du wirklich alles dafür riskieren, eine Frau, die du kaum kennst, zu retten?«

»Sie waren alle einmal fremd, Kian. Und vielleicht möchte sie ja gar nicht zurück nach Geraldton, weil es ihr hier gefällt. Oder hattest du das Gefühl, dass ihr das, was wir gestern mit ihr gemacht haben, nicht gefallen hätte – also, nur falls du dich noch daran erinnern solltest.«

Wer könnte ihren Blick jemals vergessen? Doch das werde ich mir vor ihm nicht eingestehen. »Wann bist du denn eigentlich erwachsen geworden und kannst dich in sinnvollen Sätzen über wirklich sinnvolle Gedankengänge mit mir unterhalten?«, lenke ich ernst gemeint von dem eigentlichen Thema ab.

Ryan nimmt einen letzten Zug von der Zigarette und reicht sie mir. »Vielleicht war es ja der perfekte Messerwurf von unserem Gast, der meinen kindlichen Charakter vom Rest meines Körpers getrennt hat.«

Ich stehe auf und muss schmunzeln. Dass Stella auch bei ihm einen etwas anderen Eindruck hinterlassen hat, war klar. Bei Seth tappe ich allerdings vollkommen im Dunkeln, denn seine Pläne enden selten so, wie er sie sich ausgemalt hat. Ich drücke die Zigarette aus und will gehen.

»Für jeden gibt es eine zweite Chance, Kian.«

Kurz halte ich inne und sehe über die Schulter zurück zu Ryan.

»Wirf die, die sich dir gerade auftut, nicht einfach weg, ehe du nicht mit ihr in Ruhe geredet und die richtigen Fragen gestellt hast.«

Mit diesen Worten im Rücken verlasse ich den Raum und den Club und laufe zu meinem Haus. Wie meint er das? Mit ihr reden und die richtigen Fragen stellen? Jetzt scheint Ryan auch noch zum Medium zu mutieren, wenn er in Rätseln sprechen muss.

Hastig trete ich ins Haus und setze mich hinter meinen Schreibtisch, über dem noch der Haken hängt, an den ich Stella gebunden hatte, und spüre sofort die Wärme ihrer Hand auf meiner Wange.

Genervt, weil ich langsam nicht mehr weiß, was ich wirklich tun soll, reibe ich mir mit beiden Händen über mein Gesicht. Wieso muss nur alles so kompliziert sein?

Mein Blick streift über mein Handy, das in gleichmäßigen Intervallen blinkt. Ich schaue auf das Display, auf dem mich über zehn Anrufe meines Vaters begrüßen. Doch auf ihn habe ich momentan erst recht keinen Nerv. Also lege ich das Handy zurück auf den Schreibtisch, stehe auf und gehe duschen. Hoffentlich spült das heiße Wasser meine wirren Gedanken fort, wie den Staub von Seth` Fußboden.

PAST
CANVA STORIES

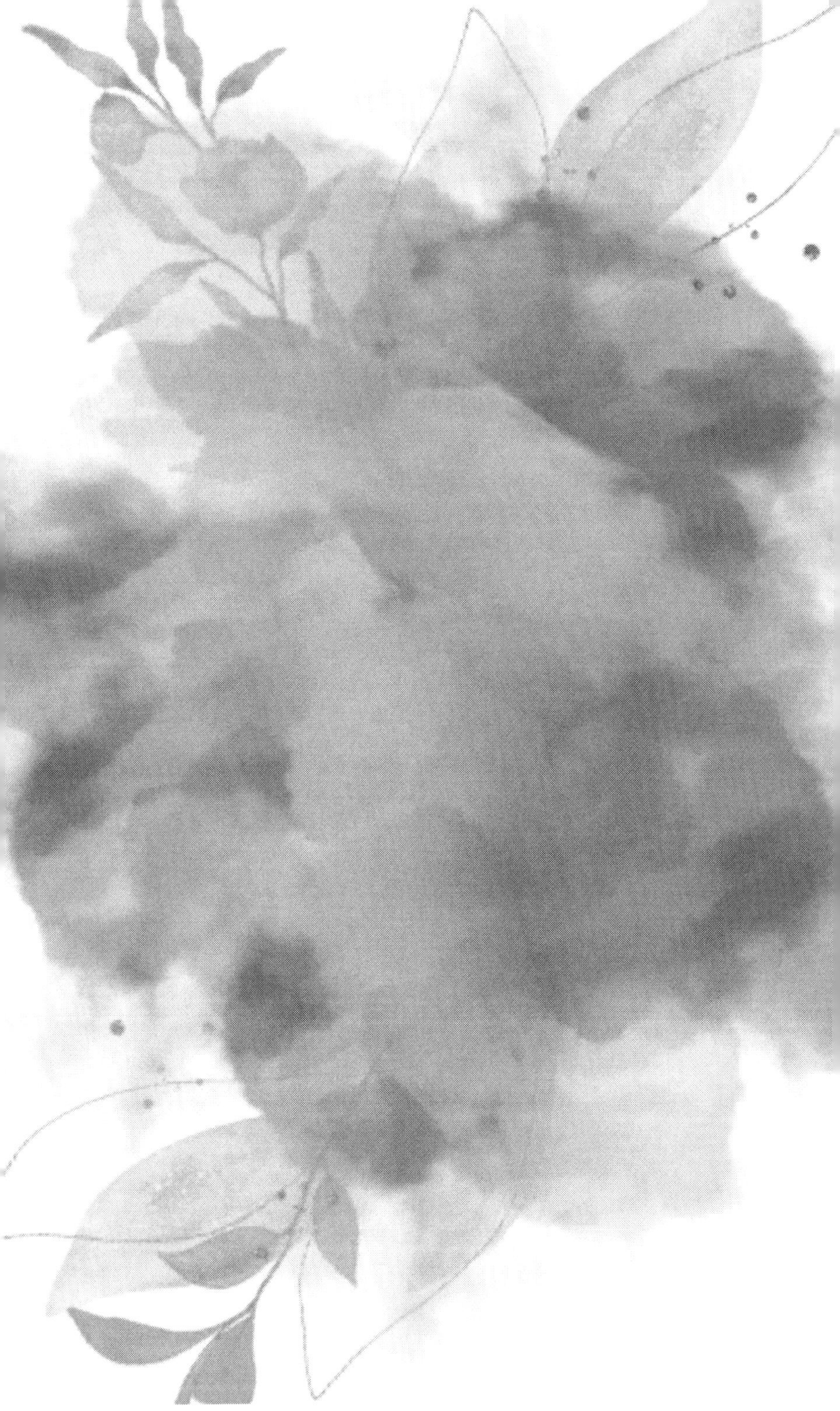

# 37

Die Sonne brennt mir direkt auf den Rücken und mein Shirt ist von meinem Schweiß klitschnass. Auch auf dem restlichen Weg nach Brickmore hat Luke kaum ein Wort mit mir gewechselt. Er reitet immer wenige Schritte vor mir und wirft mir in unregelmäßigen Abständen einen flüchtigen Blick über die Schulter zu, als würde ihn etwas beschäftigen. Dabei hatte ich am Lagerfeuer das Gefühl, dass er versucht hat, sich ernsthaft mit mir zu unterhalten, mich kennenzulernen und mir auch ein Stück seiner Seele zu offenbaren. Aber vielleicht habe ich da auch einfach zu viel hineininterpretiert. Trotzdem hinterlässt das Ganze einen bitteren Beigeschmack, denn dieses Divengehabe nervt nur noch und steigert mehr meine Wut, was wohl daran liegt, dass er mich von den Jungs weggezogen hat, zu denen ich unbewusst angefangen hatte, eine Beziehung aufzubauen.

Luke wird langsamer, bis er neben mir reitet und mir eine weitere Wasserflasche reicht.

»Willst du die nicht für den Rückweg aufheben?«, frage ich tonlos.

»Nein, bis Brickmore ist es nicht mehr weit. Wir füllen sie dann dort auf.« Er zeigt in die Ferne, wo man bereits die verschwommenen Umrisse der Farm sehen kann, die unser Ziel darstellt.

Stillschweigend und ohne ihn eines Blicks zu würdigen, nehme ich ihm die Wasserflasche ab, schraube sie auf und trinke einen großen Schluck. Während ich sie zuschraube, beobachte ich Brian, der etwas weiter vorgelaufen ist und seine Schnauze in den orangebraunen Sand steckt, die danach in derselben Farbe leuchtet.

Ich reiche Luke die Flasche. Für den Bruchteil einer Sekunde berühren sich unsere Finger, sodass ich doch zu ihm sehe, aber nun ist er es, der demonstrativ geradeaus schaut. Ich weiß nicht, wieso es mich gerade bei ihm stört, dass er einfach so unnahbar wirkt. Dabei müsste er sich, bei seiner Vorgeschichte, erst recht nach etwas ganz anderem sehnen. Dabei kenne ich ja nur den Teil mit Luisa und die ist schon hart genug. Und dann nimmt er mich auch noch mit hierher, ohne einen Plan damit zu verfolgen – jedenfalls kann ich keinen erkennen. Also sehe ich auch wieder nach vorn. Vor uns wird das Haupthaus der anderen Farm größer. Dieses besteht aus einem flachen, rustikal aussehenden Gebäude ohne zweite

Etage. Dafür reihen sich mehrere ähnliche Gebäude an. Auf der Weide, an der wir vorbeikommen, tummeln sich Schafe. Luke zeigt auf sie.

»Bei denen wirst du mir morgen helfen, sie zu scheren«, sagt er bestimmt und in meinem Kopf spielt sich der nächste Film ab. Allerdings war ich damals auf der Richmore-Farm und habe mit Steve Wetten abgeschlossen, wer schneller ist. Damit Luke nicht mitbekommt, dass ich mit den Tränen kämpfe, bleibe ich lieber stumm und blicke auf eine andere Umzäunung, hinter der sich schwarze Kühe befinden.

Wir reiten auf ein Windrad, das über dem Silo steht, zu. Da es fast windstill ist, dreht es sich nicht, aber knarzt bei den minimalen Bewegungen.

Kurz bevor wir vor dem Haupthaus ankommen, tritt ein Mann in verwaschener Jeans, rot kariertem Hemd und einem schwarzen Cowboyhut aus dem Haus. Kurz nach ihm folgt wohl seine Frau, die ein langes blaues Kleid mit ausgestellten Ärmeln trägt und mich interessiert mustert.

Wir halten vor der Veranda an und Luke steigt vom Pferd.

»Hallo Tim«, begrüßt Luke den Mann in einer Tonlage, die ich bisher von ihm nicht gehört habe. Sie hat etwas Befreites. Fast so, als wäre dies der Teil seines Lebens, den er in vollen Zügen genießt.

»Luke«, sagt Tim kurz angebunden, schüttelt seine Hand und sieht mich mit argwöhnischem Blick an.

Luke dreht sich zu mir herum. »Das ist Stella«, stellt er mich vor. »Sie ist aktuell ein ... Gast auf unserer Farm.«

Wie nett er es ausdrückt. Ich steige ebenfalls ab, streiche über Shellys Mähne und gehe auf die beiden zu, wo ich mich wenig elanvoll neben Luke stelle und ihm ebenfalls meine Hand reiche, die er sogleich ergreift.

»Hallo, ich bin Tim.« Er zeigt hoch zur Veranda, von der uns die Frau entgegenkommt. »Und das ist meine Frau Bethany.« Ich schüttle seine Hand, dann die seiner Frau und sehe mich dann um. »Das ist eine sehr schöne Farm«, sage ich mit zitternder Stimme, weil mich viel zu viele Erinnerungen heimsuchen. Deswegen wende ich mich von den Dreien ab, laufe zurück zu Shelly und hoffe, dass mir das Streicheln über ihr warmes Fell dabei hilft, Herrin über meine Emotionen zu bleiben.

»Wann willst du beginnen?«, fragt Tim Luke, während sie ins Haus gehen.

»Ich denke, gleich morgen früh wäre gut«, höre ich sie selbst hinter der verschlossenen Tür, weil das Fenster offensteht.

»Wird dir deine ... Begleitung helfen?«

»Das werde ich wohl erst morgen wissen«, antwortet Luke. »Und die Strohballen bringe ich dir kommende Woche vorbei. Es war ... ein etwas überstürzter Aufbruch.«

»Hätte ich gewusst, dass du nicht allein kommst, dann hätte ich dir, äh euch ein anderes Quartier vorbereitet. Jetzt gibt es nur ...«

»Du musst dich nicht rechtfertigen oder dich verbiegen«, fällt ihm Luke ins Wort. »Ich hätte auch einfach Bescheid sagen können. Aber ... es ist kompliziert. Also bitte, mach dir unseretwegen keine weiteren Umstände.« Dann scheinen sie sich weiter durchs Haus zu bewegen, denn die Stimmen verstummen. Dafür spüre ich Bethanys Blick auf mir ruhen, die noch immer hinter mir stehen muss.

»Kann ich dir eine Führung über die Farm anbieten?«, fragt sie, nachdem ich mich auch weiterhin nur um Shelly kümmere. Brian liegt hechelnd neben mir und schenkt mir durch seine aufmerksame Art eine Sicherheit, die ich tief in meinem Inneren spüre.

Ich schüttle den Kopf. »Wenn es in Ordnung ist, dann würde ich das gern allein tun.« Ich schlucke und hoffe, dass sie nicht hört, wie sehr ich mit jedem Wort kämpfe.

»Natürlich, meine Liebe«, sagt sie verständnisvoll. »Wenn ich dir bei irgendetwas helfen kann, dann findest du mich hier.«

Flüchtig drehe ich den Kopf, nicke und sehe sofort wieder zu Shelly. Ich weiß nicht, woher diese Freundlichkeit kommt. Früher war es normal, sich zu vertrauen, nett zueinander zu sein und sich zu unterstützen. Genau so wirkt Luke nach diesem kurzen Moment hier. Frei, ungehemmt und mit sich im Reinen. Und ich fühle mich dafür immer mehr in die Ecke gedrängt. Meine Brust schnürt sich immer mehr zu. Fest umgreife ich das Halfter von Shelly. Fast als hätte jemand einen Startschuss abgesetzt, laufe ich los und entferne mich vom Haupthaus, gehe auch an all den anderen gleich aussehenden Gebäuden vorbei und direkt auf den Stall zu, in den ich meine weißgescheckte Stute führe. Brian folgt mir und legt sich an die Tür des Gatters.

Ganz langsam nehme ich ihr den Sattel ab und beginne sie zu striegeln. Gehe jeden Zentimeter ihres muskulösen Körpers ab und passe meine Atmung ihrer an. Nehme tiefe Züge, die nach Heu riechen, und schrecke kurz auf, wenn sie wiehert oder schnaubt.

Diese Welt hatte ich schon fast vergessen. In der man Zeit für die Dinge hat, die einem immer wichtig sein sollten. Wo ich den Kopf ausschalten kann und die Bindung zu meinem Pferd vertiefe, das für mich immer ein Seelenverwandter war: *Fiore.* Tränen kullern über meine Wangen, denn ich wollte noch nie so sehr, dass sich die Zeit zurückdrehen lässt und ich wieder in meinem Stall stehe und in die schwarzen Augen meines besten Freundes sehen kann. Und ich kann es nicht abstreiten. Ich beneide Tim und Bethany, dass sie das Leben leben, von dem ich mir verboten habe, überhaupt darüber nachzudenken. Genauso schlägt mir jeder meiner Atemzüge hart ins Gesicht, weil ich hier bin und mich davor verschließe, ein paar Tage die Realität zu leben, die ich mir gewünscht habe. Gleichzeitig habe ich Angst, dass die beiden in Gefahr sind, weil Luke hier ist und er zu der dunklen Welt gehört, die mich gefangen hält.

Schritte werden lauter. Sofort wische ich mir über das Gesicht. Dann wird es hinter mir dunkler, ohne dass sich jemand rührt. Dafür schlägt Brians Schwanz kräftig und gleichmäßig gegen das Holz und mir ist klar, dass nur eine Person hinter mir stehen kann. Ich drehe mich erneut kurz über die Schulter und sehe Luke mit verschränkten Armen gegen das Holz gelehnt stehen.

»Du bist ziemlich unfreundlich, Stella Bethanys Angebot abzulehnen«, sagt er.

Tief hole ich Luft und reiße mich so gut es geht zusammen. »Was hast du denn erwartet? Dass ich ihnen überschwänglich um den Hals falle und mich dafür bedanke, dass ich nicht mehr allein mit dir und deinen zwei Gefühlsgesichtern durch die Pampa reiten muss? Oder dein scheinheiliges Spiel mitspiele, damit es so wirkt, als wäre es real?«

»Welches scheinheiliges Spiel?«

Ich drehe mich zu ihm herum. »Wissen die beiden von dem, was auf deiner Farm vor sich geht? Was deine Brüder machen und worin auch du verwickelt bist?«

Kurz mustert er mich und schnalzt mit der Zunge. »Sie wissen, dass wir keine normalen Farmer sind. Sie wissen, dass nicht alles legal ist, was wir tun, und sie wissen, dass sie jederzeit von mir Hilfe bekommen, genauso wie ich von ihnen. Alles andere ist egal.«

»Ach, ist das echt so einfach?«

»Ja, und jetzt kommst du mit mir mit.« Kraftvoll drückt er sich ab und scheint darauf zu warten, dass ich die Bürste weglege. Dabei möchte ich einfach nur allein sein. Wieder und wieder in dem Selbstmitleid, das von Atemzug zu Atemzug an Stärke gewinnt, ertrinken und dieses beschissene Pferd so lange striegeln, bis es keine Haare mehr besitzt.

Ich drehe mich zu Shelly zurück, setze die Bürste auf ihren Hals, da legt Luke seine Hand auf meine. Erschrocken sehe ich zu ihm auf und fange ein Stück seiner befreiten Seele ein.

»Vergiss jetzt doch einfach mal das, was dich beschäftigt. Das gesamte Drumherum und genieße diesen Moment auf diesem Stück Land, das einem Frieden schenkt, wenn man es zulässt. Hier bist du gerade nicht diese verwöhnte Tochter eines Drogenbosses und ich nicht der Typ, dessen Bruder einen Fehler gemacht hat. Tim und Bethany sind lieb und fürsorglich und vielleicht wirst du hier etwas finden, das dir mehr gibt, als nur die Hoffnungslosigkeit, die aus jeder Faser deines Körpers spricht.«

CANVA STORIES
CANVA STORIES
CANVA STORIES

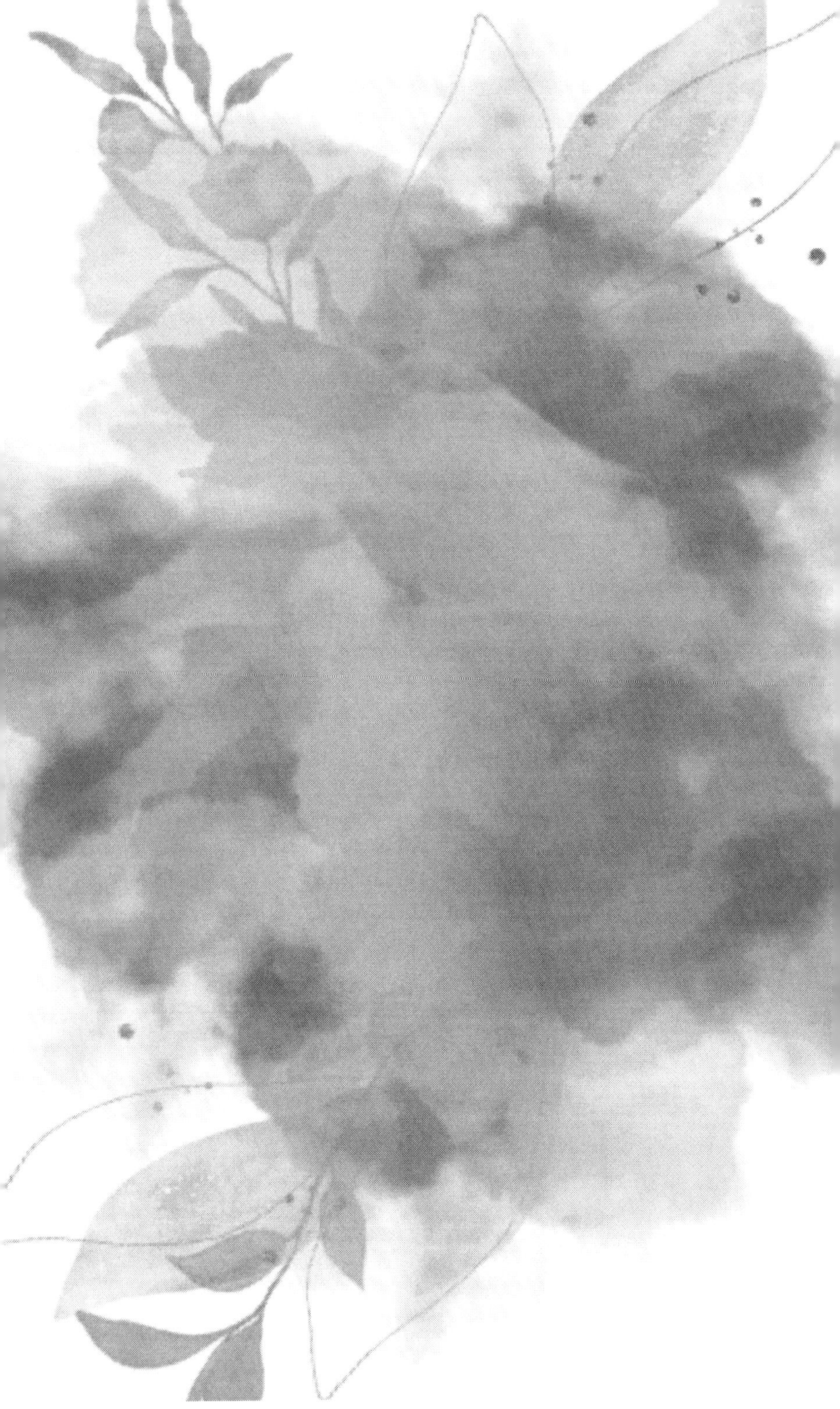

# Luke

## 38

Ihre Finger, auf denen meine Hand liegt, zittern. Ihr zerrissener Blick, bei dem sie durch ihr viel zu häufiges Blinzeln versucht, die Tränen zu verdrängen, brennen sich tief in meine Seele und ich würde sie am liebsten in meine Arme schließen, sie eng an meine Brust drücken und ihr sagen, dass alles wieder gut wird. Doch ich bin mir sicher, dass sie das nicht zulassen würde. Also nehme ich ihr stattdessen die Bürste aus der Hand, lege sie in die Schale an der Wand und ziehe Cleo mit mir mit.

Nachdem sie aus dem Stall raus ist, schließe ich das Tor und führe sie hinaus in die Umgebung, die sich bereits vom Licht der untergehenden Sonne in ein angenehmes Orange taucht, und zu unserer Unterkunft.

Tim hat uns im ersten Gebäude, neben dem Haupthaus, einquartiert. Wie jedes Jahr um die Zeit bin ich – nein, heute wir – die einzigen Gäste, weil er weiß, wie wichtig mir die wenigen Momente bei ihm sind, in denen ich mich so fühlen kann, wie ich es mir wünsche – befreit von all den tiefen Abgründen und Schicksalsschlägen, die auf meiner Seele liegen.

Brian steht schon an der Tür und sieht mich mit erwartungsvollem Blick an. Er ist der Erste, der ins Haus stürmt und alles beschnüffelt, während ich Cleo einen Moment Zeit gebe, das schlichte, rustikale Ambiente aufzusaugen und endlich herunterzukommen. Ich weiß nicht, wieso sie noch einmal ganz anders reagiert als auf meiner Farm. Wieso sie den Tränen nahe ist und mit ihren Gefühlen darum kämpft, sie tief verborgen in sich zu verschließen, denn wenn ihr die Situation bei Seth eins gezeigt hat, dann, dass es wohl keiner der drei fertigbringen wird, sie zurück zu Shawn zu geben.

»Wir teilen uns das Haus«, beginne ich und sehe sie an. Wie ein Häufchen Elend steht sie immer noch vor mir und überfordert mich damit.

»Tim und Bethany haben uns nachher zum Abendessen eingeladen«, sage ich, um irgendwie ein Gespräch mit ihr aufzubauen und die unerträgliche Stille zwischen uns zu überwinden.

»Ich habe aber keinen Hunger«, sagt sie entkräftet klingend und lässt ihren müden Blick durch den kleinen Raum schweifen.

»Du wirst mich trotzdem begleiten und du wirst etwas essen, denn die Schafe morgen werden sich nicht von allein scheren.«

»Hast du überhaupt einmal daran gedacht, mich zu fragen, ob ich das überhaupt kann oder will?«

»Du bist mit mir hier. Da stellt sich die Frage, ob du willst gar nicht. Alles andere ist erlernbar.«

Sie läuft zu der kleinen Sitzgruppe am Fenster, setzt sich auf einen der Stühle und faltet die Hände auf dem Tisch zusammen. »Luke, was willst du von mir? Was ist der wahre Grund, weswegen du mich mit hierher genommen hast?«

Unverändert sehe ich sie an, während sich Brian zu ihr setzt und sich an ihre Füße legt.

*Dass du dich mir öffnest, Cleo und du mir endlich sagst, dass du nicht zurückwillst.* »Vielleicht möchte ich dich auch einfach nur näher kennenlernen und das in dir sehen, was meine Brüder tun.«

Leise lacht sie auf. »Dafür musst du mich nicht durch das halbe Outback scheuchen.«

»Aber hier sind die Ablenkungen andere als auf meiner Farm.«

»Luke«, sagt sie fast schon ungehalten und zwingt sich selbst durch einen tiefen Atemzug zur Ruhe. Davon lasse ich mich nicht aus der Fassung bringen, sondern bleibe bei meinem ursprünglichen Plan.

»Das, was ich dir gerade im Stall gesagt habe, meine ich ernst. Also komm endlich runter und sei einfach einmal Du. Vielleicht entdeckst du ja an dir noch eine ganz andere Seite, von der du dachtest, dass du sie nicht besitzt.«

Mit diesen Worten lasse ich sie vor dem Fenster sitzen, gehe ins Schlafzimmer und atme tief durch, denn sie macht es mir durch ihre unnahbare Art, die sie komischerweise nur bei mir heraushängenzulassen scheint, schwer, mich nicht wie ein vollkommener Idiot zu fühlen. Was haben also die anderen drei an sich, dass sie es nur mir schwer macht, sich ihr zu nähern?

Ich gehe zu meinem Rucksack und ziehe mir ein frisches Hemd daraus hervor. Verdammt! Erst jetzt bemerke ich, dass ich für Cleo keine Wechselsachen dabeihabe. Also werde ich nachher Bethany fragen müssen. Aber diese Situation ist ohnehin schon völlig merkwürdig. Da wird sie dieses kleine Detail auch nicht mehr verwundern.

CANVA STORIES

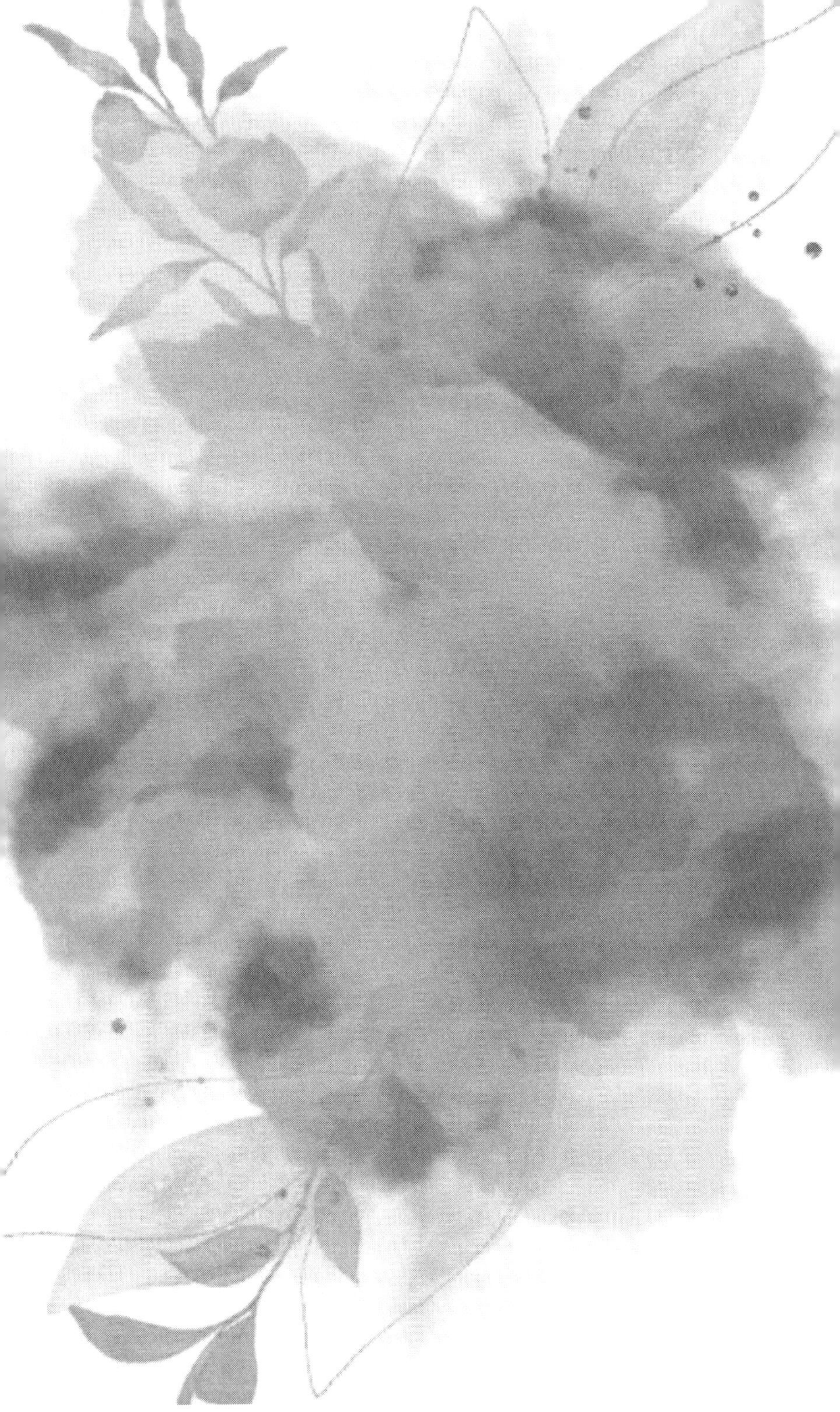

# 39

In den Sachen, mit denen wir hierher geritten sind und die mir schon wie eine zweite Haut passen, sitze ich, als wäre das hier ein gemütlicher Wochenendausflug, im Haupthaus am Esstisch. Tim und Bethany jeweils an einem Kopfende, Luke mir gegenüber. Der Kerzenständer in der Mitte erinnert mich mehr an die Szene von *Jenseits von Afrika*, während Karen Blixon Daniel eine Geschichte erzählt.

»Wie lief es auf dem Markt in Calford?«, fragt Luke, der sich gerade ein Stück vom selbstgebackenen Brot abreißt. Der Geruch durchströmt immer noch das gesamte Haus.

Tim tunkt bereits seine Stücke in die Gulaschsuppe. »Na ja, es wird jedes Jahr schwieriger, gute Waren zu bekommen.«

Bei dem Wort *Waren* dreht sich mir der Magen um, denn in meiner Welt sind Waren immer noch weibliche atmende Körper, denen jegliches Mitspracherecht über ihr Leben genommen wurde.

»Schmeckt es dir nicht?«, fragt Bethany, die mir schon die ganze Zeit über dabei zusieht, wie ich mit dem Löffel Kreise im Gulasch ziehe.

Auch Tim blickt jetzt zu mir. »Hätten wir gewusst, dass Luke nicht allein kommt, dann hätten wir etwas anderes gekocht.«

Ich schüttle den Kopf und sehe flüchtig zu Luke, der mich ebenfalls mit Adleraugen anstiert. »N-nein, es schmeckt sehr gut.«

Ich zwinge mich dazu, einen halb vollen Löffel zu essen.

Bethanys Blick ruht weiterhin auf mir. »Bist du schon lange auf der Farm von Luke, Stella?«

Erneut schüttle ich den Kopf und schlucke krampfhaft die Suppe herunter, weil meine Brust sich von Minute zu Minute stärker einschnürt.

»Und warst du schon einmal auf einer Farm? Also, bevor du bei Luke gelandet bist?«

Schlagartig wird mir schlecht. »Ja«, sage ich erstickter Stimme und kämpfe schon wieder mit den Tränen.

»Und gefällt es dir?«

Da sind sie wieder: die Schüsse. Meine Mutter, mein Vater und das viele Blut. Der kalte, unbarmherzige Blick des Mörders, der einfach die Waffe weitergereicht hat und meine schmerzenden, aufgeschürften Knie, als ich mich unter dem Zaun durchgekämpft hatte. Mit zitternden Fingern lege ich den Löffel neben den Teller.

»I-ich muss mich entschuldigen.« Hastig stehe ich auf, remple dabei noch gegen den Tisch und verlasse das Haus, um Luft zu schnappen.

Ich schaffe das keinen weiteren Tag. Ich schaffe das keinen weiteren Abend und ich ertrage Luke, der einfach nur noch in Rätseln spricht, nicht länger. Ich soll herunterkommen, hat er gesagt. Etwas an mir finden, dass es nicht gibt? Es wirkt fast so, als wüsste er, dass ich nicht Stella bin. Aber woher soll er das wissen? Er ist kein Hellseher und Ryan hat nicht den Anschein erweckt, dass er es an die große Glocke hängen will. Nein, er wollte unbedingt, dass jeder von ihnen es selbst herausfindet. Nur macht es die Situation nicht einfacher.

Und das Schlimmste: Ich verspüre, trotz, dass ich mich so hilflos fühle, nicht einmal den Drang dazu, abhauen zu wollen. Verdammt! Was haben sie nur mit mir gemacht, dass ich selbst nicht mehr weiß, was richtig und falsch ist, oder besser gesagt, ich weiß, was richtig wäre, aber es nicht tun will?

Hinter mir rücken Stühle. Gerade kann ich keine Gesellschaft gebrauchen. Also gehe ich zurück zu dem Haus, das Luke und ich bewohnen. Ich hinterfrage nicht einmal, dass es hier drinnen nur ein Bett gibt, denn langsam bin ich mir sicher, dass Luke es nicht geplant hatte, mich mit hierher zunehmen.

Nein, es war eine Kurzschlussreaktion. Aber wieso? Wirklich nur, weil seine Brüder und ich Spaß hatten? Weil sie mir etwas gezeigt haben, was ich so nicht kannte und was ich genossen habe? Die damit in mir eine Kettenreaktion ausgelöst haben, die mehr will, aber nicht bekommt.

Ich ziehe die verschwitzten Sachen aus und gehe unter die Dusche. Das warme Wasser rieselt wie Balsam über meine Seele und bringt meine Gedanken zur Ruhe. Angestrengt fahre ich mir über das Gesicht. Für heute bin ich erledigt und will nur noch in einen traumlosen Schlaf fallen.

So nass wie ich bin, trete ich aus der Dusche und gehe hinaus in das schlicht eingerichtete Wohnzimmer. Luke sitzt auf dem Stuhl, auf dem ich vorhin saß, und klopft mit den Fingern auf dem Holz herum.

Intensiv mustert er meine nackte Erscheinung, während mir die kalten Wassertropfen von meinen Haaren auf die Brüste tropfen. Eigentlich warte ich auf die nächste Standpauke, weil ich einfach gegangen bin und mich dem Verhör entzogen habe. Stattdessen steht Luke auf und kommt auf mich zugelaufen und stoppt erst, als seine Brust meine berührt.

»Hast du das ganze warme Wasser verbraucht?«, brummt er und seine Worte vibrieren über meinen Körper.

Ich sehe ihm tief in die Augen, deren Farbe bei dem schwachen Licht im Raum tiefschwarz wirken. Dabei leuchten sie hier in dieser Umgebung in den lebendigsten Farben.

»Und wenn?«, frage ich herausfordernd, weil ich gerade seine gesamte Aufmerksamkeit allein für mich haben möchte. Erneut wandert sein Blick an mir hinab. Er kommt immer näher und ich kann seinen heißen Atem schon auf meinen Lippen spüren.

Ich will gerade meine Augen schließen, um das, was folgt, intensiver zu genießen, als er sein Hemd auszieht und es mir gegen die Brust drückt. »Du kannst es zum Schlafen anziehen. Es ist relativ frisch.« Dann geht er einfach an mir vorbei und ich sehe ihm perplex hinterher.

»Gib es mir morgen früh einfach wieder.« Die Tür zum Bad schließt sich und ich stehe mit einer Mischung aus Verunsicherung, Scham und etwas, das mir schwerfällt zu benennen, im Raum. Die Dusche höre ich bis hier raus, während mir Lukes herber Geruch in die Nase steigt, der an seinem Shirt klebt. Was war das gerade Bitteschön?

Aus dem Nichts fange ich an zu lachen und frage mich immer mehr, was das hier wird, bis ich im nächsten Moment die Tränen, die ich bisher verdrängt habe, zulasse.

Ich ziehe das Hemd über und knöpfe es zu. Doch es hängt wie ein Sack an mir, weil Lukes Kreuz doppelt so breit ist wie meins. Trotzdem ist da wieder das Gefühl von Sicherheit, das mir seine Nähe schenkt. Tief inhaliere ich seinen Geruch und bin zurück auf dem Dachboden. Seine Lippen auf meinen und mit diesem Kribbeln, dass mir durch meinen ganzen Körper fluktuiert ist. Erneut verfluche ich, dass dieses Leben so verflucht kompliziert sein muss. Am besten ich gehe morgen, sobald ich wach bin, in den Stall und fange an die Schafe zu scheren. Umso schneller können wir wieder von hier verschwinden und ich erspare Luke seine kostbare Zeit, die er hier mit mir verschwendet.

Ich laufe zum Bett. Brian, der bis jetzt am Eingang gelegen hat, folgt mir und legt sich an mein Fußende, während mir weiterhin die Tränen über die Wangen laufen, bis es um mich herum dunkel wird und alles verschwindet, was mich gerade beschäftigt.

CANVA STORIES
CANVA STORIES
CANVA STORIES

# Luke

## 40

Als ich früh wach werde, ist Cleo bereits aufgestanden und die Bettseite neben mir ist leer. Auch von Brian, der es sich hier gemütlich gemacht hatte, fehlt jede Spur.

Ich drehe mich auf den Rücken. Wie sie gestern nackt vor mir stand, hätte ich sie nur zu gern gegen den Tisch gedrückt. Was mich davon abgehalten hat? Keine Ahnung.

Selbst als sie in meinem Shirt gewickelt hier auf dem Bett lag, hätte ich sie wecken sollen und – nein, ich muss aufhören, darüber nachzudenken. Sie hat ganz andere Probleme – so wie eigentlich auch ich. Also stehe ich auf und gehe in das kleine Wohnzimmer.

Auf dem Stuhl hängt mein Shirt, das ich mir überziehe und dann hinausgehe. Auf dem Hof sind Tim und Bethany schon dabei, ihren Jeep zu beladen. Die Schafe, die schon im Stall stehen müssen, rufen laut durcheinander. Die Mühe hätte Tim sich nicht extra machen müssen.

»Wo geht es denn hin?«, frage ich die beiden.

Bethany hält inne und nimmt die Hand an die Stirn, weil sie gegen die Sonne, die schon so früh am Morgen kraftvoll scheint, schauen muss. »Ich fahre nach Calford, ein bisschen was verkaufen.«

Ich blicke mich um und suche Cleo. Langsam beschleicht mich ein komisches Gefühl. Sie wird doch nicht doch getürmt sein?

Tim stöhnt bei dem Kanister, den er auf die Ladefläche hebt. »Du hättest uns ruhig sagen können, dass deine Begleitung so fit ist. Dann hätten wir ihr gestern nicht solch plumpe Fragen gestellt.«

Mit fragendem Blick sehe ich ihn an, während er den Kanister weit nach hinten schiebt und sich danach gegen die Seitenwand des Fahrzeugs lehnt.

»Wie meinst du das?«

Er nickt zum Stall. »Stella ist heute schon kurz vor Sonnenaufgang am Gatter gewesen, hat den ersten Teil der Herde in den Stall getrieben und ist seitdem beim Scheren.«

»Wahrscheinlich lässt sie dir nicht mal eins übrig«, gluckst Bethany, die mit wohlwollendem Blick in Richtung des Krachs schaut.

Ich verschlucke mich fast an meiner eigenen Spuke. »Wie bitte?«, frage ich unglaubwürdig. Beide nicken.

»Und sie macht das echt richtig gut«, führt Tom weiter aus.

»Ich habe ihr vorhin frisch zubereiteten Eistee hingestellt. Aber ich bin mir nicht so sicher, dass sie das mitbekommen hat, so wie sie sich auf die Arbeit mit den Schafen konzentriert hat.« Bethany setzt sich hinters Steuer. »Vielleicht kannst du ihr ja bei dir auf der Farm auch noch eine *andere* Aufgabe zuteilen.« Sie zwinkert mir zu und fährt los. Natürlich weiß sie, was bei uns auf der Farm los ist und auch, dass Ryan einen Sexclub betreibt. Dass die beiden denken, sie wäre eine der Nutten, ist mir mehr als recht. Gleichzeitig weiß ich jetzt erst recht nicht mehr, was ich von dieser Situation halten soll.

Tim und ich sehen Bethany dabei zu, wie sie vom Hof fährt und dabei jedes Schlagloch mitnimmt.

»So«, beginnt Tim, nachdem wir nur noch den aufgewirbelten Staub sehen können. »Soll ich euch jetzt bei den Schafen helfen?«

»I-ich würde gern selbst erst sehen, wie weit Stella gekommen ist.«

Tim nickt. »In Ordnung. Ich sehe dann nachher nach euch zweien.« Er geht in Richtung Haupthaus und ich stehe da wie festgeklebt, weil ich nicht glauben kann, dass Cleo gerade im Stall steht und Schafe schert.

Woher kann sie das? Wer hat ihr das beigebracht? Es ist ja nicht so, dass man einfach ein Schaf aufs Kreuz legt und es aus dem Effeff beherrscht. Aber das kann mir nur eine Person beantworten. Also hebe ich meine schwer wirkenden Beine an und laufe auf die Geräuschkulisse zu.

Ich biege um das Scheunentor und kann Cleo dabei beobachten, wie sie gerade wirklich hinter einem Schaf steht, das sie auf den Rücken geschmissen hat und mit dem Schergerät wenig zimperlich an dessen Haut entlangfährt. Hinter ihr im Gatter stehen bereits gut zwanzig Schafe, deren Fell auf dem Haufen neben Cleo liegt. Brian liegt an der Wand und beobachtet sie bei jeder Bewegung. Wenn ich es nicht besser wüsste, könnte man meinen, dass Brian in sie verknallt wäre. Aber wahrscheinlich gibt sie ihm einfach ein anderes Gefühl der Nähe, weil wir schon immer vorbelastet gewesen sind.

Cleo selbst läuft der Schweiß die nackte Haut hinab und lässt jeden Zentimeter ihres Körpers glitzern. Kaum ist sie mit dem Schaf fertig, richtet sie sich auf, streckt und wischt sich über ihre nasse Stirn, wobei ihr geflochtener Pferdeschwanz ihr über die Schulter fällt.

*Fuck!* Jetzt habe ich endgültig ein Problem.

Sie holt tief Luft, will sich gerade das nächste Schaf greifen, da erfasst sie mich mit ihrem Blick und hält inne.

»Guten Morgen«, brummt sie angestrengt. »Auch schon wach?«

Ich schlucke schwer und versuche, mich von ihrer Erscheinung zu lösen. »Was tust du hier?«

Mit großen Augen sieht sie mich an. »Wonach sieht es denn aus?«

Ich gehe auf sie zu, bleibe kurz vor ihr und zwischen den Schafen stehen und sehe ihren Brüsten dabei zu, wie sie sich in dem Top, das sie sich wohl von Bethany geholt hat, mit jedem Atemzug heben und senken. »Es sieht so aus, als hättest du allein Spaß.«

Kurz schmunzelt sie. »Wenn es danach aussieht, ist es ja gut.«

»Wo hast du das gelernt, Cl ... Stella?«, will ich wissen.

»Hast du das Einmaleins des Farmlebens, das im Bad neben dem Klo hängt, nicht gelesen? Da steht alles drin.«

Argwöhnisch hebe ich eine Augenbraue an. Sofort wird aus dem Schmunzeln ein leises, viel zu süßes Grunzen, das sie sofort wieder versucht zu unterdrücken.

»Das war ein Scherz, Luke.« Sie streift sich eine lose Strähne ihrer feuchten Haare hinters Ohr. »Ist es denn so wichtig, woher ich das weiß? Ist es nicht viel schöner, dass wir so schnell vorankommen und heute Abend schon wieder zurückreiten können?«

Diese Antwort schlägt mir dumpf auf den Magen. »Was soll das bedeuten? Ist es hier denn so schlimm?« *Mit mir?*

Das aufgeschlossene Lächeln verschwindet. Dafür wird ihr Blick ernst und sie legt sogar die Schermaschine zur Seite.

»Luke, denkst du echt, ich merke nicht, dass das hier, mit mir, für dich mehr eine verpflichtende Qual als irgendetwas anderes ist?«

*Was?*

»Dass du dir im Grunde wünschst, dass ich gar nicht mit hier wäre, damit du die Zeit, die du mit Sicherheit sonst hier verbringst, auch genießen kannst?« Sie wischt sich übers Gesicht, geht an mir vorbei und gießt sich ein Glas Eistee ein, den sie sofort in einem Zug austrinkt. Dann sieht sie mich wieder an. »Und da ich so früh wach war, dachte ich, dass ich uns beiden einfach einen Gefallen tue und schon anfange, damit wir das hier beenden können.«

Ihr Blick ist klar. Sie meint es vollkommen ernst. Dabei ... weiß ich nicht, wie sie mein Verhalten nur dermaßen falsch deuten kann.

Kurz sehe ich zu dem Schaf neben mir, dass mich mit seinen Knopfaugen ansieht, atme tief durch und blicke zurück zu ihr.

»Ich habe mich seit Jahren niemandem mehr geöffnet.« Langsam gehe ich auf sie zu. Immer noch mit dem Glas in der Hand folgt sie meinen Bewegungen. »Weißt du, wie schwer es ist, für die Vergangenheit, die einen immer und immer wieder heimsucht, die richtigen Worte zu finden?« Ich bin mir sicher, das tut sie. Dann stehe ich vor ihr. »Und weißt du, wie schwer es ist, wenn man nicht weiß, wie man sich der Frau gegenüber verhalten soll, für die man nichts als Hass empfinden sollte und es nicht tut, sondern komplett das Gegenteil unterdrücken muss?«

Cleo schluckt schwer.

Okay, was hier gerade auch immer mit meinem Mund los ist, der meine Gefühle auf den imaginären goldenen Teller vor mir spuckt, weiß ich nicht. Aber ich hoffe, er hört jetzt auf – sofort.

Sie stellt das Glas hin. »Und hast du mir gestern nicht noch gesagt, dass wir hier nicht die doofe Prinzessin und den Typen mit der undurchsichtigen Miene spielen, sondern frei sind?«

*Verdammt!*

Leicht beugt sie sich zu mir. »Wieso zeigst du mir dann nicht endlich, wie ernst du deine Worte gemeint hast?«

»Weil du aus deiner Rolle, in der du die perfekte Unnahbare spielst, nicht herauskommst.«

Sie presst die Lippen aufeinander, befeuchtet sie so unauffällig wie möglich mit ihrer Zunge und öffnet den Mund. »Das hat deine Brüder auch nicht gestört«, flüstert sie und weicht keine Sekunde meinem Blick aus.

Dieser Trotz. Diese Stärke. Die Zeit hier bei Tim tut ihr mehr als gut, denn langsam habe ich das Gefühl, dass ich die Frau kennenlerne, die hinter der viel zu gut aufgebauten Fassade steckt.

»Ist es das, was du willst? Einfach nur gefickt zu werden?«

Sie schüttelt den Kopf. »Nein, Luke. Ich will Gefühle. Ich will Leidenschaft und verdammt, genau das steht mir in meinem verkorksten Leben auch zu. Also lass uns jetzt diese Schafe scheren und dann bring mich zurück, damit ich genau das noch einmal erleben darf, ehe ihr mir endlich sagt, wie euer Plan mit mir aussieht.«

Vorsichtig streiche ich ihr über die Wange. Sie schließt ihre Augen. Ihre Haut ist weich. Ihre Worte langsam wie eine Droge, weil sie verletzlich und stark zugleich sind und ich endlich einfach nur wissen möchte, wer sie in Wirklichkeit ist. Aber etwas anderes will ich gerade noch viel mehr. Denn ich habe schon viel zu lange nicht mehr mit Gefühlen gefickt.

Ich ziehe die Finger zurück. Bevor sie die Augen wieder öffnen kann, greife ich ihre beiden Arme, drehe sie herum und drücke sie gegen die abgenutzte Holzwand, während ich gleichzeitig ihre Hände auf dem Rücken fixiere.

»Weißt du«, beginne ich und lehne mich nah an ihr Ohr. »Eigentlich bin ich eher der Typ, der erst die Probleme klärt, ehe er den Sieg auskostet.« Mit meiner freien Hand öffne ich den Knopf an ihren Jeans-Shorts und streife sie nach unten. »Aber da du so lieb gefragt hast, werde ich bei dir eine Ausnahme machen.«

Ich fahre unter ihren Slip und drücke direkt auf ihre Perle. Sofort zuckt ihr gesamter Körper zusammen.

»Nur fürs Protokoll«, japst sie. »Ich habe nicht lieb gefragt.« Ich dringe in sie ein. Sofort wird aus dem starrsinnigen Tonfall ein leises Wimmern.

»Vielleicht wirst du das am Ende ja noch revidieren«, hauche ich ihr abermals ins Ohr, suche erneut ihre Perle und umkreise sie gleichmäßig. Ihre Atmung wird schneller.

»Und«, ich erhöhe den Druck, bis ihre Knie anfangen zu zittern, »vielleicht willst du dann auch endlich nicht mehr zurück.«

»Ich will nur zurück, wenn du das hier mit mir nicht willst.« Im nächsten Moment ziehe ich sie vom Holz weg, dränge sie gegen meinen Brustkorb und sehe ihr direkt in ihre strahlenden Augen, in denen ich den lauten Knall, der durch ihre Gedanken hallt, als bunte Lichter bewundern kann.

Noch während sie realisiert, was hier passiert, lasse ich ihre Arme los und schubse sie gegen die Wand, an der sie sich sofort abstützt. In der Zeit ziehe ich meine eigene Hose herunter, umwickele meine Hand mit ihrem Pferdeschwanz und in dem Moment, in dem ich in sie eindringe, ziehe ich ihre Haare straff zurück, sodass ihr Kopf an meiner Schulter lehnt.

»Glaubst du wirklich, dass das hier, mit dir, für mich eine Qual ist?« Erneut stoße ich tief in sie und genieße ihr Stöhnen, das mehr nach Erlösung klingt.

»Es ist eher eine Qual, dass du mir einfach nicht zeigen willst, wer du in Wirklichkeit bist.«

»Wer ich in Wirklichkeit bin?«, fragt sie erstickt und krallt sich mit ihren Fingern in meine angespannten Oberarme.

Hinter uns scheppert es. »I-ich komme später wieder«, höre ich Tim sagen, ohne mich auch nur einen Moment von Cleo zu lösen.

»Ich bin ich.«

»Und so viel mehr, oder?«

Sie nickt so weit, wie es unter meiner Kontrolle möglich ist. Selbst jetzt will sie sich mir nicht öffnen und ich bin dieses Katz-und-Maus-Spiel endgültig satt. Ihre Atmung wird abermals schneller. Ihr Blick fordernder und im nächsten Moment hallt ihre Stimme von den Wänden wider, die sogar die Schafe um uns herum irritiert und wild durcheinander rennen lässt.

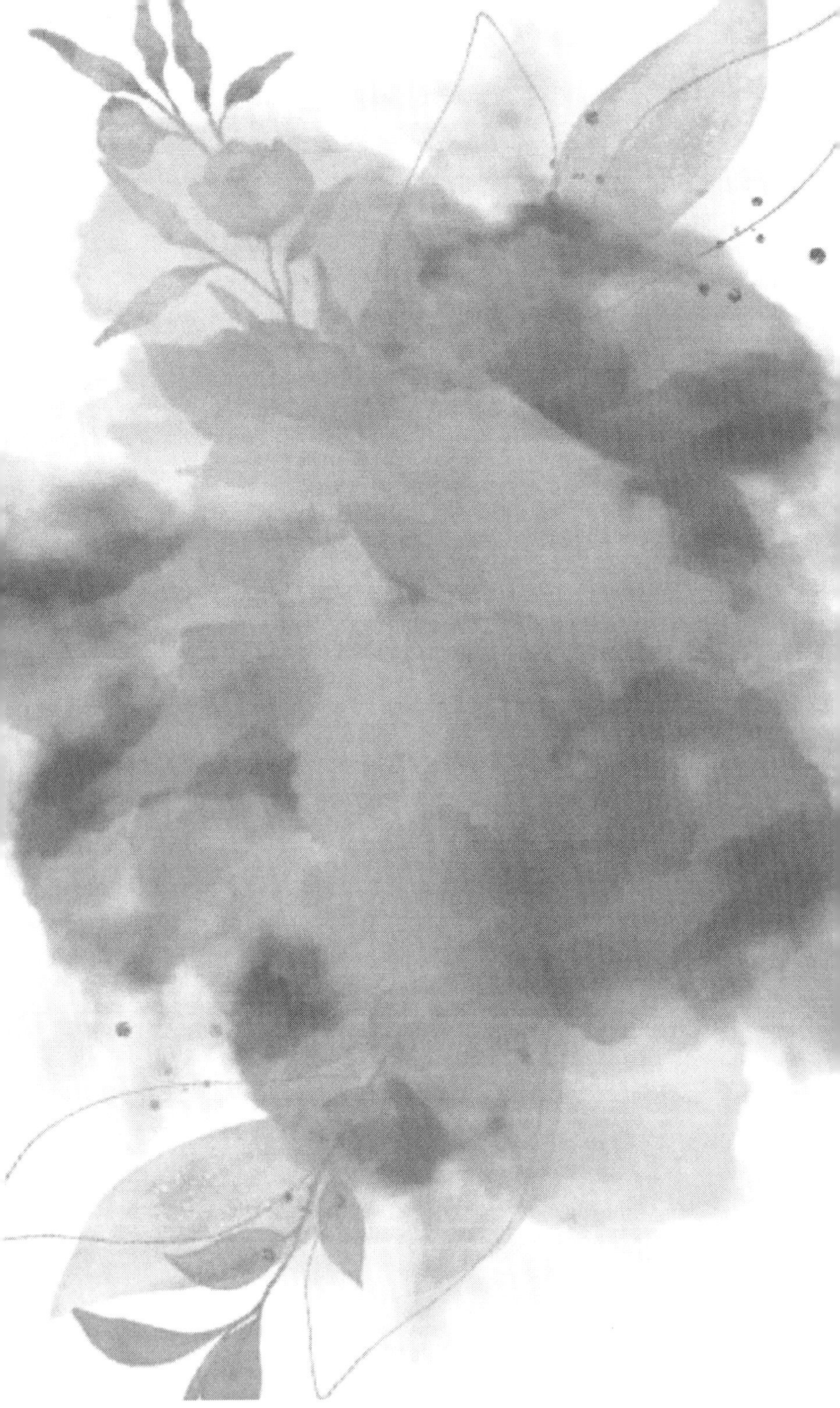

# 41

Mein gesamter Körper kribbelt immer noch, denn nachdem Luke mich am Tor des Stalls über die Klippe geschickt hat, hat er mich gepackt und ins Haus zurückgetragen, wo wir das Spiel wiederholt haben. Jetzt liege ich nackt neben ihm und fahre mit meinen Fingern über seinen ebenfalls nackten Oberkörper. Auch Brian sieht am Bettende liegend irgendwie zufrieden aus. Luke legt seine Hand auf meine.

»Woran denkst du gerade?«

»Gute Frage«, antworte ich. »Irgendwie ist in meinem Kopf noch immer die Hölle los.« Und in dem Rest von mir auch, ohne dass ich sagen kann, was er genau in mir befriedigt hat, weil einfach alles nach mehr schreit. Mehr Sex, mehr Leidenschaft und noch mehr Sicherheit, obwohl ich glaube, dass wir an dieser Stelle schon den Zenit erreicht haben.

Luke lacht leise. »Ich dachte, du magst es, überrumpelt zu werden. Jedenfalls glaube ich nicht, dass sich Ryan oder Kian vorher angekündigt haben.«

»Stimmt, aber bei den beiden war das vorher schon ziemlich klar, dass es früher oder später darauf hinausläuft. Nur Seth hatte wohl noch einmal ganz andere Pläne.«

»Andere Pläne?«

Ich nicke. »Aber bitte, lass sie dir von ihm selbst erzählen. Er war schon so unglücklich, nachdem ihm Ryan dazwischengefunkt hat.«

»Einverstanden.« Er verschränkt seine Finger mit meinen. »Du wirkst jetzt so anders?«

Tief hole ich Luft und kann das nicht einmal bestreiten.

»Könnte es sein, dass du zufrieden, oder sogar glücklich bist?«

*Zufrieden oder glücklich?* »Das sind ziemlich starke Gefühle, Luke«, beginne ich und suche noch immer nach den richtigen Worten, mit denen ich ihm erklären kann, was gerade in mir geschehen ist. »In meinem Leben ist so viel schiefgelaufen. Ich bezweifle, dass man dann irgendwann von glücklich reden kann.«

Luke drückt mich enger an sich heran. »Möchtest du darüber reden?«

Auch wenn ich gerade noch irgendwo am Horizont schwebe, bringt mich diese Frage ein Stück näher an den Boden zurück.

»Vielleicht sollten manche Sachen einfach dortbleiben, wo sie hingehören: Im Nebel, der sich irgendwann über unsere Vergangenheit legt, damit sie uns nicht mehr so oft wehtun kann, verborgen.«

»Meinst du wirklich, dass man sie damit verarbeitet?«, will er wissen.

»Sag du es mir«, kontere ich. »Denn ich glaube, dass du und auch Kian sehr gut mit diesem Nebel leben könnt.«

»Und ich wünschte mir sogar sehr, dass wir es nicht tun würden. Aber diese Situation hat sich irgendwann so sehr verhärtet, dass wir uns wohl selbst in diesem Nebel verloren haben.«

Ich weiß, wie er sich fühlt, denn so ging es mir die letzten acht Jahre, in denen ich Shawns Lieblingsspielzeug gewesen bin. Dabei wollte ich das nie sein. Ich will nicht mehr zurück zu ihm. Und ich möchte auch nicht von der Farm weg, die einst meine Zukunft gewesen ist. Denn sie könnte es wieder sein, wenn ...

Ich schlucke schwer und sehe in Luke´s zufrieden schimmernde Augen. »Ich möchte dir so viel erzählen, Luke. Dir und auch den anderen Dreien.« Auch, wenn es Ryan bereits weiß. »Ich möchte zurück«, rede ich mit Tränen in den Augen weiter. Luke löst seine Finger von meinen und wischt mir die Tränen von der Wange, die nicht nur aus Trauer, Wut und Angst, sondern ebenfalls aus Zufriedenheit, Hoffnung und dem beginnenden Gefühl von Liebe fließen.

Dann greift er ein weiteres Mal nach meiner Hand und setzt einen zärtlichen Kuss auf meine Finger. »In Ordnung. Du ruhst dich aus und versuchst, etwas zu schlafen. Ich kümmere mich um die restlichen Schafe. Immerhin sind es nach deiner Vorarbeit ja gar nicht mehr so viele.«

Ich schmunzle. »Gerade würde ich auch kein Weiteres schaffen.«

»Das glaube ich dir sofort.« Luke steht auf und zieht sich an. »Dann kann ich mich gleich noch bei Tim entschuldigen, dass wir vorhin andere Dinge getan haben, für die man keine Schermaschine benötigt.«

Ich sehe ihm nach, bis er allein, weil Brian sich keinen Zentimeter bewegt, das Haus verlassen hat, und kuschle mich auf seine Seite, um seine restliche Wärme auf meiner Haut zu spüren.

Irgendwann werde ich wieder mit hierherkommen können. Dann werde ich mich bei Tim und Bethany dafür bedanken, dass sie einen Ort geschaffen haben, an dem Luke er selbst sein kann, bis zu dem Tag, an dem er es auch auf seinem Stück Land schaffen wird.

CANVA STORIES
CANVA STORIES
CANVA STORIES

# Shawn

## 42

Mit Kopfhörern sitze ich neben dem Piloten im Hubschrauber. Meine Finger sind schwitzig. Wie unter Strom reibe ich sie aneinander, denn ich weiß nicht, wann es mir jemals so ergangen ist. Mehr frage ich mich, wieso ich nicht eher diese Vermutung in Betracht gezogen habe, dass meine Cleo bei Kian auf der Farm sein könnte. Aber wie es scheint, traue ich ihm dieses Verhalten einfach nicht zu und halte mich wohl mehr an die Regeln, die wir vor Jahren aufgestellt haben. Gleichzeitig weiß ich nicht, wie lange ich die Freude darüber, dass sie es mir mit dem Schritt, Cleo zu entführen, so einfach machen, sie für immer aus dem Verkehr zu ziehen. Daran wird auch ihr Vater nichts mehr ändern können.

Der Hubschrauber zieht scharf nach links und setzt zur Landung an. An der anvisierten Stelle stehen bereits drei schwarze Geländewagen, mit jeweils vier bewaffneten Männern, die allein auf mich und meine Befehle warten.

Ich drehe mich nach hinten um, wo Maise sitzt und sich an der Griffstange festhält, weil er Fliegen nicht ausstehen kann.

»Hast du alles so weit vorbereitet?«

Anstatt mir zu antworten, zeigt er nur mit dem Daumen nach oben und hält sich sofort wieder fest. Dann setzen wir auf. Die Rotoren verstummen. Ich steige aus und schließe den Knopf an meinem dunkelblauen Jackett.

Bernard steht ebenfalls an einem der Wagen und lächelt mir verhalten zu. Er weiß, was für ihn auf dem Spiel steht.

Der Leiter der angeheuerten Einheit baut seine Drohne auf. »Da ihr Mann«, er nickt zu Bernard, »meinte, dass die Farm über ein Sicherheitssystem verfügt, habe ich einen Störsender daran befestigt. Sobald sie in Position ist, können wir das Gelände problemlos betreten.«

Ich nicke ebenfalls. Endlich taucht auch Maise neben mir auf, der schwer schluckt und weiß wie eine Kalkwand neben mich tritt.

»Hast du in deiner Tasche nichts, was mir dieses Elend erspart?«, frage ich genervt und sehe auf die Uhr, auf der es gerade 19 Uhr wird.

»Hätte ich, aber dann könnte es schwer werden, andere Personen zu versorgen, weil die Medikamente bei mir ebenfalls auf den Kreislauf gehen.«

So viel wollte ich dazu nicht wissen. Deswegen widme ich mich wieder dem Kommandanten, dessen Drohne gerade emporsteigt und in Richtung Osten steuert. Sofort folgen wir ihr, bis es auf seiner Steuereinheit piept.

»Sie wäre dann in Position«, sagt er zufrieden, übergibt die Einheit seinem Kollegen und führt uns vorwärts.

Wir laufen ein weiteres Stück, bis wir auf einem höher gelegenen Felsen stoppen, von dem aus man bis zur Farm schauen kann, auf der die Lichter an den Häusern in der beginnenden Dunkelheit angestrahlt werden.

»Und der Heli ist in Bereitschaft?«, versichere ich mich, damit wir im Notfall schnell handeln können.

»Ja«, meint Maise, der die Tasche auf seiner Schulter neu ausrichtet.

»Gut.«

Der Kommandant legt sich in den Sand und schaut mit dem Fernglas über das gesamte Gelände. »Bis jetzt kann ich noch niemanden entdecken, auf den die Beschreibung passt.«

Ich sehe zu Bernard. Eigentlich bin ich nie nervös, aber der heutige Tag und die Situation schaffen es, dass ich mich genau so fühle, und das gefällt mir nicht.

»Sie werden noch auf dem Weg zurück sein«, versucht er sich aus der Schlinge zu ziehen, die sich immer fester um seinen Hals schlingt.

Ich blicke zurück zum Kommandanten. »Ich will, dass Sie mir eine Sicherheit von dort unten besorgen.«

Er lässt vom Fernglas ab. »Und die wäre?«

# Kian

## 43

Wie bereits die letzten zwei Nachmittage liege ich nackt auf meiner Couch und sehe zur Karte, auf der ich die vielen neuen roten Pins gesteckt habe. Aber je länger ich darauf stiere, umso unsicherer werde ich mir, was ich wirklich tun sollte. Mein Handy vibriert zum – keine Ahnung – wievielten Male und ich ignoriere es, denn es ist nur mein Vater, der auf eine Antwort wartet.

Genervt reibe ich mir über die Augen, ehe ich anfange, auf meinem Oberschenkel herum zu klopfen, weil ich auf Luke und Stella warte. Sie müssten schon auf dem Rückweg sein, wenn Luke wie immer die Schafe an einem Tag geschoren hat. Außer, er will mir eins auswischen. Dann wird er sich extra Zeit lassen und Stella so lange bearbeiten, bis sie sich zu ihm hingezogen fühlt. Doch das kann er vergessen. Nicht ein Stück werde ich ihm von ihr geben. Dass er mit ihr weggeritten ist, hat es mir im Grunde nur leichter gemacht zu wissen, was ich eigentlich will. Und genau deswegen kann ich nicht an das Telefon gehen, denn ich brauche meinen Vater nicht mehr. Zwangsläufig wird er es verstehen und aufgeben. Und erst dann fängt das eigentliche Problem an.

Draußen blitzen Scheinwerfer auf und ich sehe, soweit ich kann, aus dem Fenster.

Eigentlich empfängt niemand von uns mitten in der Woche Besuch. Aber das Alarmsystem ist nicht angesprungen, also muss es jemand Bekanntes sein, oder Ryan bekommt ein neues Mädchen aus Curtis. Also beschäftige ich mich lieber wieder mit meinen Gedanken um Stella und wie wir das mit Shawn regeln sollen.

Autotüren gehen auf und werden kurz danach laut zugeschmissen. Schritte werden lauter und jemand hämmert gegen meine Tür.

Genervt sehe ich ein weiteres Mal zur Tür- und Fensterfront. »Was ist«, knurre ich.

»Beweg deinen Hintern zur Tür«, kommt die Antwort von der anderen Seite. Abrupt reiße ich die Augen auf, hieve mich hoch und laufe so, wie ich bin, zum Eingang, den ich hastig öffne. Sofort schaue ich in die dunkelbraunen Augen meines Vaters, denen jede positive Emotion fehlt.

»W-was machst du hier?«, frage ich vollkommen perplex. Er sieht an mir herunter und zieht argwöhnisch eine Augenbraue nach oben.

»Herausfinden, wieso du meinst mich um Hilfe bitten zu müssen, um dich danach nicht mehr bei mir zu melden.«

Ungefragt tritt er in mein Haus. Seine beiden Leibwächter warten im Auto und ich schließe die Tür. Auf dem Weg zum Schreibtisch hebe ich Hose und Shirt auf und ziehe mich an.

»Die Ausgangslage hat sich geändert und ich brauche dich nicht mehr«, sage ich so überzeugend, wie es mir möglich ist. Mein Vater greift nach dem Haken, den er abschätzig beäugt und nickt. »Und da kannst du nicht einmal Bescheid sagen, sondern lässt mich dafür durch ganz Australien reisen?«

»Ich hatte hier andere Probleme. Ich dachte, wenn ich nicht mehr antworte, dann wüsstest du, dass es sich erledigt hat.«

Sein kalter Blick trifft mich. »Kian, in dieser Familie haben sich die Probleme noch nie damit gelöst, dass man einfach nicht mehr ans Telefon geht. Aber das hat keiner von euch wirklich kapiert. Obwohl ich Ryan da herausnehmen muss.«

Ungläubig sehe ich ihn an. »Was?«

Er setzt sich auf meine Couch. »Das ist jetzt vollkommen egal, Kian. Fakt ist, dass ich schon viel zu lange mitbekomme, dass euer Konzept auf dieser Farm nicht mehr funktioniert. Dein Anruf war am Ende einfach nur noch das Zünglein an der Waage und es wird Zeit, dass wir dieses Experiment beenden.«

*Experiment?* Das war es nie – jedenfalls nicht zu Beginn, ehe es als Katastrophe endete, in der wir alle versucht haben, das Beste daraus zu machen.

Schon steht mein Vater wieder auf. »Also, lass uns zu Luke gehen und alles Weitere besprechen, ehe er sich noch benachteiligt fühlt, weil ich nicht mit ihm als Schirmherr dieser Farm zuerst gesprochen habe.« Er geht bereits zur Tür und in mir werden all die Stimmen, die ich bisher unterdrückt habe, lauter.

»Und sag deinen anderen beiden Brüdern Bescheid, dass ich sie im Haupthaus erwarte.«

»Äh«, rufe ich ihm hinterher, während er bereits die Tür öffnet und auf Lukes Haus zusteuert, der gerade noch mit Stella unterwegs ist. Dabei sollte er sich auch um dieses Problem kümmern. Nur jetzt nicht mehr, weil ich einen anderen Weg einschlagen will.

Wenn er das erst weiß, wird es echt unschön. Doch da müssen wir jetzt durch.

CANVA STORIES
CANVA STORIES
CANVA STORIES

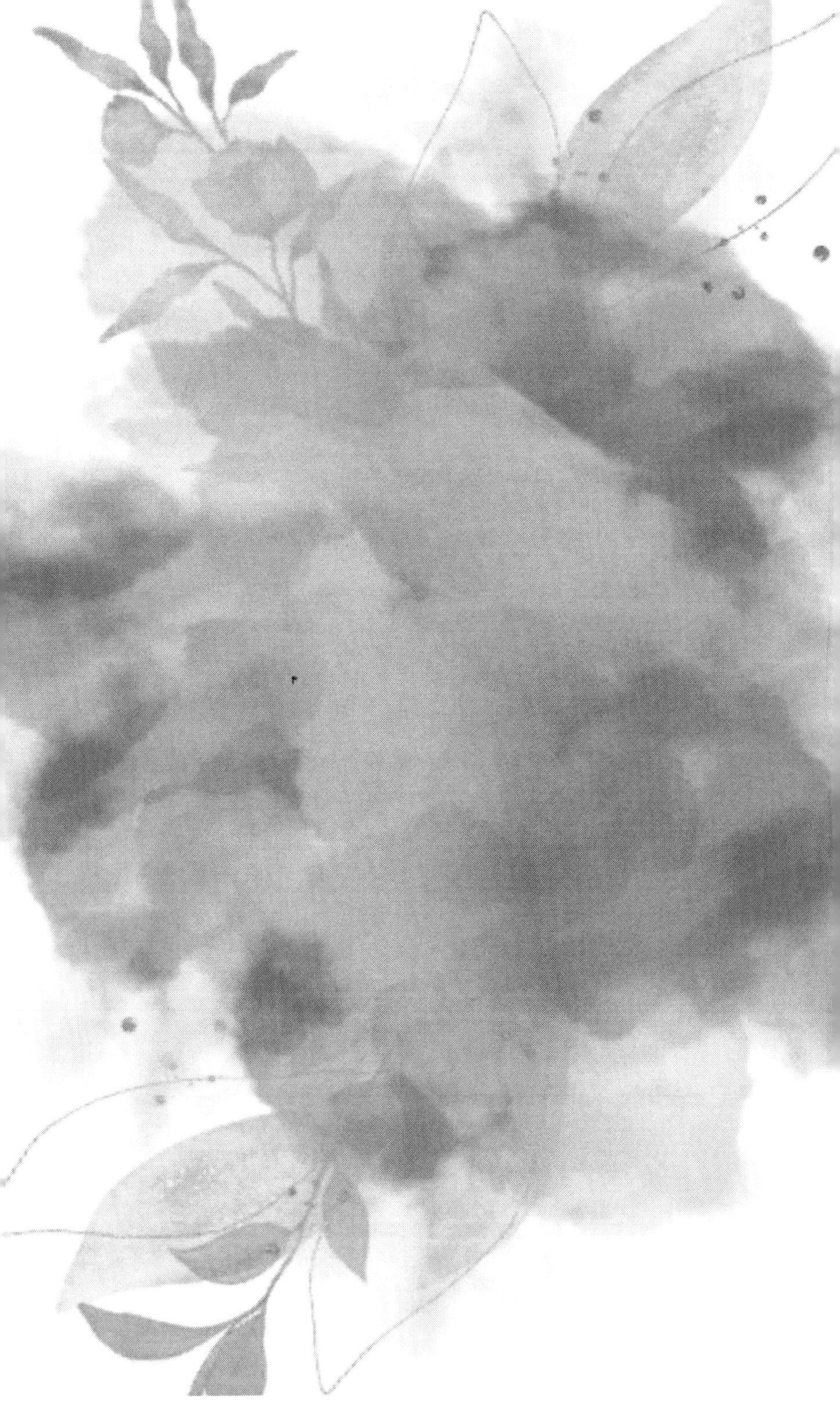

# Cleo

## 44

Noch vor dem Sonnenaufgang sind wir von Brickmore aufgebrochen. Ohne Schafe, die Luke in der kommenden Woche abholen will, aber dafür mit vielen neuen Gefühlen, die immer noch mein Herz fluten.

Dieses Mal galoppieren und traben wir im Wechsel durch das Outback und hinterlassen eine Staubwolke, die so schnell, wie sie kommt, auch wieder verschwindet und genau das widerspiegelt, wie es in mir drin aussieht. Denn es sind nicht nur die guten Gefühle, die durch meinen Körper strömen, sondern auch erneut der Zwiespalt, was passiert, wenn ich ehrlich zu ihnen allen sein werde.

Kaum können wir in der Ferne Lukes Haus erkennen, werden wir langsamer, was Brian durch ein leises Schnauben bekräftigt und wohl dankbar ist, dass er die lange Strecke mit wenigen Pausen geschafft hat. »Ist alles in Ordnung?«, fragt er mich und sieht mich mit ernster Miene an.

Gleichzeitig wirkt er angespannt. Fast so, als würde auch ihn etwas beschäftigen.

Ich nicke. »Ja, aber ich bin langsam echt erschöpft.« Was der Wahrheit entspricht, denn diese Tage waren einfach nur anstrengend. Dazu gibt es einfach so viel Unausgesprochenes, so viele Geheimnisse, bei denen ich noch nicht weiß, wie weit ich bereit bin, sie zu lüften.

Wir reiten am Stall vorbei. Brian wirkt leicht verunsichert, folgt uns aber kurzerhand weiter, bis wir vor dem Haupthaus anhalten.

Auf einem der südlichen Hügel blitzt etwas auf. Kurz verharre ich an dem Punkt, doch es taucht keine weitere Lichterscheinung auf und ich steige vom Pferd. Luke nimmt mir die Zügel aus der Hand. Während er sie am Pfeiler der Veranda festbindet, sehe ich, mit tiefen Atemzügen, über die Farm. Jetzt, wo ich weiß, dass ich hierbleiben möchte, wirkt sie gleich noch einmal viel friedlicher auf mich. Genauso wie ich sie von früher kenne – wenn ich mir das Casino und den Sexclub einfach mal wegdenke. Ja, ich könnte hier wieder glücklich werden, den Nebel in meinen Gedanken dichter werden lassen und endlich akzeptieren, dass mein Leben so ist, wie es nun mal ist.

Luke stellt sich hinter mich und fährt mit seinen Fingern meine Arme nach oben und entlockt mir damit ein zartes Lächeln. »Cleo?«

Der Name aus seinem Mund benötigt einen kurzen Moment, ehe er dort ankommt, wo er verarbeitet wird. Dann knallt es in meinem Kopf und das Lächeln verschwindet.

Abrupt drehe ich mich um und sehe in Lukes Augen, in denen erst das zweite Mal, seitdem ich ihn kenne, keinen Zwiespalt finden kann.

»Woher ... seit wann?«, frage ich mit erstickter Stimme.

»Seitdem wir losgeritten sind.«

Ich schüttle den Kopf.

»Kian war in Geraldton. Einer von seinen alten Geschäftspartnern hat ihn hergebracht und dieser meinte, dass Shawn nicht seine Tochter sucht, sondern ...« Mehr führt er diesen Satz nicht aus.

Trotzdem schmerzt mich jedes einzelne Wort. »Du hast es gewusst, aber mich weiterhin so behandelt als ... wäre ich eine andere?«

Liebevoll streicht er mir über die Wange.

»Ich wollte, dass du es mir selbst erzählst. Dass du selbst hinter der Fassade hervorkommst und mir dein Herz öffnest.« Wie schon in Brickmore, wischt er mir die Tränen aus dem Gesicht. »Und ehe wir jetzt zu meinen Brüdern gehen und ihnen ebenfalls erklären, wer du in Wirklichkeit bist, möchte ich zuerst, dass du mir eine Frage beantwortest.«

Mit unruhigem Blick sehe ich ihn an und weiß nicht, was ich gerade von allem halten soll.

»Cleo, möchtest du hierbleiben? Bei mir, bei meinen Brüdern und auch ... bei Kian?«

Eigentlich muss ich nicht einmal über die Antwort nachdenken. Aber da ist immer noch Shawn. »Wenn du deine Farm behalten willst, dann wird es fast unmöglich sein, dass ich hierbleibe.«

»Ich will aber nicht die Farm. Ich will dich.«

Wieso verflucht noch mal, muss er die Worte aussprechen, die ich wohl als Prinzessin hören wollen würde, mir aber als Cleo eine Heidenangst einjagen? Das Bild vor meinen Augen verschwimmt. »Sag das nicht, Luke. Du weißt nicht, was du da redest. Es wird nie wieder Frieden geben, wenn wir das hier nicht irgendwann beenden.«

»Aber ...«

Die Tür von Lukes Haus schwingt auf. »Wo bleibt er denn jetzt?«, fragt Seth, der sich nach links und rechts umsieht, ehe sein Blick auf uns fällt. »O, das ist ja jetzt eine Überraschung. Wir haben erst morgen mit euch zweien gerechnet.« Seth intensiviert seinen Fokus auf mich. »Sag mal, heulst du?« Dann sieht er zurück zu Luke, der weiterhin eine Hand auf meiner Wange liegen hat und sein zufriedenes Grinsen kann man bis zur ISS leuchten sehen. »Wusste ich es doch!«, schreit er freudig auf.

Eine weitere Person tritt durch die Tür. Ebenfalls ein Mann. Nachdem er den Kopf hebt, den er unter einem großen schwarzen Hut versteckt, gefriert mir das Blut in den Adern. Ich schaue in denselben Gesichtsausdruck, wie vor acht Jahren. Nur hat der Mann mittlerweile viel mehr Falten. Doch die Kaltblütigkeit in seinem Blick ist geblieben.

»Das kann ...« Ich lasse von Luke ab. Plötzlich ist mein Kopf leer, der Nebel verschwunden und ich bin zurück im

Esszimmer. Zwei Schüsse folgen. Der Schrei meiner Mutter hallt in meinen Ohren nach und ich knalle gegen den Zaun, ehe ich darunter entlang krieche und in den Wagen von Stella steige.

An dessen Seite kämpft sich nun auch Ryan vorbei. Nur von Kian fehlt jede Spur.

»Was tust du hier?«, fragt Luke und der Groll, den er für den Mann empfinden muss, schwingt in jeder Silbe mit.

*Ja, was tut er hier?*

Doch der Mann reagiert gar nicht auf Luke, sondern fixiert mich mit seinen kalten Augen. Komischerweise ist da noch ein anderer Funke, den ich nicht deuten kann.

»Cleo?« Als er meinen Namen ausspricht, geht alles so schnell. Ich greife in den Stiefel von Luke, in dem das Messer steckt, dränge mich an ihm und Seth vorbei und gehe direkt auf den Hutträger los.

Ehe einer der Jungs reagieren kann, presse ich ihn gegen einen der Holzbalken der Veranda und halte ihm das Messer an die Kehle.

»Du ...« Meine Stimme versagt. Mein gesamter Körper zittert. Dafür sind alle Tränen versiegt und werden durch den puren Hass, der durch jede Faser meines Körpers treibt, verdrängt. Bis zu diesem Moment wusste ich nicht, dass ich in der Lage bin, so einen abgrundtiefen Hass zu empfinden. Das Messer zieht bereits eine feine rote Linie und ich treibe die Klinge immer tiefer in das faltige Fleisch, das eigentlich keinen schnellen Tod verdient hat. Nein, ich will, dass er leidet. All das durchlebt, was ich die letzten acht Jahre über mich ergehen lassen musste und noch so viel mehr, für das mir gerade die Gedanken entgleiten, weil sie von Vergeltung geflutet werden.

Und was finde ich in seinem beschissenen Blick? Keine Kälte, kein Groll oder Mordlust, sondern Reue, die mich kurz innehalten lässt. Genau in dem Moment zieht mich eine starke Hand zurück. Brian bellt und stellt sich neben mich.

»Nein!«, schreie ich, während sich eine weitere Hand um meine Taille schließt, ich mich wie eine Furie im Todeskampf in dem Griff winde und mir von Seth das Messer aus der Hand geschlagen wird.

Dabei will ich nur eins: Es zu Ende bringen und die Bedeutung des Wortes Rache in allen Zügen kennenlernen, selbst, wenn ich danach keine Seele mehr besitzen sollte. Aber an so etwas wie den Himmel glaube ich schon seit acht Jahren nicht mehr, weil ich mich seitdem in der Hölle befinde, aus der es endgültig keinen Ausweg mehr zu geben scheint.

»Cleo«, raunt Luke und versucht, mich dazu zu zwingen, ihn anzuschauen. Doch ich habe nur Augen für diesen einen Mann, dessen Hut jetzt neben ihm liegt. Er steht einfach nur da und wirkt selbst vollkommen perplex.

»Beruhige dich«, meint Luke eindringlicher, drängt mich eng an sich heran und dreht mich so weit herum, dass ich mir wünschen würde, jetzt die Fähigkeiten eines Besessenen zu besitzen und den Kopf um 180 Grad drehen zu können.

Luke umfasst mein Kinn, sodass ich mich auf ihn konzentrieren muss. Erst jetzt merke ich, wie schnell mein Herz in meiner Brust klopft.

»Was soll das, Cleo?«, fragt er vollkommen ruhig.

»Cleo?«, mischt sich Seth ein. »Das ist doch Stella.«

»Shh«, mahnt Ryan, dessen Ratschen des Feuerzeugs durch die Dämmerung schallt und er sich wohl eine Zigarette ansteckt.

»Lass sie los, Luke«, sagt mein Hassobjekt Nummer eins mit einer Ruhe, die ihresgleichen sucht und genau widerspiegelt, was für ein gefühlskalter Bastard in ihm stecken muss.

Luke sieht zu ihm, atmet tief durch und lässt mich langsam los. Dabei habe ich gerade das Gefühl, dass ich nicht selbstständig stehen kann, weil meine Beine nachgeben wollen. Trotzdem zeige ich Zähne. So wie ich es immer tue und drehe mich zu ihm um.

»Können wir heute endlich in Ruhe reden?« Dabei hebt er seinen Hut auf, den er abklopft und sich zurück auf den Kopf setzt.

»Worüber willst du reden, über was wir nicht vor acht Jahren hätten reden können, bevor du hier ein Blutbad angerichtet hast?«, zischle ich und halte mich am Pfeiler fest.

»Warte.« Erneut mischt sich Seth ein. »Woher kennt Stella, äh, ich meine Cleo unseren Dad?«

*Dad?* Erneut zerbricht ein Stück meiner Seele. Ich sehe zu Luke, dann zu Seth und Ryan, ehe ich zurück zu dem Mann blicke, der mir alles genommen hat und es jetzt wiederholen wird.

»Nein.« Ich schüttle den Kopf.

Luke kommt auf mich zu. »Cleo, was ist hier los?«

»Nein«, wiederhole ich mich und gehe langsam rückwärts. Jetzt sind die Tränen schneller. »Nein«, flehe ich, dass dies nicht wahr ist.

Das Geräusch eines Schusses durchbricht meine wilden Gedanken. Im nächsten Moment treibt ein stechender Schmerz durch meine rechte Taille. Alle stehen still da und starren auf meinen Bauch. Meine Finger werden kalt. Dafür ist es auf meinem Bauch warm. Ich sehe selbst an mir herunter. Mein Shirt verfärbt sich immer mehr rot. Ich fasse mit meinen Fingern darauf und betrachte sie nah an meinem Gesicht, bis ich realisiere, dass es Blut ist – mein Blut.

»Cleo?«

Ich schaue zurück zu Luke. Diesem entweicht die Gesichtsfarbe. Meine Beine geben nach und ehe ich auf dem harten Boden lande, fängt er mich auf.

Ende Teil 2

CANVA STORIES
23

# Danksagung

Dieser Teil der Geschichte hat ziemlich viel von mir abverlangt, weil die Geschichte von Cleo einfach nicht einfach ist und auch ich als Autorin in jedem Moment mitgelitten habe.

Ich danke alle meinen Lesern, dass ihr auch zu Band 2 gegriffen habt.

Auch möchte ich mich wieder bei meinen Korrekturfeen Yvonne, meinen zwei Anjas, Mira und Carina bedanken, die mit mir an den Feinheiten gefeilt haben.

Mein Bestie Ellie Bradon, die der Geschichte dieses wunderbare Cover verpasst hat und all meinen Bloggermädels und Jungs, die mich tatkräftig unterstützen.

Bald geht es weiter.

Eure Kari